HEXENSTUNDE MIT TODESFOLGE

VERHEXTE WESTWICK-KRIMIS 5

COLLEEN CROSS

Übersetzt von
ELKE WILL

Hexenstunde mit Todesfolge - Verhexte Westwick-Krimis #5

Copyright © 2021 by Colleen Cross, Colleen Tompkins

Alle Rechte vorbehalten. Kein Teil dieses Buches darf ohne ausdrückliche schriftliche Genehmigung des Autors und des Herausgebers vervielfältigt, vertrieben oder in irgendeiner Form übermittelt, in Datenbanken oder Abfragesystemen gespeichert werden. Das Scannen, Hochladen und der Vertrieb dieses Buches über das Internet oder ein anderes Medium, ohne die ausdrückliche Erlaubnis des Herausgebers, ist illegal und kann strafrechtlich verfolgt werden.

Bitte erwerben Sie nur autorisierte elektronische Versionen und beteiligen sich nicht an der elektronischen Piraterie von urheberrechtlich geschütztem Material. Vielen Dank, dass Sie die Rechte des Autors unterstützen.

Dieses Buch ist eine fiktive Geschichte. Namen, Charaktere, Orte und Vorkommnisse sind entweder ein Produkt der Fantasie des Autors oder werden fiktiv genutzt und jegliche Ähnlichkeit mit tatsächlichen Personen, lebend oder verstorben, Unternehmen, Veranstaltungen und Schauplätzen ist rein zufällig.

Herausgegeben durch Slice Publishing Mystery Thriller Books

AUSSERDEM VON COLLEEN CROSS

Verhexte Westwick-Krimis
Verhext und zugebaut
Verhext und ausgespielt
Verhext und abgedreht
Die Weihnachtswunschliste der Hexen
Hexenstunde mit Todesfolge

Wirtschafts-Thriller mit Katerina Carter
Exit Strategie: Ein Wirtschafts-Thriller
Spelltheorie
Der Kult des Todes
Greenwash
Auf frischer Tat
Blaues Wunder

Zu Neuigkeiten über Colleens Bücher, besuchen Sie ihre Website: http://www.colleencross.com

Einfach für den Neuerscheinungen Newsletter anmelden, um immer direkt über die Neuerscheinungen informiert zu werden!

HEXENSTUNDE MIT TODESFOLGE
VERHEXTE WESTWICK-KRIMIS 5

Merlot, Zauber und Mord...

Das jährliche Weinfest von Westwick Corners ist die Zeit, in der die Korken knallen und Cen hofft, dass auch die Zeit für Tyler gekommen ist, die eine Frage zu stellen und ihr einen Heiratsantrag zu machen. Aber als ein Festteilnehmer tot aufgefunden wird, ist klar, dass Merlot, Zauber und Mord nicht zusammenpassen!

Hexenstunde mit Todesfolge ist Band 5 in der paranormalen Cosy-Krimiserie. Alle Bücher können einzeln gelesen werden, aber Sie werden die Bücher noch mehr mögen, wenn Sie mit Band 1 beginnen *Verhext und Zugebaut*.

KAPITEL 1

Es war ein ungewöhnlich kalter Tag, selbst für Oktober. Ich hatte mich den ganzen Freitagnachmittag in meinem Büro verkrochen. Die Fußleistenheizung war auf die höchste Stufe gedreht und ich versuchte, mir einzubilden, ich säße unter einem Sonnenschirm auf einer tropischen Insel und würde Piña Colada schlürfen. In Wirklichkeit lief ich einem Abgabetermin hinterher. Aber die blitzschnelle Bearbeitung meines Leitartikels zum bevorstehenden jährlichen Weinfest von Westwick Corners lief alles andere als gut. Meine Gedanken wanderten immer mehr ins Piña Colada Land und ich brachte kaum ein Wort aufs Papier.

Ich bin die Königin des Aufschiebens, deshalb steckte ich hier in meinem schäbigen Büro im obersten Stockwerk eines hundert Jahre alten Gebäudes fest. Knarrende Dielen, zischende Rohre und alle möglichen seltsamen Geräusche waren die einzigen Dinge, die mir Gesellschaft leisteten. Manchmal war es ganz schön unheimlich, allein zu arbeiten.

Ich hatte das Mittagessen ausgelassen und konnte mich mit meinem knurrenden Magen nur sehr schwer konzentrieren, daher beschloss ich, mir im Imbiss in der Straße eine Kleinigkeit zu holen, bevor er zumachte. Gerade als ich mir meine Jacke schnappen wollte, knallte die Vorzimmertür zu und ich blieb wie angewurzelt stehen. Ich erwartete niemanden.

Eine halbhohe Wand trennt mein Vorzimmer vom Rest des Büros. Der obere Teil der Wand war aus Milchglas. Es war ein modernisiertes Gebäude von 1940, das ich eigentlich wechseln wollte, aber irgendwie war es mir ans Herz gewachsen. Es erinnerte mich an ein Sam Spade Detektivbüro.

Die *Westwick Corners Weekly* ist nicht gerade Spitzenjournalismus, sodass ich mir niemals Gedanken um Stalker oder andere Verrückte machen musste. Zumindest bis jetzt, da plötzlich ein unbekannter Eindringling nur eine Halbwand von mir entfernt stand.

Ich schloss nie die Türen ab. Da ich nicht risikofreudig bin, würde ich es gerne, aber das ›tut‹ man einfach nicht in Westwick Corners. Kleinstädte habe ihre eigene Art von Gruppendruck.

Mein Publikumsverkehr war quasi Null, insbesondere um diese Uhrzeit, also wer könnte das da im Vorzimmer sein? Es hatte da neulich ein paar Durchreisende in der Stadt gegeben. Plötzlich hatte ich gemischte Gefühle, was meinen unangekündigten Besucher anbelangte. Ich unterdrückte den Drang, nach seiner Identität zu fragen und tauschte stattdessen meine Jacke gegen einen Besen aus dem Putzschrank aus. Das Überraschungsmoment käme mir zugute.

Auf Zehenspitzen ging ich zur Tür, die zum Vorzimmer führte und wartete.

Plötzlich verdunkelte ein Schatten die Milchglastür. Ein riesiger Schatten!

Dann öffnete sich die Tür.

Ein Überraschungsangriff war meine einzige Chance. Ich holte aus und schlug mit dem Besen kräftig zu.

»Cen! Was zum –?«

»Um Gotteswillen, Tyler! Alles in Ordnung?« Ich nahm den Besen zurück.

Mein attraktiver Sheriff-Freund hockte auf einem Knie im Eingang und hielt schützend einen Arm über seinen Kopf. »So habe ich mir das aber nicht vorgestellt.«

»Was vorgestellt? Du hättest dich ja ankündigen können.« Ich errötete, während ich weiter tagträumte. Tyler und ich waren an einem Strand im Südpazifik. Er kniete vor mir und bat mich, seine Frau zu werden. Er öffnete die Ringschatulle und…

Tyler blickte mich mit diesen warmen braunen Augen an. »Cen, wir leben in einer sicheren Stadt. Du weißt, dass ich dich beschütze. Entspann dich…«

Ich fühlte mich immer sicher in seinen Armen, dennoch hätte ich sie brechen können, wenn ich noch härter zugeschlagen hätte. Ich stellte den Besen zur Seite.

In diesem Moment fiel mir die braune Papiertüte in seiner Hand auf, die sich fast mit der Farbe seiner Sheriffuniform vermischte. Der Inhalt der Tüte roch nach Bananenmuffins.

»Sind das – «

»Deine Lieblingsmuffins, ja.« Tyler zog sich hoch, stand auf und hielt mir die offene Tüte hin. »Du weißt schon, dass die Tatsache, dass du einen Polizisten als Freund hast, dir nicht das Recht gibt, tödliche Gewalt anzuwenden?«

Ich langte in die Tüte und meine Hand umfasste ein noch warmes Muffin. »Ich weiß…entschuldige. Es ist nur – äh, dieses Gebäude ist etwas unheimlich, seit ich der einzige Mieter hier bin.« Das Gebäude beherbergte einst Rechtsanwälte, Steuerberater und andere Fachleute. Unsere beinahe Geisterstadt hatte bessere Tage gesehen und wurde nun kaum noch besucht. Die meisten Leute kauften in dem eine Stunde entfernten Shady Creek ein und auch die Geschäftsleute haben sich dort angesiedelt. Dort waren die meisten genau jetzt an diesem Freitagnachmittag.

Tyler beugte sich vor und küsste mich. »Es ist mir klar, dass du einen Abgabetermin einhalten musst, aber du scheinst ein wenig nervös zu sein. Du kennst jeden in der Stadt. Wovor hast du Angst?«

Ich biss gierig ins Muffin. »Vor niemandem. Ich habe nur dieses komische Gefühl … ich weiß nicht. Vielleicht habe ich auch zu viel Kaffee getrunken.«

»Möglich.« Tyler lächelte. »Egal, ich habe mich gefragt, ob du heute Abend etwas vor hast.«

»Äh…nur mit dir. Wieso fragst du? Wir verbringen doch jeden Freitagabend zusammen.« Seit über einem Jahr verbrachten wir fast jedes Wochenende zusammen, ohne dass einer den anderen fragte, ob er Zeit hätte. Es war so gut wie selbstverständlich. Zumindest war es das für mich. Also wieso fragte er mich plötzlich danach?

»Na ja, es ist so…, ich wollte; dass dieser Abend etwas Besonderes wird. Kein Termin auf dem Kalender, ohne, dass du auf deinen Laptop starrst. Geht das?«

»Natürlich. Um welche Uhrzeit?« Ich fühlte mich unter Druck gesetzt durch diese geringe Zeit, die mir für die Bearbeitung meines Artikels blieb. Außerdem wusste ich nicht, welche Katastrophe mich zu Hause in unserer Familienpension erwartete. Zudem hatte ich meinem Nachbarn versprochen, ihm bei der Vorbereitung des Weinfests zu helfen.

»Passt dir acht Uhr? Ich muss vorher noch einen Fall unter Dach und Fach bringen.«

»Ja, perfekt.« Die Zeit reichte bei Weitem nicht aus, aber irgendwie würde ich es schon schaffen. »Was machen wir?«

»Es ist eine Überraschung«, sagte Tyler. Ich hoffe, du magst es.«

* * *

DEN RESTLICHEN NACHMITTAG konnte ich nur noch an Tylers Überraschung denken. Welch ein Glück, dass ich ihn nicht mit dem Besen erschlagen hatte.

Ich schaffte es, meinen Artikel zu beenden und machte um 16 Uhr Feierabend.

Ich verließ das Gebäude und ging auf die Hauptstraße. Keine Menschenseele zu sehen. Ein paar Autos parkten an den zwei Häuserblocks entlang, die man als Innenstadt von Westwick Corners bezeichnete.

Ich steckte die neueste Ausgabe von der Tageszeitung *Westwick Corners Weekly* unter den Arm, während ich meinen Kragen zum Schutz vor der Kälte zuknöpfte. Es war ungewöhnlich kalt für einen Oktobertag und der Wind wirbelte Blätter um meine Füße herum, während ich zum Auto ging. Tyler hatte recht. Westwick Corners war eine sichere Stadt. Andererseits wäre es mir mit ein paar mehr Leuten auf der Straße wohler gewesen.

Mein Leitartikel über das Westwick Corners Weinfest an diesem Wochenende, ging mir durch den Kopf. Das jährliche Weinfest brachte meiner Tageszeitung eine der höchsten Auflagen, denn die Winzer kauften vor dem Fest noch zusätzliche Werbung und ich konnte das Geld gut gebrauchen.

Ich hatte die kleine Gemeindezeitung vor ein paar Jahren vom dem in Ruhestand gehenden Eigentümer gekauft und mir quasi selbst meine Arbeitsstelle gesichert, damit ich in meiner Heimatstadt bleiben konnte. Als einzige Angestellte kümmerte ich mich um alles, von der Reportage, über Fotografie, Werbung bis hin zum Vertrieb. Man konnte kaum davon leben, aber es war eine der wenigen Möglichkeiten, in dieser idyllischen Stadt seinen Lebensunterhalt zu verdienen, die Jahrzehnte lang vernachlässigt wurde und nur langsam wieder zum Leben erwachte.

Ich dachte auch an Tylers Überraschung. Ein Freund, der seine Freundin überrascht, schränkte die Möglichkeiten ein. Was das wohl sein möchte? Ein Heiratsantrag? Es erschien mir schon immer seltsam, dass der Mann die Entscheidung traf, wo und wann das stattfinden sollte. Gleichzeitig war ich aufgeregt, weil ich schon seit geraumer Zeit wusste, dass ich den Rest meines Lebens mit ihm verbringen wollte.

Endlich erreichte ich meinen verlassen aussehenden Honda CRV, der ein paar Häuser weiter am Straßenrand parkte. Ich angelte meine Schlüssel aus der Hosentasche und schloss die Fahrertür auf. Obwohl ich auf direktem Weg nach Hause fahren und es mir vor dem offenen Kamin in unserer Familienpension Westwick Corners Inn gemütlich machen wollte, musste das wohl noch etwas warten. Ich hatte bereits zuvor einem Nachbarn versprochen, ihm zu helfen.

Antonio Lombard war ein Winzer aus der zweiten Generation, der schwere Zeiten durchgemacht hatte. Seine Probleme wurden offensichtlich, als ich ihn für meine Gemeindezeitung interviewte. Ich schrieb einen von vielen Artikeln, die jedes Jahr im Vorfeld des Weinfests erschienen, das viele Winzer aus dem ganzen Bundesstaat anlockte, unter anderem ein halbes Dutzend einheimische Winzer. Die Artikel präsentierten regionale Weingüter, ihre neuesten Weine und die Winzer, die sie erzeugten.

Während ich jeden Teilnehmer zu ihren Weinen befragte, entwickelte sich oftmals Klatsch und Tratsch über den Wettbewerb, den ich meistens druckte. Die Einheimischen verschlangen die Geschichten und wählten häufig ihre Favoriten eher auf der Grundlage anzüglicher Details – und davon gab es jede Menge – als nach den Weinen selbst.

Die Teilnehmer wetteiferten um eine Reihe von Auszeichnungen und es stand für sie viel auf dem Spiel. Gewinnen bedeutete mehr als nur das Recht zum Prahlen. Es garantierte ihnen mehr Umsatz von der Öffentlichkeit durch erhöhte Publicity und ein verbessertes Renommee. Topweine zogen auch die Aufmerksamkeit von regionalen und nationalen Weineinkäufern an, die das Absatzvolumen sowie den Gewinn drastisch erhöhen konnten.

Kurz gesagt, es könnte einen positiven oder negativen Einfluss auf den Geschäftserfolg haben.

All das schien Antonio Lombardo zerstört zu haben, der mit seinem Bruder José das Weingut Lombard Wines betrieb, das sich unweit von mir und meiner Familie beziehungsweise der Teilzeithexen und Pensionswirtinnen befand. Auch wir betrieben ein kleines Weingut, das dank jahrelanger Anleitung und Überwachung von Antonio von Mama gepflegt und gehegt wurde. Meine helfende Hand war mehr als nur Nachbarschaftshilfe; wir verdankten ihm wirklich eine Menge.

Sie denken jetzt vielleicht, dass ich als Hexe einfach einen Zauber aussprechen könnte, um Antonios Problem zu lösen, aber wir müssen strengste Regeln beachten, was die Einmischung ins Leben anderer Menschen anbelangt. Ich bin eine Verfechterin von Regeln. Ich lüge nicht, betrüge nicht und wende Hexerei nicht leichtfertig an. Ja, gut, ich gebe zu, dass ich keine Diäten einhalte, aber was die Hexerei angeht, folge ich den Regeln der Witches International Community Craft Association buchstabengetreu. Die WICCA-Regeln zu brechen würde mich meine Hexenlizenz kosten. Ich würde niemals etwas aufs Spiel setzen, was so schwer zu erlangen war.

Als ich mich ins Auto setzte und anschnallte, fragte ich mich, ob es nicht bereits zu spät war, Antonio zu helfen. Alles war so chaotisch gestern, als ich bei ihm zum Interview eintraf. Antonio war kaum kohärent, obwohl ich ihn schon so oft interviewt hatte. Er hätte das im Schlaf absolvieren können. Das Weingut war in einem völligen Durcheinander und es standen überall leere Kisten und Kästen herum. Schlimmer noch, er hatte noch nicht einmal seinen Wein für das morgige Weinfest abgefüllt. Es war eindeutig, dass mein Nachbar tief in der Tinte saß.

Dennoch schaffte ich es, meinen Artikel über Lombard Wines zu schreiben, indem ich ein paar Sätze und Fotos vom letztjährigen Artikel übernahm. Ich änderte ein paar Details und machte vage Anmerkungen zu den jüngsten Ereignissen auf dem Weingut und den Weinen des diesjährigen Wettbewerbs.

In Wirklichkeit war *nichts* passiert, weil Antonio in einer Art psychischer Lähmung feststeckte.

Seitdem ich Reporterin, Editorin und Herausgeberin in einer Ein-Frau-Zeitung war, konnte ich mir dadurch ein paar kleine Freiheiten erlauben. Außerdem, wie Tante Pearl zu sagen pflegte, las sowieso niemand meine Zeitung. Die Leser waren nur an den Einlegern und Coupons interessiert.

Ich musste etwas tun, um Antonio zu helfen. Vielleicht könnte ich genügend Wein retten, um zu garantieren, dass Lombard Wines zumindest am Fest teilnahm. Gerade als ich den Zündschlüssel drehte, packten mich ein paar eiskalte Hände von hinten an die Schulter.

KAPITEL 2

»Hilfe!« Ich schrie, aber es kam nur ein Krächzen heraus.

Niemand würde mich auf dieser menschenleeren Straße hören. War es Autodiebstahl, Entführung oder beides? Ich hatte mich in Westwick Corners immer sicher gefühlt.

Bis jetzt.

»Schnauze und fahren«, flüsterte die Stimme. Der Kloß in meinem Hals lockerte sich ein wenig.

Obwohl es durch das Flüstern schwierig zu beurteilen war, kam mir die Stimme irgendwie bekannt vor. Meine Hände zitterten, aber ich schaffte es, das Auto anzulassen. Ich hielt den Fuß auf der Bremse und dachte scharf nach, wie ich mich aus dieser Situation befreien könnte.

Sollte ich versuchen, meinen Angreifer zu bekämpfen? Vielleicht Hupen? Ich war noch nie zuvor gekidnappt worden. Ich hatte keine Zeit, herauszufinden, was zu tun ist.

»Verdammt noch mal, Cendrine! Musst du wirklich zweimal über die Schulter schauen?«

Ich seufzte erleichtert und riss mir die knochigen Finger vom Hals. Tante Pearl nannte mich nur beim vollen Namen, wenn sie wütend auf mich war. Ich hatte keinen Dunst, warum ich sie so verärgert hatte.

Wahrscheinlich gab es keinen Grund.

»Wie hast du es geschafft, in mein Auto zu kommen?«, fragte ich.

»Tu doch nicht so erstaunt. Immerhin bin ich eine Hexe. Und du bist zu spät, wie immer. Ich habe mir den Hintern abgefroren, während ich fast eine Stunde lang auf dich gewartet habe. Was hast du so lange gemacht?«

»Ich musste meine Arbeit beenden. Ich kann mich nicht erinnern, dass wir beide gemeinsam etwas vorhatten, nicht wahr? Warum bist du in mein Auto eingebrochen? Hoffentlich hast du nichts kaputt gemacht.«

»Hör auf, mich mit Fragen zu durchlöchern, Cen. Wir haben eine Arbeit zu erledigen, und das tut sie nicht von allein.«

»Ich weiß nicht, wovon du redest, Tante Pearl. Ich habe bereits meine eigenen Pläne.«

»Nicht mit deinem Sheriff-Freund, ganz bestimmt nicht. Du weißt schon, dass er nicht bis spät arbeiten muss, so wie er es behauptet hat?«

»Hör auf, Ärger zu machen. Schade, dass du ihn nicht magst. Er geht nirgendwo hin.«

»Oh, ich weiß sehr wohl, wo er gerade ist, Cen.« Tante Pearl hielt einen Finger an ihre Lippen. »Frag mich nicht, denn ich darf es dir nicht sagen. Ich habe geschworen, es geheim zu halten.«

Ich wollte ihr nicht die Genugtuung geben, zu fragen. »Ich bin sowieso auf dem Weg zu Lombard Wines, um Antonio beim Abfüllen seines Weines für morgen zu helfen.«

»Tu jetzt bloß nicht so, als ob es deine Idee gewesen wäre, Antonio aus der Patsche zu helfen. Du weißt, warum ich hier bin.«

»Äh, nein…wusste ich nicht.«

»Du ziehst dir immer den Schuh für alles an. Bring diese Rostlaube in Gang und fahr los.«

Tante Pearl saß in der Zwischenzeit auf dem Beifahrersitz und sah in ihrer aufgeblasenen Daunenjacke dicker aus als sie war. Dazu trug sie ihren lilafarbenen Samtanzug mit Laufschuhen. Sie starrte geradeaus.

Ich konnte mich nicht daran erinnern, gesehen zu haben, wie sie auf den Beifahrersitz geklettert ist. Daher nehme ich an, dass sie mich mit einem Zauber belegt hatte. Das war ein grober Verstoß gegen die WICCA-Regeln, aber das war Tante Pearl völlig schnuppe.

Ich war mir auch sicher, dass ich die Idee hatte, Antonio zu helfen, wollte aber nicht mit ihr darüber streiten.

Ich seufzte. »Ich ziehe mir für nichts den Schuh an, Tante Pearl. Ich bin froh, dass wir beide Antonio helfen. Dann sind wir auch schneller fertig.«

* * *

Zehn Minuten später waren wir bei Lombard Wines und froren uns in diesem riesigen höhlenartigen Gebäude fast zu Tode, das gleichzeitig als Raum zur Weinprobe und als vollfunktionsfähiger Weinkeller diente. Die Heizung war ausgeschaltet und es war so kalt, dass mein Atem beim Sprechen dampfte.

Der Weinkeller schien in einem noch schlimmeren Zustand zu sein als bei meinem gestrigen Besuch. Umgestülpte Fässer und gestapelte Weinkartons waren im ganzen Weinprobenraum verstreut. Einige versperrten die Gänge, die zu den großen Edelstahlweinbehältern der Weinkellerei führten. Schlammige Fußspuren zogen sich auf den polierten Zementböden entlang. Die Fußspuren führten von und zum Haupteingang und zur Rückseite des Gebäudes, wo eine Treppe zum Weinkeller im Untergeschoss führte.

Es war das reinste Chaos, das absolute Gegenteil des normalerweise makellosen Weingutes.

Ich schauerte. Es schien im Weinkeller kälter als draußen zu sein. Antonio hatte wahrscheinlich die Heizung ausgeschaltet, um Geld zu sparen.

Die Lampen schienen noch immer, sodass wenigstens der Strom noch nicht abgeklemmt worden war. Ich vermutete, dass er bald kommen würde.

Antonio Lombard saß mit dem Rücken zu uns auf einem Barhocker an der Weinprobentheke. Er ließ die Schultern hängen und stützte sich mit den Ellbogen auf die Theke.

»Antonio! Setz deinen Hintern in Bewegung!« Tante Pearls Stimme hallte in dem höhlenartigen Raum.

Antonio fuhr erschreckt hoch, drehte sich abrupt um und blickte erstaunt. »Was wollt ihr?«

Er war unrasiert und die Haare waren scheinbar über Nacht ergraut. Anstatt seines üblichen Golfshirts und Khakihosen trug er ein altes weißes T-Shirt mit Weinflecken und ausgebleichte Jeans mit abgeriebenen Knien und ausgefransten Säumen. Er trug Flip-Flops anstelle von richtigen Schuhen. Er sah genauso vernachlässigt aus wie der Weinkeller. So hatte ich ihn noch nie gesehen.

»Äh, wir wollten Wein abfüllen, erinnerst du dich?« Dem Zustand des Weinkellers nach zu urteilen, erinnerte er sich nicht. »Sag uns, was wir tun sollen.«

Tante Pearl klopfte ungeduldig mit ihrem Fuß. »Ich habe den ganzen Tag nichts gegessen, Antonio. Willst du jetzt, dass wir dir helfen oder nicht?«

Entweder hörte Antonio nichts oder er gab vor, nichts zu hören. Er blickte träumend in die Ferne.

»Das ist lächerlich! Du zerrst mich den ganzen Weg hierher und er ignoriert uns total.« Tante Pearl klopfte immer ungeduldiger mit dem Fuß. »Zeit ist Geld, Cen.«

»Ich hab dich nicht hierher gezerrt. Du bist in mein Auto eingebrochen, vergessen?« Ich hatte es bereits bereut, dass ich sie mitgenommen habe. »Können wir uns auf Antonio konzentrieren, anstatt uns zu streiten?«

»Du musst immer das letzte Wort haben«, murmelte Tante Pearl.

Ich drückte einen Finger auf meine Lippen und sprach leise. »Antonio ist nicht er selbst, Tante Pearl. So habe ich ihn noch nie gesehen. Entweder ist er abgelenkt, deprimiert, oder…keine Ahnung. Etwas stimmt nicht und ich weiß nicht genau, was.«

Tante Pearl lachte. »Irgendetwas stimmt nicht? Du bist mir ja ne Nulpe. Du hast eine Weile gebraucht, bis du gemerkt hast, dass Antonio den Verstand verloren hat.«

Wir warteten fast eine Stunde darauf, dass sich Antonio endlich zusammenraffte, aber er hatte seine Aufmerksamkeit auf irgendetwas anderes gerichtet. Er schenkte sich ein Weinprobenglas aus den großen Stahlfässern ein, schluckte den Wein in einem Zug, ohne ihn zu kosten. Seine Lippen formten lautlos Worte. Er lief von den Weinbehältern zur Abfüllstation, dann machte er plötzlich kehrt, als hätte er etwas vergessen. Er rannte die Kellertreppe hinunter. Eine Minute später kam er mit leeren Händen wieder nach oben und fing das Gleiche wieder von vorn an.

Ich wollte ihm helfen, aber er machte es mir nicht leicht. Er hatte in den vergangenen Jahren so hart gearbeitet, um das Familienunternehmen Lombard Wines aufrechtzuerhalten, aber er wurde immer wieder vom größten Pech heimgesucht. Er schien völlig überfordert zu sein. Er steckte in einer ausweglosen Situation fest.

Wir auch. Ich bin Hexe, keine Psychologin. Ich wollte ihm helfen, war aber selbst hilflos, und wusste nicht, was ich tun sollte.

Tante Pearls quietschige Stimme brach das Schweigen. »Antonio – hör mit diesem Unsinn auf! Was zum Teufel ist mit dir los? Reiß dich gefälligst zusammen!«

Antonio schlug die Hände über dem Kopf zusammen. Er deckte seine Ohren mit den Händen zu, als ob er Tante Pearls

Stimme unterdrücken wollte. Er schüttelte langsam den Kopf hin und her und murmelte ein ›nein‹ zu einem unsichtbaren Feind. »Ich versuche, nachzudenken, aber…es ist alles so überwältigend.«

Tante Pearl marschierte forsch durch den Raum zu Antonio, bevor ich die Gelegenheit bekam, sie zu stoppen.

Sie sah ihm ins Gesicht und packte seine Oberarme mit ihren knochigen Händen. Sie schüttelte ihn und brüllte ihm ins Gesicht. »He! Komm wieder zu dir!«

Ich eilte hinüber, um zu verhindern, was auch immer, gerade passierte. »Ich glaube nicht –«

»Halt dich da raus, Cendrine«, knurrte Tante Pearl. »Ich weiß, was ich tue.«

Tante Pearls Temperament war dabei, überzulaufen und Antonio war schon nicht gut in Schuss. Wir hatten nur ein Ziel und das war, diesen Wein abzufüllen und für das Weinfest vorzubereiten.

Eine Abfüllung in letzter Minute war nicht ideal, aber das war unsere einzige Chance. Ohne Flaschen, Korken oder Etiketten war es ziemlich unmöglich, etwas zusammenzubringen, selbst für eine Hexe. Theoretisch könnte ich diese Dinge heraufbeschwören, aber Hexenkraft für Profit zu benutzen, war strengstens verboten, auch wenn es in die Tasche einer anderen Person ging.

Lombard Wines gab es in Westwick Corners schon seit Generationen. All das stand auf dem Spiel, weil Antonio Lombard ausrastete. Ich fürchtete, dass sein Weingut demnächst den Bach hinuntergehen würde.

Mir war immer noch unklar, mit welchen Problemen Antonio konfrontiert war. Die diesjährige Weinlese war ausgezeichnet gewesen und Antonio war ein erfahrener Winzer, daher hat es bestimmt viel Arbeit gegeben, die Trauben zu stampfen, gären und den Saft in den großen Behältern zu klären. Aber hierzu musste der Wein vom Vorjahr aus den Behältern genommen und in Flaschen gefüllt werden. Diese Aufgabe hatte noch nicht einmal begonnen und diesen Wein brauchten wir fürs Weinfest.

Der Lombardwein würde sich nicht von selbst abfüllen. Antonios Zukunft hing von einer guten Präsentation auf dem jährlichen Westwick Corners Weinfest ab. Sie hing aber auch davon ab, dass Tante Pearl endlich seine Oberarme freigab, die aufgrund mangelnder Durchblutung bereits weiß geworden waren.

Antonio verzog schmerzvoll das Gesicht, aber er muckste sich nicht. Er wusste, dass Tante Pearl beim kleinsten Anzeichen von Schwäche noch fester drücken würde. Er war doppelt so groß als meine vierzig Kilo leichte Tante.

»Tante Pearl! Du tust Antonio weh!« Ich ging näher an sie heran und zog Tante Pearls Hände langsam von seinen Armen. Ich hätte sie aus dem Auto stoßen sollen, nachdem sie versucht hatte, mich zu erwürgen. Abgesehen davon, dass ich fast einen Herzinfarkt erlitten hatte, brachte sie alles nur zum Stocken. Zweifellos hatte sie ein ganz anderes Motiv gehabt, hierher zu kommen.

Ich sprach so ruhig wie möglich. »Wir schaffen das zusammen. Aber eins nach dem anderen. Wo bewahrst du die Flaschen auf?«

Antonio stöhnte und setzte sich auf einen Stuhl. Er deutete auf einen Haufen Kisten hinter dem Abfülltisch, wo Tante Pearl und ich vorher gestanden hatten. »Da drüben.«

Tante Pearl holte eine der Kisten hervor und begutachtete eine nach der anderen. »Da sind keine Flaschen drin, Antonio. Diese Kästen sind alle leer."

Antonio runzelte die Stirn. »Das ist aber merkwürdig. Alle meine Flaschen scheinen sich in Luft aufgelöst zu haben.«

»Du hast uns gebeten, zu helfen, ohne vorher deine Vorräte zu prüfen?« Tante Pearl warf die Hände in die Luft. »Sie sind doch nicht von selbst verschwunden. Gibs zu, Tony. Du hast vergessen, sie zu bestellen.«

Antonio hasste es, Tony genannt zu werden. Tante Pearl brachte ihn bewusst auf die Palme.

»Ich glaube, es sind noch ein paar Flaschen im Keller«, sagte er.

»Gut, ich gehe hinunter und sehe nach.« Tante Pearl ging in Richtung Kellertreppe.

Antonio stand auf. »Ich mach das. Du kommst nicht hinein. Der Keller hat ein biometrisches Schloss. Man kann den Keller nur mit meinem Fingerabdruck entriegeln.«

»Oh…wie modern«, sagte Tante Pearl spöttisch. »Hast du dein Geld darin investiert, anstatt in Flaschen?«

Antonio ignorierte sie und ging zur Gebäuderückseite, wo eine eiserne Spiraltreppe in den Weinkeller führte.

»Das muss ich mir ansehen.« Ich folgte Tante Pearl und gemeinsam stiegen wir die Treppe zu einem kleinen Treppenabsatz hinunter, die zur schweren Stahlkellertür führte. Ein breites Eichenfass stand vor der Tür und ließ nur einen Spalt für Antonio. Tante Pearl und ich warteten auf dem Treppenabsatz, während Antonio die Tür entriegelte.

Über dem Türgriff befand sich ein originell aussehendes Schloss mit einem Zahlenfeld und einem gläsernen Viereck. Es sah ziemlich neu aus und ich konnte mich nicht daran erinnern, es zuvor gesehen zu haben. Es war schon ein Jahr her, seit ich in den Weinkeller gegangen war.

Antonio tippte mehrere Tasten auf dem Zahlenfeld, bevor er den Zeigefinger aufs Glas drückte. Das Schloss machte ein Klickgeräusch und es war entriegelt. Antonio drehte den Griff und öffnete die Tür.

»Ich muss zuerst den Sicherheitscode eingeben. Dann tastet der biometrische Scanner meinen Fingerabdruck ab. Eigentlich müsste es jetzt grün blinken, aber das Lämpchen ist durchgebrannt«, erklärte er. Er betrat den riesigen Keller und gab uns ein Zeichen, ihm zu folgen.

Tante Pearl hielt an der Tür an, um den Verriegelungsmechanismus zu begutachten. »Ist es schon kaputt?«

»Der Techniker kommt am Montag vorbei, um das Lämpchen

auszutauschen. Die Tür funktioniert noch einwandfrei, es ist nur das Lämpchen. Ist das nicht toll? Es lässt sich nur durch den Sicherheitscode und meinem Fingerabdruck entriegeln. Es ist einbruchssicher.«

»Du brauchst eine solche Sicherheit nicht in Westwick Corners«, sagte ich.

»Da wäre ich mir nicht so sicher, Cen. Es sind in der letzten Zeit ein paar Sachen abhandengekommen. Kleine Sachen, wie eine Flasche Wein hier und da, und ab und zu ein paar Werkzeuge. Ich fühle mich einfach besser, wenn ich den Wein unter Verschluss halte. Dieses Schloss kann niemand hacken.«

Tante Pearl hob die Augenbrauen an. »Ach, wirklich? Ich wette, dass ich es kann. Gib mir die Bedienungsanleitung und ich decodiere dir dieses Ding im Handumdrehen. Ich bin ziemlich versiert in Technik, Antonio. Ich kann wahrscheinlich sogar das Lämpchen im Nu reparieren. Wenn ich mich nicht bereits im Ruhestand befände, wäre ich ein Hacker zum Anmieten. Unternehmen würden mir einen Haufen Geld bezahlen, um alle Schwächen Ihrer Systeme aufzudecken.«

Antonio lachte. »Entschuldige, Pearl. Ich glaube, dass ich die Anleitung verlegt habe. Ich hoffe, dass mir der Installateur eine Kopie mitbringt, wenn er kommt.«

»Konzentrier dich, Tante Pearl«, flüsterte ich. »Wir haben jetzt keine Zeit für irgendwelche Spielchen. Oder Hexerei.«

Tante Pearl blickte finster drein. »Ich verbringe meine Zeit, wie mir es passt. Ach, und noch etwas…, ich nehme keine Befehle von Junghexen an!«

Gottseidank befand sich Antonio außer Hörweite. Er kniete neben einer Weinkiste und schielte auf das Kleingedruckte.

Die Luft im Weinkeller war kühl, feucht und muffig. Es war den unterirdischen Weinkellern in Frankreich nachgebaut worden, komplett mit gewölbten Steinmauern und einer höhlenartigen Atmosphäre. Er gab einem ein Alte-Welt-Gefühl, war aber erst ein paar Jahre alt. Der unterirdische Keller war zur gleichen Zeit wie das Gebäude der Weinkellerei ausgehoben und errichtet worden. Beide haben wohl einen ganzen Haufen Geld gekostet, mindestens ein paar Jahre Gewinn des Weingutes. Zu diesem Zeitpunkt begannen wahrscheinlich auch die finanziellen Probleme von Lombard Wines. Das Familienunternehmen Lombard war nicht groß genug, um sich ein solch großes Gebäude zu leisten. Regale vom Boden bis zur Decke erstreckten sich in jede Richtung über etwa fünfzehn Meter und dienten zur Lagerung der alten Eichenfässer, in denen der Wein gealtert wurde. Im vergangenen Jahr waren sie voll gewesen. Nun sind sie fast leer.

»Ziemlich raffiniert.« Tante Pearl durchsuchte die leeren Regale des Weinkellers. »Mit der Ausnahme, dass hier nichts drin ist, was sich zu verriegeln lohnt.«

»Noch nicht einmal die leeren Flaschen, die wir zum Abfüllen des Weins brauchen.« Mir rutschte das Herz in die Hose, als ich den Raum absuchte. »Wo sind sie, Antonio?«

Er zuckte mit den Schultern. »Wie ich bereits sagte, es kommen ständig Sachen abhanden.«

Ich holte mein Handy heraus, um Mama anzurufen, aber es hatte keinen Empfang im Weinkeller. Ich ging wieder nach oben und erzählte ihr alles.

Mama sagte: »Was immer Antonio braucht, kann er haben. Ich habe jede Menge Kisten mit Weinflaschen in Reserve. Ich hätte noch nicht einmal einen Weinberg, wenn uns Antonio vor ein paar Jahren nicht geholfen hätte. Du kannst ihm sagen, dass er alles haben kann, was er braucht.«

»Danke, Mama.« Ich komme gleich rüber.«

»Nein!«

Ich war verwirrt. »Was? Warum kann ich denn nicht vorbeikommen –«

Am anderen Ende der Leitung gab es eine lange Pause. »Das ist jetzt nicht der richtige Zeitpunkt, Cen. Ich – ich erkläre es dir später., aber bitte komm jetzt nicht nach Hause. Schicke Pearl vorbei.«

»Okay, aber –«

Aber Mama hatte bereits aufgelegt. Sie handelte sehr merkwürdig und ich hatte keine Ahnung, warum.

Bildete ich mir das nur ein oder spielte die ganze Stadt gerade verrückt?

KAPITEL 3

Antonio war schon immer in jeder Saison der erste gewesen, der seinen Wein abgefüllt hatte. Er war sehr detailfreudig, fast bis zur Besessenheit, und sein Weingut war immer tadellos. Aber das war in normalen Zeiten. Alles war jetzt anders.

Westwick Corners beherbergte nur ein paar hundert Seelen, daher merkte jeder sofort, wenn ein Nachbar Probleme hatte. Wir halfen uns gegenseitig, aus selbstlosen aber auch aus egoistischen Gründen. Selbstlos, weil in einer Kleinstadt jeder vom anderen abhing. Egoistisch, denn wenn ein Zahnrädchen brach, würde das ganze Rad nicht mehr laufen. Ohne erfolgreiche Geschäfte würde unsere Stadt bald nicht mehr existieren. Die Probleme unserer Nachbarn wurden zu unseren und umgekehrt.

Ich stieg wieder die Treppe zum Weinkeller hinunter, aber meine gute Laune wurde bald beim Anblick des verwirrten Antonios getrübt.

»Ich fühl mich nicht wohl.« Antonio legte eine Hand auf ein Fass und versuchte, sich auszubalancieren. »Mir ist schwindlig. Vielleicht bin ich überarbeitet.«

Tante Pearl höhnte. »Soweit ich das sehe, hast du überhaupt nicht gearbeitet.«

Ich warf ihr einen bösen Blick zu, bevor ich mich zu Antonio umdrehte.

»Ich glaube, es ist die Lüftung«, sagte ich. »Die Luft hier unten ist ein wenig stickig. Lasst uns wieder nach oben gehen.« Ich gab Tante Pearl ein Zeichen, voran zu gehen. Ich folgte ihr und wartete auf halber Treppenhöhe auf Antonio, der die Kellertür schloss und elektronisch verriegelte. Die Tür machte ein Summgeräusch, während sie sich automatisch schloss. Antonio prüfte noch einmal den Griff und schleppte sich hinter uns her.

Während ich die Treppe hochstieg, dachte ich, dass seine Sicherheitsmaßnahmen etwas übertrieben sind. Immerhin gingen wir ja nur nach oben. Wir verließen doch nicht das Gebäude.

Oben angekommen führte ich Antonio zu einem Stuhl an der Weinprobenbar und deutete ihm an, er solle sich setzen. »Wir schaffen das. Mama sagt, dass du dir ein paar von ihren Flaschen borgen kannst.«

Antonio zuckte mit den Schultern. »Okay, es ist wohl einen Versuch wert.«

Tante Pearl räusperte sich. Sie stand neben dem Weinbehälter, den Antonio einige Minuten zuvor verlassen hatte und hielt ein Weinglas ins Licht. »Ähem – du kannst dieses Zeugs hier nicht abfüllen. Was schwimmt denn da drin herum? Es sieht aus wie Abwasser.«

Tante Pearl hatte recht. Der Wein in den Fässern hätte eigentlich fertiggestellter, gegärter, gealterter und geklärter Wein sein sollen, der nur noch abgefüllt werden musste. Unvollendeter, ungefilterter, nicht gealterter Wein hätte niemals in einem Fass enden dürfen und wir könnten ihn unmöglich zum Weinfest mitnehmen. Hatte Antonio den Verstand verloren?

Der Antonio, den ich kannte, wäre vom Stuhl aufgesprungen und wäre über diese Tragödie ausgerastet. Stattdessen neigte er sich leicht auf dem Stuhl und deutete auf den Wein. Mit dumpfer Stimme sagte er: »Nein, den nicht. Der ist noch nicht fertig. Das Fass daneben. Der Meritage.«

»Meritage? Bist du sicher?« Während ich persönlich den Lombard Meritage mochte, war er nicht gerade eine beliebte Mischung bei den Besuchern des Weinfests. Die meisten Leute zogen die vollmundigeren Roten vor. Antonios Wahl war Selbstsabotage. Er wusste genau, dass niemand diesen Meritage kaufen würde. »Dein Syrah ist der beste und dein Cabernet Sauvignon immer ein Volltreffer. Warum nimmst du nicht einen von denen?«

Antonio runzelte die Stirn. »Ich erinnere mich vage daran, Cabernet abgefüllt zu haben. Ich frage mich, wo ich ihn hingetan habe.«

»Was ist denn das für ein Schluderladen? Führst du keine Bücher?«, Spöttelte Tante Pearl. »Kann mich nicht erinnern...Pfff!«

»Ich bin mir sicher, dass ich ihn finde.« Ich durchsuchte das riesige Lagerhaus und hielt an den deckenhohen Regalen an, auf denen die Lombard Weinfässer standen. Normalerweise waren die Regale von unten bis oben bepackt mit perfekt angereihten Eichenfässern, voll mit Wein. Auf jedem Fass würde ein Etikett mit der Weinsorte und dem Lombard Wines Logo kleben. Antonio hatte für jeden Wein einen Bereich reserviert: Merlot, Meritage, Cabernet Sauvignon, Pinot Noir und Syrah, wobei die ältesten Jahrgänge für einen leichten Zugriff ganz unten gestapelt waren.

Jetzt gab es auf den Regalen große Lücken zwischen willkürlich auf dem Boden von zwei Regalen lagernden Fässern. Die drei oberen Regale waren völlig leer. Scheinbar war schon eine ganze Weile nichts gekeltert worden. Ich ging näher an die Etiketten heran und stöhnte: Pinot Noir, Syrah, Meritage…, sie waren noch nicht einmal in alphabetischer Reihenfolge!

Aber der eingelagerte Wein machte mir die geringste Sorge, da er immer noch am Altern und nicht abfüllbereit war. Ich schwor mir, einen abfüllwerten Wein zu finden.

Ich warf einen kurzen Blick auf Antonio, während ich zur Bar ging und mir hinter dem Tresen ein Weinglas schnappte. Er guckte Löcher in die Luft und bemerkte mich gar nicht. Ich durchquerte den Raum zur anderen Seite des Weingutes, ging mit dem Weinglas am Kellereingang vorbei, in Richtung Aluminiumtanks, in denen der abfüllbereite Wein gelagert war. Selbst wenn ich erst jeden Weintank probieren müsste, um etwas Brauchbares zu finden, dann würde ich es tun. Es gab keine andere Lösung.

Ich hielt am ersten Tank an und hielt das Glas unter den Hahn. Es war ein Cabernet Sauvignon. Ich drehte den Hahn auf und wartete darauf, dass der Wein in mein Glas floss.

Nichts.

Noch nicht einmal ein Tropfen, um einen kürzlichen Gebrauch nachzuweisen. Der Tank war völlig leer.

Ich versuchte es am nächsten Tank. Auch hier war kein Wein. Das gleiche Ergebnis bei allen anderen Tanks in der Reihe. Da gab es weder Cabernet Sauvignon, Cabernet Franc oder irgendeinen anderen. Mir wurde mulmig, obwohl für mich persönlich nichts auf dem Spiel stand. Ich hatte Antonio für seine harte Arbeit bewundert, durch die er das Weingut viele Jahre hinweg so erfolgreich gemacht hatte. Dennoch war hier schon seit langer Zeit kein Wein mehr hergestellt worden. Plötzlich bekam ich Schuldgefühle.

Wieso hatte ich das nicht schon früher bemerkt?

Ein so großartig aussehendes Weingut, aber kein Wein!

Gerade wollte ich aufgeben, als ich den Hahn am allerletzten Tank öffnete. Zu meiner Überraschung sprudelte Rotwein in mein Glas, das fast übergelaufen wäre, wenn ich nicht schnell den Hahn zugedreht hätte. Ich nahm einen großen Schluck und kostete samtig, vollmundigen Rotwein. Ich war keine Expertin, aber ziemlich sicher, dass es ein Syrah war und dazu ein unglaublich guter. Alles, was wir brauchten, waren genügend Flaschen zum Abfüllen für das Weinfest. Das würde mit Sicherheit ausreichen.

Ich holte tief Luft und rappelte mich selbst zusammen, während ich zur Bar zurück ging. Antonios Zukunft hing davon ab. Meine Hand zitterte, als ich Antonio das Glas reichte. »Ich denke, es ist ein Syrah. Was meinst du?«

Antonio hielt das Glas ins Licht, begutachtete es eine Weile und setzte es an seine Lippen an, um einen großen Schluck zu nehmen. Er schluckte und stieß einen zufriedenen Seufzer aus. »Ah…, der 2016er Syrah. Der eignet sich gut.«

»Prima. Tante Pearl, bitte geh nach Hause. Und hole Mamas Flaschen.« Ich gab ihr meine Autoschlüssel und war erleichtert, das Antonio scheinbar seine Sinne wiedergefunden hatte.

»Aye aye, Sir.« Tante Pearl blickte finster drein und salutierte mich spöttisch, während sie nach draußen eilte.

Ich brauchte ein paar Minuten allein mit Antonio, um herauszufinden, was los ist. Das konnte ich nur ohne Tante Pearls Einmischungen tun.

Ich wartete, bis die Reifen auf dem Kies knirschten und Tante Pearl den Parkplatz verließ. Ich drehte mich zu Antonio um.

»Wo ist Jose?« Antonios jüngerer Bruder war oft auf Geschäftsreise und niemals in der Gegend, wenn es Arbeit gab. Er war für den Verkauf, das Marketing und andere Aufgaben zuständig, die nichts direkt mit der Handhabung von Trauben oder Wein zu tun hatten. Ich vermutete, dass er diese Aktivitäten gewählt hatte, um sich vom Weingut und seinem perfektionistischen Bruder fernzuhalten.

Da die Absatzzahlen in der letzten Zeit mager waren und er fast kaum neue Aufträge von seinen häufigen Geschäftsreisen zurückbrachte, nahm ich ebenso an, dass die Gerüchte über sein Playboyverhalten stimmten.

Antonio zuckte mit den Schultern. »Jose sollte einen vollen Lieferwagen mit Weinbestellungen zu unseren Kunden bringen.

Er ist nicht sehr zuverlässig, aber das ist alles, was ich ihm anvertrauen kann. Er ruiniert alles, was er anfasst.«

»Ich dachte, er würde sich um den Verkauf kümmern«, sagte ich.

Antonio lachte. »Er ist ein lausiger Verkäufer und investiert nicht viel Zeit damit. Er möchte nichts mit dem Betrieb zu tun haben und erwartet von mir, dass ich die ganze Arbeit tue. Er ist der schlechteste Geschäftspartner, den man sich vorstellen kann. Ich wünschte, ich könnte ihn auszahlen.«

»Das solltest du.« Die Brüder waren zwei absolute Gegensätze. Jose war anspruchsvoll und faul. Antonio war bescheiden und fleißig. Im Allgemeinen war er auch glücklich. Aber im Augenblick war er völlig anders.

»Ich kann ihn nicht auszahlen, Cen. Unser Umsatz ist so schlecht, dass ich kaum die Rechnungen von den Versorgungsunternehmen zahlen kann. Joses Anteil zu kaufen steht außer Frage. Nicht, dass er es jemals zugelassen hätte.«

»Ich bin mir sicher, dass das diesjährige Weinfest alles ändern wird.« Das bezweifelte ich, aber ich wollte ermutigend klingen.

»Das glaube ich nicht. Letztes Jahr war es das reine Desaster. Ich habe die Hoffnung aufgegeben.« Antonio nahm leere Weinkisten von Lombard Wines auf und stapelte sie an der Wand auf der Hinterseite des Gebäudes.

Ich blickte auf die furchtbare Unordnung rundherum und suchte nach Antworten.

»Ich hab ein paar Ideen…aber lass uns zunächst aufräumen und die Abfüllung vorbereiten.« Ich ging zum Abfülltisch und prüfte die Ausrüstung. Zumindest war der Abfüllbereich aufgeräumt. Aber er war staubig und war wohl schon monatelang nicht mehr benutzt worden.

Genau wie wir hatte Antonios Familie schon seit Generationen in Westwick Corners gelebt. Die Brüder hatten Lombard Wines und den Weinberg von ihren verstorbenen Eltern geerbt. Das

Weingut war bekannt für seine Qualitätsweine, vor allem in den letzten Jahren, weil Antonio sein Know-how in der Weinherstellung perfektioniert hat. Irgendetwas hatte sich in ihm kürzlich verändert und wir mussten diese Sache unbedingt wieder umkehren, solange es noch möglich war.

Ich fand Korken neben dem Flaschenverkorker und suchte im integrierten Fach hinter dem Abfülltisch nach passenden Etiketten und Folienkappen. Zumindest waren sie in alphabetischer Reihenfolge sortiert. Ich fand die schwarzen und silberfarbenen Syrah-Etiketten von Lombard Wines und legte sie neben die Korken.

»Vielleicht kannst du einen neuen Geschäftspartner finden, um Joses Anteil zu kaufen?«, schlug ich vor.

Antonio schüttelte den Kopf. »Wer würde einen Anteil an diesem Betrieb kaufen? Der Standort ist weit von unseren wichtigsten Absatzgebieten entfernt und das Wetter ist unberechenbar. Wir sind nicht mehr konkurrenzfähig.«

»Es ist nur eine schlechte Phase, Antonio. Du warst vorher erfolgreich und wirst es wieder sein – beginnend mit diesem Weinfest.«

»Das war, bevor Desiree hierhergezogen ist und das Weingut Verdant Valley Vineyards gegründet hat. Sie hat immer die besten Stände am Weinfest und monopolisiert alle Käufer. Sie macht meine Weine schlecht, um ihre besser dastehen zu lassen. Jedes Jahr stiehlt sie uns immer mehr Marktanteile. Sie hat den Preisrichter in ihrer Tasche und wird wie jedes Jahr den ersten Preis gewinnen. Warum mache ich mir überhaupt die Mühe, den Wein einzubringen? Allein der Gedanke daran macht mich verrückt.«

»Lass dich nicht von ihr ärgern. Dieses Jahr wird es anders sein«, log ich. Desiree LeBlanc war rücksichtslos und würde vor nichts Halt machen, um die Nummer eins zu bleiben. Sie würde bestimmt wieder gewinnen, aber Antonio hatte größere Sorgen als den diesjährigen Gewinnerwein hervorzubringen. Er war dabei, seinen Betrieb und seine Lebensgrundlage zu verlieren, wenn er sich nicht angemessen präsentieren und die Aufmerksamkeit – und die Brieftaschen – von Käufern auf dem Weinfest anziehen würde. Das eintägige Fest führte häufig zur Hälfte des Jahresumsatzes eines Weingutes. Weinkäufer kamen aus dem ganzen Land. Das Westwick Corners Weinfest war zwar klein, aber strategisch gesehen eines der letzten von zahlreichen Weinfesten im Bundesstaat Washington.

Knapp fünf Minuten waren vergangen, als die Tür aufflog und Tante Pearl hineinkam. Auf ihren ausgestreckten Armen stapelten sich zwei Kisten mit Weinflaschen. Die Pappkartons verdeckten ihr Gesicht. Alles, was ich hinter den Kartons zu sehen bekam, war ein abgemagerter Körper in einem lilafarbenen Samtanzug.

»Das ging aber schnell.« Antonio riss die Augen auf. »Du musst nach Hause und wieder zurückgeflogen sein.«

Tante Pearl grinste verschmitzt. »So ist es.«

Ich starrte sie an. Sie war nicht nach Hause gegangen, um Mamas Flaschen zu holen. Sie hatte die Flaschen draußen auf der Einfahrt herbeigezaubert, womöglich noch in Sichtweite. Dies war eine öffentliche Präsentation von Hexerei – und verstieß gegen die WICCA-Regeln.

Atemlos und erschöpft von der Anstrengung ging Tante Pearl zum Abfülltisch hinüber und stellte die Kartons auf den Boden. Sie neigte den Kopf zur Tür und zum Parkplatz. »Der Rest ist im Auto. Ich hoffe, es reicht.«

»Nichts reicht.« Antonio fuhr sich mit der Hand durch die verworrenen graumelierten Haare, während wir zum Auto auf dem Parkplatz gingen. »Wenn ihr mich fragt, ist es zu wenig und zu spät, das Weingut zu retten.«

»Nein, ist es nicht. Positiv denken, Antonio, positiv! Wir kriegen dich schon wieder flott.« Ich öffnete den Kofferraum und stapelte drei Kartons auf Antonios ausgestreckte Arme. Ich schnappte mir zwei weitere Kartons und folgte ihm ins Gebäude. Nachdem wir die Kartons am Abfülltisch entlang gestapelt hatten, drehte ich mich zu ihm um. »Mach dir keine Sorgen, Antonio. Gemeinsam schaffen wir das.«

Gemeinsam. Das erinnerte mich an Tyler und seiner Überraschung. Das einzige Mal, dass er so seltsam gehandelt hatte, war, als er mich in seine Heimatstadt brachte, um mich seiner Mutter vorzustellen, kurz nachdem wir begonnen hatten, miteinander zu gehen. Plante er ein bedeutenderes Ereignis?

WIR HATTEN ZWAR NIE OFFIZIELL über Heirat gesprochen, waren aber auf dem besten Wege dazu. Wollte mir Tyler einen Heiratsantrag machen? Ich stellte mir unsere Hochzeit vor, eine kleine intime Gartenzeremonie, gefolgt von einem großen Empfang...

Plötzlich holte mich ein lautes Geräusch aus meinen Träumen.

Tante Pearl klatschte in die Hände und schrie in mein Ohr.

»Cen – wach auf! Eine komatöse Person ist schon schlimm genug, aber zwei ist zu viel. Ich schaffe die ganze Arbeit nicht allein.«

»Ich hatte nie gesagt, dass du Arbeit hättest. Ich habe dich nicht darum gebeten.«

»Na ja, wie es scheint, kannst du das hier nicht ohne meine Hilfe bewerkstelligen und Antonio kannst du vergessen. Glaubst du wirklich, dass dir Tyler einen Heiratsantrag machen will? Wenn er das tut, fresse ich meine Socken.«

»Warum sollte ich das denken?« Ich errötete, als ich es verneinte.

»Ich weiß a-l-l-e-s«, stichelte Tante Pearl singender Weise. »Ich hoffe, dass es bei deiner Gartenhochzeit diesmal keine Leiche gibt.«

»Was? Nein!« Konnte Tante Pearl meine Gedanken lesen?

Tante Pearl prustete. »Natürlich kann ich deine Gedanken lesen, Cen. Warum glaubst du, habe ich in deinem Auto gewartet? Du hast niemandem erzählt, dass du Antonio heute helfen würdest. Ich wusste, dass dir die Sache über den Kopf wächst. Wieder einmal bin ich dir zur Hilfe geeilt.«

Nur Oma Vi konnte meine Gedanken lesen. Dieses Talent hatte sie erst entwickelt, nachdem sie ein Geist geworden war. Ich hatte immer angenommen, dass dies eine Geister- und keine Hexengabe war. Ich hoffte, dass Tante Pearl bluffte.

»Aah...du musst noch eine Menge lernen, Cen. Die Grundlagen deiner Hexenkraft sind mehr als dürftig. Du weißt doch, was man sagt: Du weißt nicht, was du nicht weißt. Ich habe gesehen, wie Tyler mit Ruby gesprochen hat, als ich die Flaschen abgeholt habe. Vielleicht bittet Tyler sie um die Erlaubnis, –«

Mama vergötterte Tyler, daher wäre ihre Antwort selbstverständlich ja. Aber ich glaubte nicht, dass Tyler so etwas tun würde. Immerhin befanden wir uns im einundzwanzigsten Jahrhundert. Ich war kein Familienbesitz, den es zu verschenken galt. Nur ich hatte das Recht zu entscheiden, wen ich heiraten wollte. Tante Pearl hatte sich das alles bestimmt nur ausgedacht.

»Denk dran, Cen...ich weiß alles, was du denkst.« Tante Pearl holte ihr Handy aus der Tasche und durchblätterte ein paar Fotos. »Ah, da ist es...dieses Foto habe ich von Tylers Jeep gemacht, draußen vor der Familienpension. Es steht Datum und Uhrzeit drauf und es war vor genau fünfzehn Minuten.«

»Lass mich mal sehen.« Ich schnappte mir ihr Handy und es stimmte. Tylers Jeep parkte wirklich vor der Familienpension. War es eine Illusion, ein Teil von Tante Pearls Zaubersprüchen? Nein, das Foto musste echt sein, denn Tante Pearls magisches Fotoshopping war langweilig und öde. Es war einfach nicht ihre Art der Hexerei. Sie brauchte mehr Spezialeffekte und Drama. Wenn sie hinter einer Trickgeschichte stünde, die etwas mit Tyler und einem Heiratsantrag zu tun hat, gäbe es wahrscheinlich Feuer, Explosionen und einen völlig anderen Bräutigam.

Tante Pearl grinste verschmitzt. »Willst du wissen, was Tylers

Überraschung ist? Weißt du, ich kann die Gedanken jedes Menschen lesen. Auch Tylers.«

Ich hielt mir die Ohren zu und schüttelte den Kopf. »Nein, das will ich von Tyler hören, nicht von dir.« Wenn sie tatsächlich Telepathie beherrschte, dann hätte ich bisher schon eine Menge Klatsch und Tratsch über andere Leute gehört, denn Tante Pearl konnte nichts für sich behalten. Wahrscheinlich bluffte sie und ich würde nicht anbeißen.

Tyler würde seine Überraschung in wenigen Stunden preisgeben.

Wie schwer könnte es sein, zu warten?

KAPITEL 4

TANTE PEARL, ANTONIO UND ICH TRUGEN DIE RESTLICHEN Weinflaschen ins Weingut und stellten sie neben den Abfülltisch.

Antonio seufzte. »Ich kann das nicht mehr, Cen. Weinherstellung ist eine Art Kunst. Es braucht Zeit, um einen Qualitätswein herzustellen. Jetzt stehe ich im Wettbewerb mit ein paar Startups, die noch nicht einmal ihre eigenen Trauben anbauen. Der Markt ist heutzutage überflutet mit solchem Billigwein.«

Tante Pearl stieß einen langen Seufzer aus. »Es ist eine Schande, dass du mit diesem Schrott konkurrieren musst. Wie bereits gesagt, ich bin gerne bereit, dir zu helfen.«

Tante Pearls Angebot war verdächtig, denn ihre Hilfe hatte immer ihren Preis. Ich würde es nicht zulassen, dass irgendjemand Antonio ausnutzte. Er hatte unserer Familie durch harte Zeiten geholfen und sogar Mama beigebracht, ihren eigenen Weinberg anzubauen. Jetzt war Mamas roter Merlot mit dem schönen Namen Hexenstunde gut genug, um dieses Jahr beim Westwick Corner Weinfestival zu konkurrieren. Nicht nur gut genug, er war ausgezeichnet.

Ich drehte mich zu Tante Pearl um. »Wie genau hattest du geplant, Antonio zu helfen?«

»Betriebsgeheimnis.« Tante Pearl hielt einen Finger an ihre Lippen.

Ich mochte ihre Anspielung auf Hexerei nicht. Ich drehte mich zu Antonio um. »Der Markt ist in der Tat schwierig geworden, aber deine Weine sind auserlesen. Vielleicht brauchst du mehr Marketing, um deine Weine bekannter zu machen?«

Antonio schüttelte den Kopf. »Jose sagt, dass er die Weine überall anbietet, aber niemand will sie wegen des hohen Preises kaufen. Es ist der gleiche Preis wie von vor fünf Jahren, obwohl die Ausgaben gestiegen sind. Ich kann nicht zu Preisen verkaufen, die nicht unsere Unkosten decken und ich weigere mich, die Qualität zu vermindern.«

»Da muss es einen anderen Grund geben«, sagte Tante Pearl. »Selbst Ruby macht bereits Gewinne, obwohl sie erst vor ein paar Jahren mit dem Weinbau angefangen hat. Vielleicht vergeudest du nur – «

Ich unterbrach sie. »Mama macht Gewinne, weil Antonio ihr geholfen hat, Tante Pearl. Ich denke, dass Antonio weiß, was er tut.«

Westwick Corners war nicht gerade Napa oder Sonoma und der Osten Washingtons hatte nicht das gleiche Prestige wie kalifornisches Terroir.

Terroir war eine Ein-Wort-Beschreibung, die die Franzosen benutzten, um die vielen Umweltfaktoren zu beschreiben, die kombiniert wurden, um jeden Wein einzigartig zu machen. Sonnenlicht, Regen, Wind, Boden, Ausrichtung und Höhe des Weinbergs sind alles Dinge, die den Charakter jedes Weins ausmachen. Die Bedingungen schufen Weine, die für jede Region und jede Anbausaison einzigartig sind.

Westwick Corners liegt in einem fruchtbaren Tal mit reichem, lehmigem Boden. Das Gebirge im Osten blockierte Regen und

Wolken und bescherte uns heiße, trockene Sommertage. Die kühlen Nächte boten perfekte Bedingungen für fruchtige, saure Weine wie Cabernet Sauvignon und vollmundige Rotweine wie Merlot und Syrah.

Die heißen, trockenen Sommer von Napa und Sonoma sorgten für ein optimales Klima für Chardonnay, Cabernet Sauvignon und Pinot Noir. Westwick Corners' heiße Sommertage und kühle Nächte produzierten auch einige fabelhafte Weine. Westwick Valley hatte durchschnittlich dreihundert Tage Sonne pro Jahr, vierzig mehr als das etwas kleinere Napa Valley. Wir waren weiter nördlich und weniger bekannt und unsere Weingüter waren tendenziell kleinere Familienbetriebe. All das spiegelte sich bereits in unseren Preisen wider.

Mamas roter Merlot mit dem schönen Namen Hexenstunde verkaufte sich gut, obwohl es an Namenserkennung fehlte. Warum war Antonio, Mamas Mentor und Inspiration für unser Weingut, plötzlich so vom Pech verfolgt?

»Es muss einen anderen Grund als den Preis geben. Du hattest doch noch nie ein Problem mit dem Ausverkauf gehabt.« Ich wollte nicht mit dem Finger zeigen, aber ein offensichtlicher Grund war mangelndes Angebot, nicht mangelnde Nachfrage. Antonio produzierte keinen Wein.

»Jose sagt, dass wir zu viel Marktanteil verloren haben, und es ist ein Kampf, den wir nicht gewinnen können. Er will das Weingut verkaufen, bevor es wertlos wird. Er hat mich seit Monaten unter Druck gesetzt, deshalb hilft er nicht mehr aus. Er will mich zwingen.«

Die beiden Brüder hatten das Familienweingut vor fast einem Jahrzehnt geerbt. Jose hatte ein gleiches Mitspracherecht, ob sie das Weingut behielten oder verkauften, obwohl Antonio den Großteil der Arbeit ausführte.

Es musste einen anderen Weg geben. »Vielleicht können wir ihn dazu bringen, seine Meinung zu ändern?«

Antonio schüttelte den Kopf. »Nicht die geringste Chance.«

»Was ist, wenn ich Joses Anteil kaufe?«, betonte Tante Pearl stolz. . »Ich habe einen tollen Sanierungsplan.«

Ich hielt die Hand zum Protest hoch. »Nicht jetzt, Tante Pearl.«

»Pfff, Cen. Du musst mir immer gleich den Mund verbieten. Ich möchte einfach nur helfen.«

Die Stimme einer Frau kam von draußen herein, gefolgt von Schritten auf der Treppe zum Gebäude. »Was hat das mit Jose auf sich? Er ist doch kaum hier.«

Sekunden später betrat Antonios Assistentin Trina das Weingut. Sie trug trotz der Kälte ein ärmelloses Kleid und ihr gerötetes Gesicht war mit dicken blonden Strähnen umrahmt, die ihrem Pferdeschwanz entwichen waren. Ihr Gesicht glänzte vor Schweiß, den sie mit einer plumpen Hand von der Stirn wischte. »Alles, was Jose will, ist das Geschäft zu ruinieren. Ich habe noch nie von jemandem gehört, der sein eigenes Geschäft sabotiert.«

»Es ist schon gut, Trina«, beruhigte sie Antonio. »Ich habe ihnen schon erzählt, wie Jose mich ständig unter Druck setzt, zu verkaufen.«

Trina blickte Antonio anbetend an. »Ohne deine harte Arbeit gäbe es das Weingut gar nicht. Es geht mich nichts an, aber ich werde es trotzdem sagen. Dein Bruder handelt egoistisch und undankbar.«

»Es geht dich tatsächlich nichts an, Trina. Du hast fast genauso lange im Weingut gearbeitet wie ich. Ohne dich hätte ich es nicht geschafft. Ich würde dir in der Tat keinen Vorwurf machen, wenn du dich anderweitig umsehen würdest. Du könntest etwas viel Besseres haben.« Antonio winkte mit dem Arm im Raum herum.

Tina schlug die Hände über dem Kopf zusammen. »Was soll ich denn sonst tun? Ich bin so engagiert wie du, zumindest emotional. Ich liebe diesen Ort.«

Tante Pearl brummelte und fluchte leise vor sich hin. »Genauso engagiert…ha! Die ist doch nur hinter deinem Geld her!«

Trina runzelte die Stirn. »Was?«

»Vergiss es.« Ich legte einen Arm auf Tante Pearls knöcherne Schulter und lenkte sie aus der Hörweite. »Trina ist einer der Hauptgründe, warum dieser Laden hier immer noch läuft. Sie ist mehr als nur eine engagierte Mitarbeiterin; sie kümmert sich wirklich um das Weingut und um Antonio.«

»Ha! Das ist alles nur Show. Das liebeskranke Flittchen will sich nur das Lombard-Vermögen unter den Nagel reißen. Ich wette, diese Goldgräberin plant bereits die Hochzeit!«

Ich verdrehte die Augen. »Wo gibt es denn hier Gold zu graben? Dem nach zu urteilen, was Antonio erzählt, ist das Weingut fast bankrott.«

»Ich wette, Trina hat das Geschäft nur deshalb sabotiert, damit sie ihn retten kann. Sie will ihn vor sich selbst retten.« Tante Pearl grinste teuflisch. »Er ist völlig von seinem Wein besessen und Trina völlig von ihm. Kein Wunder, dass beide Single sind.«

»Tante Pearl, misch dich nicht in–«

»Sieh sie dir an, Cen. Sie würde alles tun für ihn, und der arme Antonio ist völlig blind.«

»Trina ist nicht—«

»Vielleicht hast du recht«, sagte Tante Perle ein wenig zu fröhlich.

»Warum stimmst du mir plötzlich zu?«

Tante Pearl lächelte. »Nun, es gibt immer ein erstes Mal, Cen. Ich habe an mir selbst gearbeitet und versuche, freundlicher zu sein. Earl sagt, es ist gut, die Probleme von allen Seiten zu betrachten.«

»Earl hat recht. Jeder verdient es, glücklich zu sein, sogar du und Earl.« Meiner Meinung nach war Tante Pearls Freund das Beste, was ihr je passiert ist. Abgesehen von ihren reimenden Namen waren sie ein Musterbeispiel dafür, wie sich Gegensätze anziehen. Seine lockere Art beruhigte Tante Pearl und hatte sie in eine angenehmere Person verwandelt. Er fand ihre Possen urkomisch. Ich mochte es insgeheim, wie er sie in Schach hielt.

»Hmmm, vielleicht hast du recht. Antonio und Trina würden gut zusammenpassen, aber das werden wir nie erfahren, weil Antonio nie darauf eingehen wird. Ich kann das im Handumdrehen erledigen.« Tante Pearl wedelte mit den Armen und murmelte vor sich hin.

Königin der Herzen,
Vereine diese zwei Seelen
Sende Liebespfeile ohne Schmerzen,
Lass Versprechen durch die Lüfte wehen
Zärtlich getragen vom Winde,
Auf das sich das Paar jetzt binde.

Der Anziehungszauber!

Tante Pearl klatschte in die Hände. »Oh, das wird ein Spaß!«

Ich schauderte, in der Hoffnung, dass die Ergebnisse diesmal besser waren. Ich erinnerte mich nur zu gut daran, als Tante Pearl mich und einen Las Vegas Gangster mit dem gleichen Zauber belegt hatte. Es war nicht gut ausgegangen. Glücklicherweise wurde die Katastrophe abgewendet, als der Bann unbeabsichtigt durch zersplitterndes Glas gebrochen wurde.

Die Flaschen von Mama zu zerschlagen kam im Augenblick nicht in Frage, weil Antonio jede einzelne brauchte, um seinen Wein abzufüllen. Außerdem würde jeder Zauber, den ich annullierte, Sekunden später von Tante Pearl wieder rückgängig gemacht werden.

»Tante Pearl, kehre sofort deinen Zauber wieder um!! Du kannst doch nicht mit dem Leben anderer Menschen spielen. Sie sind keine Schachfiguren in einem Spiel.«

»Oh doch, das sind sie. Man nennt es ›Spiel der L-I-E-B-E‹, Cen. Du sagtest doch selbst, dass sie Glück verdienen, also habe ich sie glücklich gemacht. Trina ist begeistert, dass Antonio sie endlich bemerkt hat. Schau mal, selbst Antonio lächelt.«

Da hatte sie recht. Antonio machte einen zufriedenen Eindruck und Trina strahlte vor Glück.

Antonio starrte Trina an, als würde er sie zum ersten Mal sehen. Er war errötet und seine Düsternis von vorher war nun durch Glückseligkeit ersetzt worden.

Trina wurde rot. »Dieser Wein füllt sich nicht von selbst ab.«

Antonios Stimme war plötzlich heiser. »Nein, das tut er in der Tat nicht.«

Sie starrten sich verträumt an.

Der Wein füllte sich *ganz und gar nicht* von selbst ab, wenn er es überhaupt würde.

Tante Pearl sagte: »Alle machen jetzt mal eine Pause. Ich kümmere mich um die Abfüllung. Lehnt euch zurück, entspannt euch und macht euch keine Sorgen.«

Tante Pearl machte kaum einen Finger im Haushalt der Familienpension Westwick Corners Inn krumm. Ich konnte mir nicht vorstellen, dass sie die ganze Arbeit allein machen wollte, wenn nichts dabei für sie heraussprang. Es sei denn natürlich, Sie hätte wirklich einen Nutzen davon.

»Nimm jetzt sofort den Zauber zurück oder ich werde es tun.« Rein technisch gesehen, könnte ich nicht den Zauberspruch einer anderen Hexe rückgängig machen, aber ich konnte einen anderen Zauber über ihren legen, der ihn aufhob. Das könnte zu einem Durcheinander führen und ich zog es als letzten Ausweg in Betracht.

Ich war hin- und hergerissen. Wenn Trina und Antonio einander glücklich machten, für wen hielt ich mich, diesen Frieden zu zerstören? Auf der anderen Seite mussten wir den Wein abfüllen und ich zweifelte daran, dass Tante Pearl ihr Wort halten und die Aufgabe zu Ende bringen würde. Im unwahrscheinlichen Fall, dass sie es tat, musste jemand – genau genommen ich – die einzelnen Schichten des Zaubers ungültig machen.

Tante Pearl unterbrach meinen Gedankengang. »Denkst du nicht, dass Antonio und Trina ein wenig Romantik verdient haben? Inwiefern ist das hier anders als deine verrückte Obsession für den Sheriff?«

»Er hat einen Namen, Tante Pearl. Wir sind weder verrückt noch stehen wir unter einem Bann.«

Sie kniff die Augen zusammen. »Das weißt du doch gar nicht. Woher weißt du, dass ich euch beide nicht mit einem Anziehungszauber belegt habe? Das habe ich nämlich, wusstest du das?«

»Das hättest du nicht getan, weil du Tyler noch nicht einmal leiden kannst.« Auch als Sheriff war Tyler Tante Pearls Erzfeind. Sie meinte, sie stünde über dem Gesetz, und Tyler ließ sie das Gegenteil spüren.

»Das ist überhaupt nicht wahr. Ich finde Sheriff Gates nur ein wenig pingelig, das ist alles. Er kommt immer wieder mit neuen Strafen und Regeln auf.«

»Du darfst ihn Tyler nennen. Er erfindet keine neuen Regeln. Er bestraft dich nur für die Gesetze, die du übertrittst. Er tut nur seinen Job, Tante Pearl.«

Tante Perle seufzte wehmütig. »Ich hätte den letzten faulen Sheriff nie aus der Stadt jagen sollen. Man weiß erst dann, was man hatte, wenn es weg ist.«

»Das stimmt.« Ich erinnerte mich, vor einem Jahr, als Lombard-Weine noch normal funktionierte. »Jetzt hebe diesen Zauber auf, mit dem du Antonio und Trina belegt hast.«

»Später. Zuerst ich habe einige Informationen sammeln.«

»Über Antonio? Wieso?«

Tante Pearl verdrehte die Augen. »Meine Güte Cen, meinst du wirklich, ich würde dir das sagen? Du schimpfst dich selbst eine

Journalistin, verpasst aber ständig Gelegenheiten. Du musst noch so viel lernen.«

Gerade wollte ich fragen, warum sie die Notwendigkeit verspürte, Antonio auszuspionieren, als mein Handy klingelte.

Zufälligerweise war es Tyler. Er wollte mir endlich von unseren Plänen für den heutigen Abend erzählen. War es ein Verlobungsring?

Ich stellte mir vor, wie er vor mir kniete und eine blaue Samtschatulle in der Hand hielt. Ein schöner Solitär, in der perfekten Größe für meinen Ringfinger, weil Tyler in dieser Hinsicht sehr aufmerksam war. Wir würden eine Flasche Champagner aufmachen–«

»Cen? Bist du noch da?«, Tylers Stimme riss mich abrupt aus meiner Tagträumerei.

»Ja,...tut mir leid. Ich versuche nur gerade, alles mit Antonio zu organisieren. Wo bist du jetzt?«

»Ich, äh...ich bin auf dem Weg nach Hause. Äh,...wegen heute Abend–mir ist etwas dazwischen gekommen. Können wir es stattdessen morgen machen? Natürlich nach dem Weinfest.«

»Klar, wieso?« Meine Stimmung war verdorben, obwohl ich versuchte, optimistisch zu klingen.

»Das kann ich dir jetzt nicht sagen. Ich hole dich morgen früh gegen neun Uhr zum Weinfest ab, in Ordnung?«

»Alles klar, bis dann.« Er erwähnte nichts über den Besuch bei Mama und mir fiel auch keine Ausrede ein, um ihn dazu zu befragen. Was wäre, wenn er seine Meinung über uns geändert hätte? Wie bescheuert von mir, an einen Heiratsantrag gedacht zu haben. Was hab ich mir bloß eingebildet?

Ich steckte mein Handy zurück in die Tasche. Wenn uns Tante Pearl wirklich mit einem Anziehungszauber belegt hatte, wie sie behauptete, was wäre, wenn sie ihn rückgängig gemacht hätte? Das würde bedeuten, dass Tylers Liebe für mich nicht echt war, dass unsere gemeinsame Zukunft–«

Tante Pearl zupfte an meinem Ärmel. »Mensch Cendrine, komm in die Hufe! Wir müssen hier einen Betrieb in Gang bringen!«

Ich wies sie ab. »Noch eine Minute!«

Ich musste mich wieder einkriegen, sonst würde Tante Pearl die Enttäuschung auf meinem Gesicht geschrieben sehen. Ich hatte mich die ganze Woche über auf Tylers Überraschung gefreut. Nun, aus unerklärlichen Gründen, gab es sie nicht mehr.

Ich warf einen Blick auf Trina und Antonio. Sie hatten sich wieder gefasst und bereits den Abfülltisch vorbereitet. Jetzt arbeiteten sie fleißig und in perfekter Synchronität. Sie richteten den Wein so ein, dass er zum Abfüllen in die Flaschen bereit war. Sie ordneten die Etiketten, Korken und Flaschenverkorker am Fließband an.

Sie waren wirklich perfekt aufeinander abgestimmt, mit oder ohne Zauber. Vielleicht waren Tante Pearls Zaubersprüche doch nicht so schlimm. Manchmal benötigt man einen Funken, um ein Feuer anzufachen.

Ich schlurfte zu Tante Pearl zurück, aber nicht mehr so lockerflockig wie zuvor. Sie wies Antonio und Trina zusätzlicher Aufgaben zu.

»Mit was soll ich beginnen?«, fragte ich.

Aber Tante Pearl hörte nicht zu. Sie hatte ihre Aufmerksamkeit auf das Fenster gerichtet. Draußen fuhr ein altes rotes Corvette Cabriolet durch das offene Haupttor von Lombard Weine.

KAPITEL 5

»Oh...das gibt was.« Tante Pearl wischte sich die Hände an den Oberschenkel ab und ging nach draußen.

Da ich keine Ahnung hatte, was los war, schleppte ich mich hinter ihr her.

Der kalte Wind von ein paar Stunden war verschwunden. Die Temperatur war um ein paar Grad gestiegen, obwohl es noch kühl draußen war.

Das Chrom der alten Corvette und die liebesapfelrote Metalliclackierung glänzten in der Sonne, als der Fahrer den Wagen in einem Halbkreis fuhr, sodass er wieder für eine schnelle Abfahrt zum Torausgang gerichtet war. Das Auto war in tadellosem Zustand, ein Vintage-Modell vom Beginn der sechziger Jahre mit Weißwandreifen und schicken Felgen.

Das Verdeck war zurückgezogen und ich hatte keine Probleme, den glatzköpfigen Fahrer zu erkennen, während er das Auto parkte. Richard Harcourt, der Manager von der Westwick Corners Bank, hatte offenbar seinen praktischen Minivan gegen ein teures Sammlerstück eingetauscht.

Sah so ein Midlife-Crisis-Auto aus? Er hatte bereits eine Affäre mit einer jüngeren Frau, Desiree LeBlanc.

Ich konzentrierte mich wieder auf die Frage, warum Richard hier war. Er war schon viele Jahre lang einer der Preisrichter beim Weinfest, daher dürfte er sich keinesfalls mit einem Kandidaten, d.h. Antonio, treffen. Andererseits war Desiree auch Kandidatin und mit ihr war er ohnehin verbrüdert. Gab es in letzter Minute Arrangements für das Festival morgen? Ich hoffte nicht, denn das würde bedeuten, dass sowohl Antonio und Mama noch mehr Arbeit hätten.

Richard blieb mit laufendem Motor im Auto sitzen. Er schien uns nicht zu bemerken und hatte es nicht eilig, auszusteigen. Mein Magen krümmte sich und sagte mir, dass dies kein Höflichkeitsbesuch war. Antonio hatte mir anvertraut, dass er mit seinen Hypothekenzahlungen in Rückstand geraten war. Ein erfolgreiches Weinfest morgen könnte das schnell ändern. Das war alles, was er brauchte, damit das Geld wieder regelmäßig aufs Konto floss. Jeder wusste, dass das Weingeschäft jahreszeitlich bedingt war. Sicherlich hatte Richard den Anstand, Antonio ein wenig Spielraum zu geben, um die Dinge zu klären. Während ich wieder zu Antonio hineinging, wusste ich bereits, dass dies nicht passieren würde.

Es wurde bald klar, warum Richard in seiner Corvette geblieben war. Er hatte auf jemanden gewartet.

Joses schwarzer Cadillac fuhr auf den Parkplatz und parkte wahllos ein paar Meter von Richards Corvette. Beide Männer verließen ihre Fahrzeuge und gingen flüsternd zum Eingang des Weingutes.

Richard hatte mit seinen Eins achtundneunzig die zweifelhafte Auszeichnung, der größte Mann in der Stadt zu sein. Er musste sich etwas zu Jose bücken, der mit seinen etwa Eins zweiundachtzig im Vergleich zu Richard wesentlich kleiner wirkte.

Obwohl Jose ein paar Zentimeter größer und schlanker als sein älterer Bruder Antonio war, konnten sie nicht verleugnen, Brüder zu sein. Beide hatten die gleichen kurzen grau melierten Haare. Beide waren glatt rasiert und braun gebrannt, obwohl Joses Schimmer von der französischen Riviera importiert war und Antonio sich diese Bräune im Weinberg erarbeitet hatte.

Inzwischen waren Antonio und Trina aus dem Weinkeller aufgetaucht. Sie waren beide errötet und atemlos. Es war immer noch ziemlich kalt im Weinkeller, sodass ihr überhitztes Aussehen das Ergebnis von Tante Pearls Anziehungszauber gewesen sein musste. Sie hatten offensichtlich etwas viel Anstrengenderes als die Weinflaschenabfüllung getan. Tante Pearl neigte dazu, ihren Anziehungszauber zu den ungeeignetsten Momenten loszulassen, obwohl man aus Antonios hochrotem Gesicht deutlich schließen konnte, dass er wütend war, Richard und Jose zu sehen. Mächtige Magie kann manchmal durch noch mächtigere Emotionen überwunden werden.

Antonios schwelende Wut war offensichtlich, als er nach vorne trat. Seine Hände in die Seiten gestützt, die Fäuste geballt.

»Was macht der denn hier?«, flüsterte Trina. »Er sollte eigentlich in Richtung Süden fahren, um Wein auszuliefern. Wo ist der Lieferwagen?«

»So wie ich Jose kenne, hatte er ihn irgendwo in den Graben gesetzt.« Tante Pearl grinste verschmitzt.

»Nicht lustig«, schnauzte ich.

»Sollte es auch nicht sein. Schnauz mich weiter so an, Cendrine, und ich verdopple den Anziehungsz–«

Ich hielt die Hand zum Protest hoch. Nein, das wirst du nicht!«

»Du wirst was tun?« Trine starrte Tante Pearl an.

»Das tut jetzt nichts zur Sache«, sagte ich.

Trina hatte schon seit Jahrzehnten für den Familienbetrieb Lombard Wines gearbeitet, daher fühlte sie sich irgendwo als Mitbesitzerin, obwohl sie nur eine Angestellte war. Im Laufe der Jahre hatte sie ihr Eigenkapital Schweiß weit über ihr Gehalt investiert. Manchmal waren die tatsächlichen Gehaltszahlungen verspätet. Es gab zwar nur wenige Arbeitsplätze in der Stadt, aber es gab auch nur wenige Angestellte mit einer so großen Loyalität und Einsatzkraft. Natürlich war ein Teil, Grund dafür, dass sie in Antonio verliebt war. Tante Pearls Anziehungszauber hatte bereits ihre Hingabe verdoppelt oder verdreifacht.

Jose stolzierte lebhaft auf uns zu. Richard blieb ein paar Schritte zurück.

»Wir müssen reden.«, sagte Jose.

Antonio verschränkte die Arme vor der Brust und starrte Jose an. »Also steckt ihr beide zusammen unter einer Decke? Auf wessen Seite stehst du, Jose?«

Jose hielt seine Hände abwehrend mit den Handflächen nach außen hoch. »Es ist nicht so, wie du denkst, Antonio Ich habe nachgedacht...wir können dieses Cash-Flow-Problem mit ein wenig Hilfe von außen lösen.«

Antonio lachte. »Richard hat uns doch bereits wegen eines Darlehens den Hahn zugedreht. Er wollte uns vorher noch nicht einmal eine Hypothek aufnehmen lassen. Jetzt schleichst du hier hinter meinem Rücken herum?«

»Das machst du mit mir die ganze Zeit«, sagte Jose. »Du fragst mich noch nicht einmal, wenn Entscheidungen getroffen werden. Du handelst, als wäre dieser Betrieb dein Eigen, aber das stimmt nicht ganz. Mir gehört der gleiche Anteil und ich habe das gleiche Mitspracherecht.« Er warf einen Blick auf Trina aber sein Gesichtsausdruck war schwer zu erkennen.

»Du wolltest doch niemals etwas mit dem Geschäft zu tun haben. Du wolltest noch nicht einmal die grundlegendsten Arbeiten im Weingut erledigen. Du solltest eigentlich weg sein und den Wein ausliefern. Wo zum Teufel ist er?«

»Das kann warten, Antonio. Es gibt etwas viel Dringenderes.« Er nickte zu Richard. »Sags ihm.«

»Ich habe alles getan, um euch mit den Cash-Flow-Problemen

zu helfen, aber ich fürchte, wir haben alle Möglichkeiten erschöpft.« Richard zog einen Umschlag aus seiner Jackentasche und reichte ihn Antonio. »Es wird erst am Montag offiziell, aber ich wollte dir das jetzt schon geben, damit du nicht überrascht bist.«

Antonio schnappte sich den Umschlag und riss ihn mit zitternden Händen auf. »Eine Zwangsvollstreckung? Am Vorabend des Weinfests? Ich habe noch bis zum Montag Zeit, die Zahlungen zu leisten.«

»Technisch gesehen, ja…aber wir beide wissen, wo das hinführt«, sagte Richard. »Du hast immer noch nicht die Rate von letztem Monat gezahlt. Wie ich schon sagte, ich gebe dir nur eine inoffizielle Mitteilung darüber, was passieren wird. So können wir jede Peinlichkeit vermeiden. Es tut mir leid, Antonio. Ich habe getan, was ich konnte, aber wenn man nicht bezahlt…die Bank hat mich gezwungen.« Sein Gesicht war völlig emotionslos.

Feindlichkeit hing in der Luft wie ein Funke, der bald übersprang, um alles anzuzünden. Ich wagte nicht zu fragen, warum es alles Antonios und nicht Joses Schuld sein sollte.

Antonio erkannte sofort Richards Unaufrichtigkeit. »Ja, genau. Wir kennen uns seit Jahren, Richard. Wie konntest du mir das nur antun?«

Richard vermied Antonios Blick. Stattdessen konzentrierten sich seine Augen auf einen unsichtbaren Punkt ein paar Meter links von uns. »Vorschriften von der Zentrale, Antonio. Mir sind die Hände gebunden.«

»Du willst es nur nicht.« Antonio drehte sich zu Jose um. »Und nun zu dir. Jetzt verschwörst du dich sogar mit unserem Banker, um unsere Familienweingut in deinen Besitz zu bringen? Du bist derjenige, der uns mit allen deinen gescheiterten Marketingideen und teuren Verkaufsaktionen in den Bankrott getrieben hat. Dieses Weingut gehört uns schon seit Generationen, Jose. Mama und Papa haben ihr ganzes Leben daran gearbeitet, um es zu einem Erfolgsunternehmen zu machen. Hast du das vergessen?«

»Antonio, Mama und Papa haben rund um die Uhr gearbeitet und dies sieben Tage in der Woche. Ich möchte kein Sklave eines Unternehmens sein, das selbst in den besten Zeiten kaum kostendeckend gearbeitet hat. Wir haben seit Jahren keinen Gewinn gemacht. Es ist nicht rentabel.«

»Ich habe dir vor zwei Jahren angeboten, dich auszubezahlen, als das Geschäft noch besser lief. Warum hast du das Angebot nicht angenommen?«

Jose prustete. »Du hast mir einen Bruchteil dessen angeboten, was das Weingut wert war. Nein, natürlich habe ich das nicht angenommen.

»Das Angebot erfolgte zum fairen Marktwert auf der Grundlage einer professionellen Bewertung«, sagte Antonio. »Mein Angebot hat die Schrotflintenklausel in unserem Vertrag ausgelöst, die dir das Recht einräumte, mich zum gleichen Preis auszuzahlen oder mein Angebot anzunehmen und deine Aktien zu verkaufen. Genau das, was du angeblich jetzt tun willst, nur zu einem besseren Preis.«

»Tja, Pech gehabt. Jetzt, da du dieses Weingut in den Sand gesetzt hast und wir pleite sind, sind uns die Möglichkeiten ausgegangen.«

Tante Pearl schlug die Hände über dem Kopf zusammen. »Also ist jetzt alles meine Schuld? Du warst immer ein gleichberechtigter Partner gewesen.«

Jose warf einen kurzen Blick auf Richard, der kaum zustimmend nickte.

»Du wusstest, dass dieser Tag kommen würde, Antonio«, sagte Richard. »Ich habe dich mehrfach gewarnt. Ich vermute, dass du es nicht ernst genug genommen hast.«

Antonio fluchte leise vor sich hin und machte einen Schritt nach vorn. Trina griff nach seinem Unterarm, um ihn aufzuhalten.

Jose holte tief Luft. »Sieh mal, ich weiß, dass es schlecht um uns steht, deshalb habe ich mit Richard zusammengearbeitet, um herauszufinden, ob es noch andere Optionen gibt. Nicht-Bank-Optionen.«

»Nicht-Bank-Optionen?« Antonio sah aus, als wolle er jetzt gleich jemanden schlagen. Das Einzige, was ihn noch zurückhielt, war Trina. Das würde aber nicht lange andauern.

»Richard glaubt, einen Käufer finden zu können«, sagte Jose. »Wir können das Weingut verkaufen und mit unserem Leben fortfahren.«

»Das ist eine Option«, sagte Tante Pearl strahlend.

Ich packte sie am Arm und flüsterte: »Hör auf!«

»Autsch!« Sie riss ihren Arm weg und grinste mich an.

Antonio schoss uns einen verwirrten Blick zu, bevor er sich wieder an Jose wandte. »Das hier *ist* mein Leben, Jose. Oder hast du es nicht bemerkt?«

Trina biss sich auf die Lippe, ihre Augen füllten sich mit Tränen.

Antonio ließ seine Hand in ihre gleiten.

Jose zog die Augenbrauen hoch und schaute verdutzt auf die Hände des Paares. »Du weißt, dass es eine verlorene Schlacht ist, Antonio. Die Bank wird zwangsvollstrecken. Das ist unser Ausweg – ein Angebot, das wir nicht ablehnen können.«

»Den Teufel werde ich tun, ich werde nicht verkaufen.« Antonio spuckte auf den Boden, gefährlich nah an Joses Füßen.

Jose tat so, als bemerke er es nicht.

Antonio drehte sich zu Richard um. »Du zwingst mich zum Verkauf? Hast du schon ein paar Käufer gefunden? Zweifellos werden Sie auch von dem Deal profitieren. Das ist unethisch, Richard. Weiß dein Chef von deinen zwielichtigen Geschäften?«

Richard zuckte mit den Schultern. »Alles ist legal. Ich war nicht verpflichtet, das zu tun, Antonio. Ich versuche nur, dir aus der Patsche zu helfen.«

»Wer ist der Käufer?«

Schweigen.

»Jose? Du weißt schon, wer es ist, nicht wahr?«

»Richard und ich haben ein wenig nachgedacht, um eine Lösung für dieses Chaos zu finden. Wir hatten das Glück, jemanden zu finden, der sich für ein kleines Weingut wie unseres interessiert. Die Wirtschaft war nicht rosig in der letzten Zeit und unser Weingut ist ziemlich abgelegen, verstehst du? Höhere Transportkosten bedeuten, dass wir keine Top-Preise erwarten können. Aber ich denke, äh…wir haben ein faires Angebot bekommen. Du solltest dankbar sein, dass wir überhaupt etwas für das Weingut bekommen und nicht völlig leer ausgehen.«

»Wenn man dich so anhört, meint man, als ob es bereits beschlossene Sache wäre, Jose.«, warf Trina ein. »Wieso hast du Antonio nicht in die Diskussion einbezogen?«

Jose warf frustriert die Hände in die Luft. »Weißt du, ich habe es versucht, aber er ist nicht vernünftig. Er weigert sich, darüber zu diskutieren.«

»Wer ist der Käufer, Jose? Warum beantwortest du nicht Antonios Frage?« Trina war genauso verärgert wie Antonio.

Jose holte tief Luft und überreichte Antonio einen Umschlag. »Hier ist das Angebot. Bevor du mich anschreist, lies es komplett durch. Es ist kein Vermögen, aber es ist fair. Und der Käufer ist in Bezug auf den Abschlusstag flexibel. Ich weiß, dass du darüber nicht glücklich bist, aber so ist die Situation nun mal, in der wir uns befinden. Es ist das Beste für uns beide.«

Antonio zog den Inhalt aus dem Umschlag. Er überflog den Vertrag und warf ihn zu Boden. »Desiree Leblanc? Das ist die letzte Person, an die ich verkaufen würde. Im Prinzip ist das auch egal. Wir verkaufen das Weingut nicht. Weder an Desiree noch an jemanden anderen.«

»Komm schon Antonio. Entweder gehen wir leer aus oder wir nehmen Desirees großzügiges Angebot an.«

»Großzügig? Dieses Angebot liegt weit unter dem Betrag, den ich dir vor zwei Jahren als Auszahlungssumme angeboten habe. Für 'n Appel und 'n Ei! Du Verräter! Mama und Papa haben so hart gearbeitet, um dieses Weingut aufzubauen, und du lässt es zu, dass sie es uns wegstiehlt.«

»Uns sind die Möglichkeiten ausgegangen, Antonio. Entweder verkaufen wir oder die Bank leitet die Zwangsversteigerung ein.«

Antonio schrie. »Das wirst du noch bereuen.«

Jose trat in den Schmutz auf dem Boden und mied Antonios Augen.

Richard tippte auf seine Uhr. »Montag, Antonio. Bis dahin habt ihr noch Zeit, euren Kopf aus der Schlinge zu ziehen.«

Antonio drehte sich zu Jose um. »Du bist für mich gestorben. Du auch, Richard. Wenn du die Zwangsvollstreckung einleitest, werde ich dich töten!«

KAPITEL 6

Richards Fußstapfen knirschten auf dem Schotter, als er zurück zu seiner Corvette ging.

Jose beobachtete, wie er wegfuhr. Er vermied den Blickkontakt mit irgendjemandem. Es war offensichtlich, dass er lieber woanders wäre als an diesem Ort.

Tante Pearl brach das Schweigen. »Dieser Betrüger! Richard macht mich krank. Nicht nur, dass er ihr jedes Jahr den Gewinn im Weinfestwettbewerb zuschanzt. Jetzt hilft er diesem Flittchen Desiree auch noch, ihre gierigen kleinen Hände an dein Weingut und den Weinberg zu legen. Ich frage mich, was Valerie zu alldem sagt?«

»Valerie ist das mittlerweile egal«, sagte Jose. »Sie hat Richard gesagt, dass sie die Scheidung will.«

Desiree und Richards Affäre war hinlänglich bekannt. Doch in all den Jahren hatte Valerie diese Schäferstündchen vor aller Augen hingenommen. Ich konnte mir gut vorstellen, dass sie endlich genug hatte.

»Oh…du bist also auf dem neuesten Stand der Gerüchteküche?« Tante Pearl blickte finster drein.

Jose seufzte. »Jeder in der Stadt weiß es, Pearl. Valerie hat gestern die Scheidungspapiere eingereicht. Sie hat die Nase voll von Richard und Desirees Affäre.«

»Wurde auch Zeit«, schnaubte Tante Pearl, offensichtlich wütend, dass sie eine der letzten war, die es erfuhr.

Schweigen erfüllte den Raum, bevor Antonio schließlich abweisend fragte: »Sag mir, ob du den Wein geliefert hast, Jose.«

»Nein, ich habe den Wein nicht ausgeliefert. Ich war zu beschäftigt damit, eine Lösung auszuarbeiten, dieses Weingut zu retten…mit keinerlei Wertschätzung von dir, möchte ich hinzufügen. Weißt du, was es bedeutet, mit dir zu arbeiten, Antonio? Du bist ein totaler Kontrollfreak, der immer alles auf seine Weise haben muss. Du sorgst dich nur um deine blöden Weinflaschen und ignorierst das große Ganze. Dieses Weingut ist nicht rentabel. Wir sind pleite und es ist zu spät, etwas dagegen zu unternehmen. Ich kann es kaum erwarten, bis ich endlich frei von all dem bin.«

»Ja, wenn du dich vielleicht etwas mehr darum gekümmert hättest, wären wir nicht in diesem Schlamassel. Ich werde den Wein ausliefern. »Sag mir einfach, wo der Lieferwagen steht.« Gib mir die Schlüssel.« Antonio hielt seine Handfläche hin und bewegte sie, um die Schlüssel zu fordern.

Jose bückte sich, um das weggeworfene Kaufangebot vom Boden aufzuheben. »Entspann dich. Ich werde den Wein noch dieses eine Mal ausliefern. Ich werde jetzt zum Lieferwagen gehen und noch innerhalb dieser Stunde losfahren. Ich werde alle Lieferungen den ganzen Weg nach Süden bis zur mexikanischen Grenze machen. Es wird eine Woche dauern, aber ich werde auch noch die allerletzte Flasche liefern. Ich werde auch alle unsere Kunden ermutigen, in bar zu bezahlen. Obwohl das jetzt auch nicht mehr so wichtig ist. Am Montag gehört uns das Weingut nicht mehr. Aber ich werde es trotzdem tun, nur damit ich dich los bin.«

»Wenn wir das Weingut verlieren, ist es einzig und allein deine

Schuld. Die Weinlieferung – wenn du tatsächlich dein Wort hältst – ist zu wenig, zu spät. Du bist faul und anspruchsvoll. Du denkst nur an dich.«

»Wie auch immer. Du wirst es bereuen, Antonio.« Jose drehte sich um und ging ohne zurückzuschauen zum Auto. Er startete den Motor und fuhr in einem Halbkreis, nicht weit von dort, wo wir standen. Dann brachte er den Motor auf Hochtouren und gab Gas, wobei er Kies auf uns spritzte, als er mit einem Kavalierstart vom Parkplatz raste.

»Dämlack.« Antonio spuckte auf den Boden.

»Das Positive an der Angelegenheit, ist, dass wir Jose für ein paar Tage nicht sehen.«, sagte Trina.

Die beiden Brüder waren so verschieden wie Tag und Nacht. Sie hatten versucht, sich gegenseitig zu meiden und kommunizierten nur noch durch Anrufe und Textnachrichten über Trina. Ohne das hätten sie sich schon viel früher in die Haare gekriegt.

Antonio stocherte mit dem Fuß im Schmutz. »Verraten von meinem eigenen Bruder. Wir haben uns nie nahe gestanden, aber ich dachte, wir wären beide bereit, hart zu arbeiten, um unser Familienweingut erfolgreich zu machen. Wir haben unsere Meinungsverschiedenheiten, aber ich hätte mir nie träumen lassen, dass er unser Familienunternehmen für ein paar Klicker aufgeben würde. Erneut stellt Jose seine eigenen Bedürfnisse vor die anderer.«

Trina klopfte beruhigend seinen Arm. »Es muss andere Optionen geben. Was wäre, wenn du die diesjährigen Trauben und den Wein an Desiree verkaufst, anstatt den Weinberg ganz aufzugeben? Du weißt, dass sie schon seit Jahren Trauben von dir kaufen wollte. Vergiss diesen dummen Wettbewerb.«

Antonio schüttelte den Kopf. »Ich verkaufe nicht. Nicht an Desirée oder an sonst jemanden. Ich habe mein ganzes Leben lang daran gearbeitet, Lombard Wines zu dem zu machen, was es ist. Desirees Label Verdant Valley Vineyards wird niemals auf einer

Flasche Lombardwein stehen. Sie kann andere Weinsorten kaufen, um sie als ihre eigenen zu verkaufen, aber sie setzt ihr Etikett nicht auf meinen. Ich spiele bei ihren Betrügereien nicht mit.«

»Aber wenn sie am Ende das Weingut kauft, wird genau das passieren«, sagte Trina. »Sie kann es jetzt kaufen oder warten, bis es die Bank beschlagnahmt. So oder so, sie hat genug Geld, um es zu kaufen. Sie wird wahrscheinlich die neue Eigentümerin sein. Richard wird dafür sorgen. Zumindest hättest du auf diese Weise noch ein Wörtchen mitzureden.«

»Trina hat recht«, sagte ich. »Verzweifelte Zeiten erfordern verzweifelte Maßnahmen. Verkaufe ihr einfach die Trauben und den Wein für ein oder zwei Jahre, bis du wieder auf den Beinen bist.« Natürlich bedeutete dies, dass man auch Wein haben musste, um ihn zu verkaufen, aber ein Problem nach dem anderen.

»Nur über meine Leiche«, sagte Antonio.

Trina riss die Augen auf. »Nein, das muss nicht sein. Wir finden eine andere Lösung.

Offiziell war Trina nur eine engagierte, langjährige Mitarbeiterin. Aber bei näherer Betrachtung war sie so viel mehr. Trotz der Komplikationen mit Tante Pearls Zauber kümmerte sie sich offensichtlich sehr um Antonio und hatte die besten Absichten im Herzen. Und sie war praktisch und geschäftsorientiert. Zumindest erhöhte der Anziehungszauber die Chancen, dass er auf ihren wohlmeinenden Rat hören würde.

»Ich weiß, was zu tun ist«, sagte Tante Pearl strahlend, als wäre ihr die Idee gerade eingefallen. »Ich kaufe Joses Anteil und werde zu deiner Geschäftspartnerin. Ich werde eine Hypothek auf das Westwick Corners Inn aufnehmen, etwas Eigenkapital aus unserem Eigentum nehmen und einen Haufen Geld in dieses Weingut pumpen.«

Ich schnappte nach Luft. »Du kannst keine Hypothek für die Familienpension aufnehmen. Du, Mama und Tante Amber seid die Eigentümerinnen und die beiden anderen würden niemals zustimmen. Es ist zu riskant.« Während es nett von Tante Pearl war, Antonio zu helfen, war unsere Familienpension wortwörtlich unser tägliches Brot. Wir könnten uns keine weiteren Schulden leisten und womöglich das gleiche Schicksal erleiden wie Antonio.

»Du glaubst, dass Antonio ein Kreditrisiko darstellt? Meine Güte, Cen das ist nicht sehr nett!«

»Ich habe nie gesagt–«

Tante Pearl drehte sich zu Antonio um. »Ehrlich, ich weiß nicht, woher sie das hat. Cendrine empfindet null Mitgefühl für andere Menschen.«

Es gab nicht viel, was ich tun konnte, um nicht auf Tante Pearls Köder hereinzufallen. Ich holte tief Luft. »Selbst wenn Mama und Tante Amber einverstanden wären, könntest du die Finanzierung nie rechtzeitig arrangieren.«

Tante Pearl verdrehte die Augen. »Himmelherrgott, Cendrine, warum musst du immer diese Haarspalterei betreiben? Wir werden das Geld für Antonio finden, auf Teufel komm raus. Aber eins nach dem anderen. Wir müssen zunächst diesen Wein für das Weinfest abfüllen. Er wird sich nicht selbst abfüllen, also machen wir uns wieder an die Arbeit.«

Trina lächelte. »Ich hole noch mehr Korken.«

»Ich gehe mit dir«, sagte Antonio.

Wir beobachteten, wie sie hinter den großen Edelstahltanks verschwanden.

Tante Pearl seufzte und schaute mich vielsagend an. »Schau dir diese beiden Turteltäubchen an. Er steht kurz vor dem Bankrott und sie liebt ihn immer noch. Wenn das keine wahre Liebe ist, weiß ich nicht, was es ist. Zum Teufel mit den Millionen, diese beiden sind füreinander bestimmt.«

KAPITEL 7

Fast zehn Minuten waren vergangen, bis Antonio und Trina zurückkehrten. Ihrem verstörten Aussehen zu urteilen, hatten sie nach etwas mehr als nur nach Korken auf einem Regal gesucht.

Tante Pearl räusperte sich. »Ähem…Antonio. Ich habe einen neuen Vorschlag. Wenn du mich nicht als Geschäftspartnerin haben willst, kannst du mich stattdessen als Beraterin einstellen. Du weißt, dass ich hart arbeite und ich habe ein paar *ganz* besondere Fähigkeiten, die die Produktion beschleunigen könnten.«

»Ein feiner Wein ist nicht vor seiner Zeit fertig«, sagte Antonio. »Man kann ihn nicht forcieren. Er braucht Zeit, um zu wachsen, zu reifen und zu altern. Ich bin sicher, dass du das zu schätzen weißt, Pearl.«

Tante Pearls Augen verengten sich. »Soll das heißen, dass ich zu alt bin?«

Er schüttelte den Kopf. »Natürlich nicht. Ich meinte nur reif, wie—«

Trina unterbrach. »Wein ist wie Liebe. Die Weinbereitung ist wie die Erzeugung–«

Tante Pearl hielt ihre Handhandfläche nach außen. »Hör mit

diesem sentimentalen Mist auf. Du bist dabei, einen großen Fehler zu machen, Antonio. Du brauchst mich, wenn du dieses Weingut umkrempeln willst.«

Trina zuckte mit den Schultern. »Antonio weiß, was das Beste für das Weingut ist.«

Tante Pearl verdrehte die Augen und verspottete Trina mit einem angedeuteten *Antonio weiß, was am besten ist.*

Mein Puls beschleunigte sich. Wenn Tante Pearl die Pferde bei Trina durchgehen, würde auch ihre Zauberkraft aus dem Ruder geraten. Das konnte ich nicht zulassen.

Ich sagte: »Jose hat versprochen, die Lieferungen zu machen, also konzentrieren wir uns auf das, was wir für das Weinfest brauchen. Wir werden so viel Flaschen wie möglich abfüllen und uns später um alles andere kümmern.«

Trina lächelte. »Wir bringen alles wieder in Ordnung.«

Tante Pearl schüttelte den Kopf. »Nein, das wirst du nicht, Trina.« Nichts wird jemals wieder so sein wie vorher. Jose ist ein Verlierer, dein Lombardwein ist Mist und ich weiß nicht, was in Antonio gefahren ist. Es gibt nicht das geringste Fünkchen Hoffnung, diese Situation umzukehren. Zumindest nicht ohne meine Hilfe.«

»Tante Pearl!« Sie war immer unglaublich direkt, aber das war zu viel. Ich drehte mich zu Antonio und Trina um. »Beachtet sie nicht. Denken wir nur positiv. Eins nach dem anderen.«

Tante Pearl lachte. »Cendrine träumt wieder, wie üblich. Lasst uns reimen! Wisst ihr, ich liebe es, Reime zu machen. Hmm, mal sehen...«

Sie begann, ihre Finger in einem langsamen, jazzigen Rhythmus zu schnipsen:

LOMBARD-WEIN
Ei wie fein,

Er altert mit der Zeit,
Egal was geschieht
Er wird erlesen sein.
Zuerst füllen wir ihn ab,
Dann wird er verhätschelt,
und getätschelt,
Es ist wie Magie, eins, zwei, drei.

TRINA KLATSCHTE vor Freude in die Hände. »Ich bin total davon begeistert!«

Tante Pearl rieb ihre Handflächen zusammen und lächelte mich an. »Du hast gesagt, wir sollen positiv denken, also habe ich genau das getan, Cen.«

Mein Herz pochte, als mir klar wurde, dass Tante Pearl gerade einen weiteren Zauber gewirkt hatte. Sie hatte den Wein verbessert! Das war der reinste Betrug. Ich sagte laut flüsternd: »Tante Pearl, halt!«

Tante Pearl schaute Antonio und Trina an, aber sie starrten sich nur verträumt an und hörten uns definitiv nicht zu.

»Mit was soll ich aufhören? Willst du Lombard Wines in den Ruin treiben? Willst du, dass Antonio alles verliert, wofür er so hart gearbeitet hat? Willst du, dass Trina den einzigen Job verliert, den sie seit der High School hatte? Willst du, dass ich alles aufhalte, damit diese beiden zu ihrer elenden Existenz zurückkehren?«

»Natürlich nicht! Ich möchte das alles nicht. Aber Zaubern ist der falsche Weg, um alles zu reparieren.« Ich hielt mir die Hand vor den Mund. Ich schnappte nach Luft. Fast hätte ich das Geheimnis gelüftet. Trotz der vagen Gerüchte, die in der Stadt kursierten, dass unsere exzentrische Familie aus Hexen besteht, hat es niemals jemand ernst genommen. Antonio und Trina wussten nicht, dass Tante Pearl eine ältere Hexe mit unglaublichen übernatürlichen Kräften war. Und auch nicht, dass sie nicht nur einen Anziehungszauber ausgesprochen hatte, sondern jetzt auch noch den Wein verzaubert hatte.

Glücklicherweise hatten weder Antonio noch Trina meinen hexenhaften Hinweis gehört.

»Das ist kein Zauberspruch, Cen. Das ist nur Poesie.« Tante Pearl grinste, als sie den Zauberspruch wiederholte:

L<small>OMBARD</small>-W<small>EIN</small>
Ei wie fein,
Er altert mit der Zeit,
Was auch immer geschieht, ist einerlei;
Zuerst füllen wir ihn in Flaschen ein,
Dann wird er verhätschelt und getätschelt,
Aber nicht mehr lange.
Dieser Wein ist bereit,
Für dieses fantastische Elixier,
Benötigt man einfach nix mehr,
Dollars und Cents
Dieser Wein liegt voll im Trend
Dieser Wein ist köstlich und rein.

»I<small>CH DENKE</small>, dass diese Version etwas besser für Antonio funktioniert, nicht wahr?«

Antonio spitzte die Ohren, als er seinen Namen hörte. »He, das Gedicht gefällt mir! Kannst du es nochmal aufsagen? Ich habe den Anfang verpasst.«

Tante Pearl zwinkerte Antonio um. »Na klar kann ich das!

»L<small>OMBARD</small>-W<small>EIN</small>
Ei wie fein,

Er altert mit der Zeit–«

BEVOR ICH PROTESTIEREN KONNTE, hob Trina die Hand, um Tante Pearl zu stoppen. »Es ist wunderschön. Lass mich meine Gitarre auspacken und wir vertonen es. Wir machen es zum Titelsong von Lombard Wines.«

Obwohl ein Titelsong ein guter Marketing-Trick sein kann, wird es keinen Wein zu vermarkten geben, wenn wir ihn nicht erst abfüllen.

Tante Pearl gab vor, Trina nicht zu hören und begann wieder zu rezitieren:

LOMBARD-WEIN
Ei wie fein,
Er altert mit der Zeit–«

»HÖR AUF DAMIT!«. Ich hielt Tante Pearls Mund mit meiner Hand zu. »Du kannst doch nicht den–«

»Ich kann tun und lassen, was ich will, kleines Fräulein Spielverderberin. Du bist so ein Schlafmittel. Jetzt nimm gefälligst die Hand von meinem Mund!« Tante Pearl stampfte mit dem Fuß auf meinen, immer und immer wieder.

»Autsch!« Ich ließ meine Hand los und stolperte vor Schmerzen rückwärts. Es nützte nichts, zu argumentieren, dass Tante Pearl das eigentliche Problem war. Ihre Zaubersprüche verursachten immer unvorhergesehene Probleme, aber es gab keine Möglichkeit, dies zu erklären, ohne unsere ganze geheimnisvolle Existenz aufzudecken. Das einzig Gute an dem Reimzauber war, dass er Antonio aufzuheitern schien.

Er schaute mich verwirrt an. »Warum bevormundest du Pearl,

Cen? Übertreibst du nicht ein wenig?«

Tante Pearl übertrieb ein wenig, nicht ich. Aber weitere Erklärungen würden mich wie eine wütende Irre aussehen lassen. »Tut mir leid…, ich weiß nicht, was in mich gefahren ist. Konzentrieren wir uns darauf, den Wein in die Flaschen zu füllen.«

»Okay.« Antonio warf mir einen argwöhnischen Blick zu. »Mir schuldest du keine Entschuldigung. Die Dichterin Pearl hat nur versucht, mich aufzumuntern. Nicht wahr, Pearl?«

Ich errötete, während ich meine Tante anstarrte. Ich konnte es nicht erklären, ohne zu verraten, dass meine Tante gerade Zaubersprüche losgelassen und nicht irgendeinen Song getextet hatte. Leider hat mich meine stillschweigende Zustimmung in Antonios Augen als Mobber oder Schlimmeres hingestellt.

»Tante Pearl fluchte leise vor sich hin. »*Dieser Wein ist göttlich…*«

»Betrügerin«, flüsterte ich.

»Ich versuche nur, das Spielfeld zu ebnen«, sagte sie.

»Du meinst gegen Desiree? Es ist nicht ihr Wein, der den Wettbewerb gewinnt. Sie gewinnt, weil sie mit dem Kampfrichter ins Bett geht. Dein Zauber kann das nicht aufhalten.«

»War auch nicht dazu gedacht«, sagte Tante Pearl. »Ich meinte das Schlachtfeld für Antonio, um eine Chance gegen Rubys roten Merlot Hexenstunde zu haben. Meinst du, dass sie den Merlot ganz allein hergestellt hat? Bei ihrem ersten Versuch der Weinkelterei?«

»Du bist eifersüchtig, Tante Pearl.« Mama war so stolz auf ihren Wein und das mit Recht. Sie hatte sehr hart daran gearbeitet, Antonios Anweisungen zu folgen. Mama wäre wütend über Tante Pearls Einmischung.

»Ich bin nicht eifersüchtig.« Sie wedelte mit dem Finger vor mir her und schmollte dann wie eine Zweijährige. »Nichts, worüber man neidisch sein könnte.«

Antonio war sich des Tantras von Tante Pearl nicht bewusst, als er ein Glas Syrah anhob, um einen Toast auszusprechen.

»Auf Freunde, die Freunden helfen.« Er nippte am Wein, hielt ihn eine Weile ihm Mund, um ihn zu kosten, bevor er schluckte. »Mmm... ich denke, der ist noch besser als unser Jahrgang 2001. In der Tat könnte es der beste Syrah sein, den wir je produziert haben.«

Trina und Tante Pearl hoben ihre Gläser, um anzustoßen. »Prost«, sagten sie im Einvernehmen, bevor sie den Wein probierten.

Ich schaute auf den Tisch und bemerkte ein leeres Weinglas. Ich erinnerte mich nicht, dass jemand den Wein tatsächlich eingegossen oder mir ein Glas angeboten hat. Hatte mich Tante Pearl auch verzaubert?

»Nimm dein Glas und trinke, Cendrine«, sagte Tante Pearl. »Wir haben nicht den ganzen Tag Zeit.« Es war, als hätte sie meine Gedanken gelesen.

KAPITEL 8

Wenige Stunden später waren wir mit der Abfüllung des Weins fertig. Es war überraschend schnell gegangen, wenn man die Menge bedenkt, die wir abfüllen mussten. Ich blickte mich im Weingut um. Drei Reihen mit Weinkisten waren an der Seitenwand gestapelt. Aber irgendwas stimmte nicht. Es gab viel mehr Wein, als wir hätten abfüllen können – sogar an einem ganzen Tag.

Ich wartete, bis Antonio und Trina außer Hörweite waren, um erneut in den Keller zu gehen. Ich drehte mich zu Tante Pearl um. »Wir haben nur einen Bruchteil davon abgefüllt. Wo kommt der Rest des Weines her?«

Tante Pearl zuckte mit den Schultern. »Wen kümmert es? Antonios Probleme sind in dem Augenblick gelöst, in dem er ihn verkaufen kann.«

»Du hast ihn heraufbeschworen«, sagte ich.

»Wir hatten eine unmögliche Frist, also beschleunigte ich die Dinge ein wenig. Niemand wird es jemals erfahren. Antonio und Trina haben andere Dinge im Kopf gehabt, und du wirst nichts verraten.«

»Das ist Betrug Tante Pearl. Ich mache da nicht mit. Du beschuldigst Desiree des Betrugs, aber du tust genau das Gleiche.«

»Nein Cen. Im Gegensatz zu Desiree verwende ich nicht den Wein anderer Leute, um ihn als meinen eigenen umzuetikettieren.«

Ich wedelte mit dem Finger vor ihrem Gesicht. »Du bist noch schlimmer, weil du Wein gefälscht hast.«

»Du hast dich nicht beschwert, als du ihn getrunken hast.«, sagte sie.

»Mach den Zauber rückgängig, Tante Pearl.«

»Den Zauber auf Antonios Wein oder der auf Rubys Wein?«

»Du hast doch nicht etwa...«

»Ich fürchte schon. Ich werde zu alt, um den Überblick über all die aktiven Zaubersprüche zu behalten, die ich gerade gewirkt habe.«

»Gibt es da keine Möglichkeit, es festzustellen?« Ich fragte mich, ob sie mich auch verzaubert hatte. Falls ja, wäre ich mir nicht sicher, wie ich es feststellen könnte, und es hatte keinen Sinn zu fragen, weil ich nie eine direkte Antwort bekommen würde.

Tante Pearl schüttelte den Kopf. »Nicht in diesem Fall.« Ich habe Zaubersprüche über andere Zaubersprüche auf andere Zaubersprüche gelegt. Jetzt sind die Dinge zu kompliziert, auch für mich. Ich kann mich nicht erinnern, wie und wo ich aufgehört habe.«

»Dein Gedächtnis ist in Ordnung, Tante Pearl. Hör auf, nach dummen Ausreden zu suchen und mache die ganzen Zaubersprüche wieder rückgängig. Antonio würde nicht durch Betrug gewinnen wollen.«

»Er weiß nicht, was gut für ihn ist, Cen. Betrügen ist der einzige Weg, wie Lombard Wines überleben kann. Alle tun es. Ich muss zumindest das Schlachtfeld gegen diese Betrügerin Desiree ausgleichen. Niemand kann leugnen, dass Antonios Wein der

Gewinner ist. In der Tat ist er so gut, dass er noch besser ist als Rubys Wein.«

»Darum geht es also? Du versuchst, Mama zu schlagen, weil du eifersüchtig auf ihre Weinbereitungskünste bist?«

»Natürlich nicht«, sagte Tante Pearl. »Rubys roter Merlot Hexenstunde ist absolut exquisit. Aber dieser hier – dieser hier ist jenseits exquisit. Er ist göttlich.«

»Wenn du den Zauber nicht rückgängig machst, dann werde ich es tun«, warnte ich.

»Du kannst den Zauber einer anderen Hexe nicht rückgängig machen, Cen. Selbst wenn du es könntest, würde es ebenso als Betrug gelten.«

»Schau mich mal an.« Ich war gerade dabei, einen Umkehrzauber zu wirken, als Antonio mit einer erröteten und atemlosen Trina dicht dahinter aus dem Keller zurückkehrte.

Ich glaube nicht im Entferntesten daran, dass mein Umkehrzauber eines fehlgeleiteten Zaubers als Betrug gelten würde. Ich brachte die Dinge einfach nur in Ordnung.

Mein Zauber würde Tante Pearls unheilvolle Magie einfach rückgängig machen und Antonio und seinen Wein wieder an den Ausgangspunkt zurückbringen. Das würde aber auch bedeuten, dass Antonio weder rechtzeitig für das Weinfest bereit wäre noch, dass er auch nur die geringste Chance hätte, Lombard Wines zu retten.

Wollte ich das wirklich?

Tante Pearls Zauber umzukehren bedeutete, Hoffnung zu beseitigen.

Ich befolgte Regeln, aber ich war nicht herzlos.

In welcher Welt würden wir leben, wenn wir keine Hoffnung hätten?

KAPITEL 9

Ein leichter Nieselregen fiel vom Himmel, als Tyler kam, um mich kurz vor 9 Uhr zum Weinfest abzuholen.

Ich wollte ihn über gestern und unsere verkorksten Pläne befragen, ließ es aber bleiben. Er war ruhig und gedämpft, als würde er etwas überlegen.

Er schien nicht er selbst zu sein.

Er erwischte mich dabei, wie ich ihn anstarrte, und lächelte mich an. »Was ist los?«

»Nein«, antwortete ich. »Du bist irgendwie…so ruhig.«

»Nur müde, Cen. Tut mir leid wegen gestern Abend. Ich mache es wieder gut, ich versprech's.«

Ich lächelte und fühlte mich ein wenig besser. Den ganzen Tag mit Tyler auf dem Weinfest zu verbringen, war für mich in Ordnung, obwohl ich nicht aufhören konnte, an seine Überraschung zu denken. Gemessen an seiner Stimmung hatte ich das Gefühl, dass auch heute nichts daraus würde. »Ich zwang mich, nicht daran zu denken. Wenn ich zu viel erwarten würde, wäre ich vielleicht enttäuscht.

Das Weinfest begann offiziell in einer Stunde, aber unsere

frühe Ankunft ermöglichte es mir, jeden einzelnen Stand zu sehen und mit den Ausstellern zu plaudern, bevor sich der Veranstaltungsort mit beschwipsten Weinverkostern füllte. Ich hatte noch ein paar Last-Minute-Details zu meinem Artikel über das Weinfest hinzufügen. Er war fast fertig, mit Ausnahme der Namen der siegreichen Weine in jeder Kategorie und sämtlichen Ereignissen des Tages. Vor allem aber wollte ich sicherstellen, dass Antonios Stand lief. Aufgrund seines aktuellen psychischen Zustands war ich nicht sicher, dass er das alles schaffen würde, auch nicht mit Trinas Hilfe.

Tyler war gerade auf den Schulparkplatz eingebogen, als wir um Tante Pearls massives Wohnmobil lenken mussten.

Pearls Palast parkte wahllos über zwei Parkplätzen und blockierte teilweise den Eingang. Vor dem Wohnmobil waren Tische aufgestellt, die zusätzliche Parkplätze wegnahmen.

Sie hatte es mit Sicherheit absichtlich getan, um Unruhe zu stiften und um herauszufinden, mit welcher Strafe sie damit wegkommen würde. Sie hoffte wahrscheinlich eine Konfrontation mit Tyler, weil es ihr Spaß machte, ihn zu provozieren. Er war nun der Sheriff, der am zweitlängsten im Amt war, denn sie hatte es immer noch nicht geschafft, ihn aus der Stadt zu jagen. Ich hatte keinen Zweifel daran, dass sie es versuchen würde.

Ihre Eskapaden amüsierten Tyler, obwohl ich mich fragte, was er davon halten würde, wenn er wüsste, dass Pearl auf Antonio und Trina einen Anziehungszauber gewirkt hatte. Ganz zu schweigen von dem Veredlungszauber, denn sie auf Antonio Wein gelegt hatte, und wahrscheinlich auch auf Mamas Wein.

Es gab einige Dinge, die ich Tyler einfach nicht sagen konnte. Obwohl er wusste, dass wir Hexen waren, sah ich keinen Sinn darin, ihm Dinge zu enthüllen, mit denen er sowieso nichts anfangen konnte. Es würde ihn nur frustrieren.

Tante Pearl hatte ihren Zauberstab in allem.

Was wäre, wenn sie mich und Tyler tatsächlich mit einem

Anziehungszauber belegt hätte? Seine Zuneigung könnte auf den Zauberspruch zurückzuführen sein.

Nein, das war Blödsinn. Tante Pearl müsste diesen Zauber ständig auffrischen, was sie zu langwierig und arbeitsintensiv finden würde. Sie hatte absolut nichts davon, dass wir ein Paar sind. Sie würde sicherlich nicht das Risiko eingehen, dass ihr Erzfeind in ihre eigene Familie einheiratet.

Es sei denn...sie würde planen, den Dingen ein Ende zu bereiten, bevor es dazu käme. Ich starrte aus dem Fenster und meine Unruhe wuchs.

Das war wirklich ein dummer Gedanke. Tyler liebte mich, so wie ich ihn liebte. Wir hatten eine gemeinsame Zukunft vor uns.

Es gab keinen Anziehungszauber, es war unsere gegenseitige Anziehungskraft, die durch unsere gemeinsamen Interessen gefördert wurde und die Zeit, die wir miteinander verbrachten.

Ich starrte aus dem Beifahrerfenster des Jeeps. Es wimmelte von Menschen auf dem halb vollen Parkplatz. Die meisten Aussteller waren gerade angekommen. Sie luden Weinkisten aus Lieferwagen und manövrierten vorsichtig Transportwagen, die mit ihren kostbaren Flüssigkeiten beladen waren, über den Parkplatz bis zur Tür der weit geöffneten Aulatür.

Tyler manövrierte um Pearls Wohnmobil herum und parkte den Jeep neben Richards Corvette. Das Verdeck des Cabrios war abgelassen.

»Ich muss Richard suchen, damit er das Verdeck wieder aufsetzt.« Tyler schaute auf die dunklen Gewitterwolken. »Es sieht so aus, als ob es bald regnen würde.«

Als ich auf der Beifahrerseite ausstieg, bemerkte ich zwei Kisten mit Desiree LeBlancs Verdant Valley Vineyards auf dem Rücksitz. Wenn das nicht eine unverhohlene Demonstration von Vetternwirtschaft und Korruption war, wusste ich nicht, was sonst. Desiree hatte sie wahrscheinlich absichtlich dort hingepflanzt, als würde sie ihr Territorium oder so etwas markieren.

Ich erzählte Tyler von Richards Warnung hinsichtlich der Zwangsvollstreckung und Desirees Interesse am Kauf von Lombard Wines. »Ich hoffe, dass die Dinge nicht aus dem Ruder laufen. Antonio hat nicht viel zu verlieren. Er würde alles tun, um Desiree daran zu hindern, sein Weingut zu kaufen. Selbst wenn er ihr Angebot abschlägt, kann sie das Weingut nach der Zwangsvollstreckung ganz einfach erwerben.«

Tyler legte seine Hand in meine und wir gingen Hand in Hand über den Parkplatz zum Eingang der Schulaula. »Wir müssen doch irgendetwas tun können. Richard hat viel zu viel Macht in dieser Stadt. Er kann Vermögen schaffen oder zerstören, obwohl er sich darüber ausschweigt, welche Regeln er anwendet. Die Weinsaison ist jetzt da und damit auch die größten Verdienstmonate von Lombard Wines. Sicherlich kann Richard Antonio ein wenig Luft verschaffen. Ich rede mal mit ihm, vielleicht kann ich ihn zur Vernunft bringen.«

»Versuch's nur. Aber Richard hat sich schon entschieden.« Wir hatte gerade das Gebäude betreten, als wir beinahe mit Tante Pearl zusammengestoßen wären.

Ihr roter, mit Pailletten besetzter Trainingsanzug und das dazu passende Stirnband pulsierten förmlich, während die Oberlichter der Aula jede ihrer Bewegungen reflektierten. Sie sah aus wie eine Mischung aus Aerobic-Lehrerin der 1980er Jahre und einer Disco-Queen. Zum Glück gab es keine Discokugel oder Stroboskoplichter.

Sie schlug panikartig die Hände über den Kopf zusammen. »Cen, wir haben ein Problem. Antonio–«

Antonio raste an uns vorbei. »Cen, ich habe den Wein vergessen! Trina kümmert sich um den Stand, während ich nach Hause gehe und ihn hole. Ich bin gleich wieder da.«

»Wie kannst du den ganzen Zweck des–«. Ich hielt inne, denn ich war enttäuscht, dass unsere ganze Arbeit vom Vortag umsonst gewesen sein soll. Vielleicht wollte Antonio wirklich unbewusst aufgeben und alles hinschmeißen. Das konnte er aber seinem Bruder gegenüber nicht zugeben. Oder sich selbst.

Aber eine Panne bedeutete eine noch größere Katastrophe, denn Lombard Wines war nicht nur Antonios Lebensunterhalt, sondern auch sein Zuhause. Wenn es zur Zwangsvollstreckung käme, wäre er auch obdachlos.

Ich schaute zu Tyler rüber, der inzwischen an einer hitzigen Diskussion mit Tante Pearl über die kleinen Parkplätze und ihr schief geparktes Wohnmobil beteiligt war.

»Fahr dein Monstrum auf die Straße, Pearl. Mach das auf der Stelle und du bekommst keinen Strafzettel.« Er ließ meine Hand los und stellte sich vor sie.

Tante Pearls Schlüsselanhänger klimperte, als sie ihn vor Tylers Gesicht herumwirbelte. »Das Schulgrundstück ist Privateigentum, Sheriff. Deine Strafzettel funktionieren hier nicht.«

»Der Parkplatz ja, aber ein Teil des Wohnmobils behindert die Auffahrt. Dieser Teil ist öffentliches Eigentum.« Tyler zog einen Strafzettelblock aus der Jackentasche und begann zu schreiben.

Tante Pearl prustete. »Frag mich nett und ich könnte deine Anfrage berücksichtigen.«

»Es ist ein Befehl und keine Bitte, Pearl.«

Ich wollte nicht in ihren Clinch verwickelt sein, also stahl ich mich klammheimlich weg und ging in Richtung Aula-Eingang. Ich ging hinein. Im Inneren hatten die Aussteller ihre Stände für lokale und regionale Weingüter aufgebaut. Es gab auch andere Stände. Lokale Bäcker und Gewerbetreibende boten ihre Waren zum Verkauf an; von köstlichen Muffins bis hin zu handgefertigtem Honig und Marmelade. Ich suchte den Stand von Lombard Wines und entdeckte ihn auf der gegenüberliegenden Seite der Aula. Trina schaute genau auf diesem Moment hoch und winkte mir zu.

Ich winkte zurück und ging zu hier rüber.

Auf halbem Wege wäre ich beinahe mit Desiree LeBlanc zusammengestoßen. Sie trug ein langes rosa Oberteil mit einem gewellten Halsausschnitt, das ihre perfekt gebräunte Haut akzentuierte. Ihre weiße Strumpfhose schmiegte sich an Taille und Hüfte und steckten in Cowboystiefel aus rosa Kalbsleder. Sie trug Größe 34, hatte viele Kurven zu bieten und kein Gramm Fett.

Desiree ließ einen übertriebenen Seufzer heraus, als wäre ich die letzte Person auf der Erde, die sie erwartet hätte.

»Cendrine! Genau die Person, nach der ich gesucht habe. Es tut mir so leid, dass ich mich Anfang der Woche nicht mit dir treffen konnte, aber ich war so damit beschäftigt, mich auf das Fest vorzubereiten. Du kannst mich jetzt interviewen.« Desiree strich sich mit einer manikürten Hand über die langen blonden Haare. Jeder einzelne ihrer ellenlangen Fingernägel war rosa lackiert und mit einem winzigen Weinglas aus Goldglitter verziert.

»Das geht jetzt nicht, Desiree«, sagte ich. »Ich muss mich zunächst noch um ein paar andere Dinge kümmern.«

»Wie steht es mit den Fotos? Willst du sie jetzt machen oder hat das noch Zeit, bis ich gewonnen habe?« Desiree spitzte die Lippen und klimperte mit den Wimpern. Sie legte ihre Hände in einer übertriebenen Pose an die Hüften.

Ich schaute an ihr vorbei zu Trina. Ich wollte mit ihr über Antonio sprechen, bevor er zurückkehrte. »Kann ich später wieder auf dich zukommen? Ich bin im Moment in Eile.«

»Das sehe ich. Wenn ich es nicht besser wüsste, würde ich denken, dass du gerade von der Feldarbeit gekommen bist.« Ihre hellblauen Augen beurteilten abwertend mein Outfit in lappigem T-Shirt, Jeans und abgenutzten Stiefeln, als ob ich gerade bei einer Viehausstellung wäre. Das war typisch Desiree, die mich in die Schranken verwies, bevor sie die Trophäe in den Händen hielt. Manchmal geht sie mir gehörig auf den Keks. Ich wollte ihr gerade einen hässlichen Zauber auferlegen, aber ich hielt mich in letzter Minute zurück. Ich wollte mich nicht auf ihr Niveau herablassen.

Ich drehte mich um, um an ihr vorbeizugehen, aber sie versperrte mit den Weg.

»Das sind absolut…*interessante* Stiefel, Cendrine. Ich habe gehört, dass Vintage jetzt angesagt ist. Ach, und noch etwas… Gerüchten zufolge ist Rubys roter Merlot Witching Hour ein Anwärter auf den Gewinn *des meistveredelten* Weines in diesem Jahr«, sagte sie. »Ich weiß einfach nicht, ob sie es mit diesem abscheulichen Etikett schaffen wird. Es wäre wirklich schade, wenn es daran scheitern würde, nicht wahr?«

Ich schluckte und spürte, wie ich errötete. Ich hatte das Etikett selbst entworfen und war ziemlich stolz auf meine Kunst. »Es ist der Wein in der Flasche, der zählt.«

»Äh…nein, Cendrine. Präsentation ist im Allgemeinen alles. Wenn du keinen guten ersten Eindruck mit einem gutem Branding machst, kannst du auf der Stelle aufgeben. Dieses hässliche Etikett ist ätzend. Nur ein kleiner, freundlicher Rat von jemandem, der Ahnung hat.« Sie lächelte und ihre perfekten weißen Beißerchen strahlten unter den hellen Deckenlichtern.

Am liebsten hätte ich ihr eine Ohrfeige gegeben. Stattdessen sagte ich: »Ich werde es ansprechen, danke.«

Desiree wandte sich ab, um zu gehen, machte aber kehrt. »Noch etwas, Cen…da Ruby deine Mutter ist, hoffe ich, dass deine Berichterstattung unparteiisch sein wird.«

»Selbstverständlich.« Desirees erneuter Sieg für den Hauptpreis, dem Wein des Jahres, war so ziemlich eine Selbstverständlichkeit. Das war schon in den letzten fünf Jahre so, seit sie eine Affäre mit Richard hatte. Dennoch hatte sie den Schneid, mir zu unterstellen, dass meine Berichterstattung nicht unparteiisch sein würde? Es spielte kaum eine Rolle. Die *Westwick Corners Weekly* war nicht gerade die Fachzeitschrift *The Wine Spectator*. Das schien Desiree aber nicht zu stören. Alles, egal wie klein, musste zu ihren Gunsten arrangiert werden.

Ich holte tief Luft. »Apropos unparteiisch, hast du den Preisrichter Richard gesehen?« Ich fügte seinem Namen den Preisrichter hinzu, meine passiv-aggressive Art, eine Bemerkung über die voreingenommene Beurteilung loszulassen.

»Hmmm…ich habe Richard vor einer Minute gesehen. Er lud gerade sein Auto aus.«Ich bin mir sicher, dass er hier irgendwo ist.

Wenn Richard mitten beim Entladen seines Autos war, dann brauchte man ihm nicht zu sagen, dass sich der Regen draußen verschlimmerte. Er würde es bald selbst sehen und das Cabrio-Top der Corvette wieder aufsetzen. Ich hatte keine Lust, mit ihm zu reden, nachdem, was gestern passiert war.

Was auch immer ich über Mama gesagt hatte, schien Desiree zu befriedigen, denn sie ließ mich endlich zum Stand von Lombard Wines gehen. Trina hatte mit dem Tisch für die Weinprobe gute Arbeit geleistet. Sie hatte ihn mit einer hübschen, weißen Leinentischdecke mit Cut Work-Bordüre bedeckt. Es war eine nette Geste, die innerhalb von zehn Minuten mit Weinflecken bedeckt wäre. Plastikweinbecher standen wie ein Champagnerbrunnen kunstvoll zu einer großen Pyramide aufgetürmt. Hinter den Gläsern standen zwei einsame Flaschen Syrah von Lombard Wines.

Alles war perfekt, aber es fehlte der Wein. Antonio müsste sich beeilen.

»Sieht gut aus, Trina«, sagte ich.

Trina lächelte. »Perfektion ist alles, nicht wahr? Es ist ein wahrer Segen, dass Antonio zurück zum Weingut laufen musste, sonst wäre der Dritte Weltkrieg ausgebrochen. Desiree stolzierte ständig vor Antonio herum und prahlte mit ihrem Erfolg, während der arme Kerl kurz davor ist, seinen Lebensunterhalt zu verlieren.«

»Das werde ich schon zu verhindern wissen.« Ich hatte keine Ahnung, wie, aber ich wollte selbstbewusst klingen. Sicher würde mir etwas einfallen.

»Was können wir tun, Cen? Selbst wenn wir heute Tonnenweise neue Weinbestellungen erhalten, wird er es nicht schaffen, bis Montag genügend Geld zusammenzubringen, um die Zwangsvollstreckung zu verhindern. Ich würde alles tun, um Antonio zu helfen. Wenn ich genug Geld hätte, würde ich die überfälligen Hypothekenzahlungen selbst zahlen. Aber das habe ich nicht.« Sie senkte die Stimme. »Eigentlich bin ich auch fast pleite. Ich bin schon seit einem Monat nicht bezahlt worden.«

»Wow…tut mir leid, das zu hören.« Die Finanzen der Lombard Weine waren noch schlechter, als ich dachte. Wenn es jemals ein Motiv für einen magischen Eingriff gab, dann war es das. Die Regeln gegen das Zaubern, um andere zu bereichern, waren ziemlich streng, aber galten sie auch, wenn es darum ging, jemanden vor der Obdachlosigkeit zu retten? Sicherlich könnten Ausnahmen gemacht werden.

Nein.

Es musste einen anderen Weg geben, als die WICCA-Regeln zu brechen. Ich konnte meine Hexerei nicht für finanziellen Gewinn nutzen, auch wenn es zum Wohle einer anderen Person war. Sonst war ich genauso mies wie Tante Pearl.

»Ich habe von meinen Ersparnissen gelebt«, sagte Trina. »Desiree hat mir einen Job angeboten, aber ich werde ihn nicht annehmen. Das könnte ich Antonio nicht antun.

»Er hat großes Glück, dich zu haben«, sagte ich. »Versuche, ihn von Richard fernzuhalten, wenn du kannst. Wir wollen keine Wiederholung von gestern.«

Trina nickte. »So weit, so gut, obwohl Desiree schon ein paar Stiche abbekommen hat. Sie sagte Antonio, dass er auch für sie arbeiten könnte. Er ist förmlich explodiert.«

Mamas Stand war nebenan und sie hatte unser Gespräch mitgehört. »Du musst deinen Lebensunterhalt verdienen, Trina«, sagte Mama. »Ich bin sicher, Antonio würde verstehen, dass Du einen anderen Job finden musst. Wenn ich könnte, würde ich dich selbst einstellen.«

»Vielleicht kannst du das«, sagte ich. »Desiree sagte mir, dass du dieses Jahr wahrscheinlich den Preis für den ›meist veredelten Wein‹ gewinnen wirst.«

»Wirklich? Das wäre wundervoll.« Mama strahlte. »Woher weiß sie das?«

»Weiß sie nicht«, sagte Trina. »Es war eine von Desirees verschleierten Beleidigungen. Was sie eigentlich damit meinte, war, dass dein Wein letztes Jahr schrecklich war.«

»Ach, was.« Mama schien das nicht zu stören. »Vielleicht war er das. Ich habe im letzten Jahr so viel von Antonio gelernt. Mein neuer roter Merlot Hexenstunde ist eine enorme Verbesserung gegenüber dem letzten Jahrgang.«

Ich wollte Mama warnen, dass Tante Pearl möglicherweise einen Verbesserungszauber auf ihren Wein gelegt hatte, aber das konnte ich vor Trina nicht sagen. Es war eigentlich auch egal, denn es war zu spät, etwas dagegen zu unternehmen. Stattdessen sagte ich: »Soll Tante Pearl dir nicht bei der Einrichtung helfen?«

»Pearl hat mir eine Absage erteilt, denn sie meinte, sie müsse für Antonio den Wein verkaufen.« Mama senkte die Stimme. Trina war damit beschäftigt, leere Weinkartons ein paar Meter hinter den Ständen auf einen Haufen zu stapeln, sodass sie sowieso aus Hörweite war. »Antonio ist großen Schwierigkeiten, nicht wahr?«

Ich erzählte ihr von Joses Angebot, Richards Drohungen bezüglich der Zwangsvollstreckung und Antonios Weigerung, sich mit beiden zu einigen. »Zu allem Überdruss hat er auch noch vergessen, den Wein mitzubringen. Es ist, als ob er seinen Verstand verloren hätte. Ich habe geholfen, womit ich konnte. Wenn sich die Dinge nicht ändern, wird er am Montag alles verlieren.«

Trina kam zurück und schaute uns mit Tränen in den Augen an. »Mir ist es gerade gedämmert. Dies wird mein letztes Weinfest sein. Zumindest mein letztes Weinfest mit Lombard Wines.«

Mama tätschelte Trinas Arm. »Wir werden eine Lösung finden.« Lasst uns den heutigen Tag einfach überstehen und uns amüsieren. Wir werden Antonio nicht im Stich lassen, das verspreche ich.«

Was meinte Mama damit? Plante sie Hexerei oder hatte sie etwas Praktischeres im Sinn?

Mama zwinkerte mir zu. »Da kommt dein Freund.«

Ich blickte hinter mich und sah Tyler durch die Aula in unsere Richtung laufen. Er hatte einen Hauch von Autorität an sich, sogar ohne Uniform. Die Jeans und das schwarze T-Shirt betonten seinen schlanken, muskulösen Körper an den richtigen Stellen. Mein Herz rutschte mir in die Knie, als er sich näherte. Ich wäre am liebsten zu ihm gerannt, um ihn in meine Arme zu nehmen. Ich fühlte einen Ansturm von Emotionen, der nichts mit einem Zauber von Tante Pearl zu tun hatte.

Tyler lächelte, als sich unsere Blicke trafen. »Alles soweit ok?«

Ich nickte und kehrte dann zu Trina zurück. »Hoffentlich geht heute alles gut. Nach dem Fest werde ich alles in meiner Macht Stehende tun, um zu verhindern, dass das Weingut in...« Ich erwischte mich, bevor ich sagte: ›feindliche Hände gerät‹.

Tyler legte seine Hand leicht auf meine Schulter. »Wo ist Antonio?«

Trina erklärte, dass Antonio ins Weingut zurückgegangen war, um den Wein zu holen, den er vergessenen hatte und fügte hinzu: »Er war in letzter Zeit so unorganisiert. All seine Geldprobleme haben wirklich begonnen, ihn zu belasten. Vielleicht ist Desirees Deal besser als nichts. Immerhin würde er ein wenig Geld bekommen. Er könnte es benutzen, um ein neues Weingut zu gründen, ohne Jose.«

Mama nickte. »Ein Neuanfang ist eine gute Idee.«

»Wo ist Tante Pearl?« Ich durchsuchte die Aula, aber es gab keine Anzeichen von meiner funkelnden rot-paillettierten Tante.

»Als letztes sah ich, wie sie ihr Wohnmobil wegfuhr«, erklärte Tyler. »Sie war nicht allzu glücklich darüber, aber irgendwie habe ich sie davon überzeugt, dass mehr Parkplätze für alle einen besseren Umsatz bedeutet. Sie stimmte mir schließlich zu.«

Das erschien mir seltsam, aber immerhin war Tante Pearl in letzter Zeit besonders hilfreich gewesen. Sie hatte gestern sogar Antonios Wein abgefüllt. Hatte sie ihr Verhalten geändert, oder hatte sie etwas vor?

Mama lächelte. »Ich wäre nicht überrascht, wenn Pearl in ihrem Wohnmobil ein Nickerchen machen würde. Sie erzählte mir, dass sie letzte Nacht kein Auge zugemacht hat. Sie war von der gestrigen Arbeit völlig erschöpft.«

Ich zog die Stirn in Falten. Die meiste Arbeit war Zauberei gewesen, keine Handarbeit, sodass diese Ausrede weit hergeholt war.

»Wir werden Desiree zwar nicht vom Thron stoßen können, aber vielleicht kann einer von uns den zweiten Platz gewinnen«, sagte Trina. »Das sollte die Weinkäufer davon überzeugen, unsere Weine zu probieren.«

»Wenigstens gibt es zwei weitere Preisrichter in diesem Jahr«, sagte Tyler. »Das ist eine große Verbesserung gegenüber nur Richard. Die Beurteilung wäre vielleicht unparteiischer.«

Ich zuckte mit den Schultern. »Drei Richter statt einer ist in der Theorie gut, aber es wird nichts am Endergebnis ändern. Richard hat sie selbst ausgesucht. Eine davon ist eine Teilzeitbankangestellte, die nach einer Vollzeitbeschäftigung strebt. Der andere ist Richards Golfkumpel. Sie werden alles tun, was er will und Desirees Sieg bestätigen.« Die zusätzlichen Richter waren das Ergebnis eines öffentlichen Aufschreis im letzten Jahr, und Richard hatte widerstrebend zugestimmt, die Wettkampfpflichten zu teilen. Leider haben sich nur zwei Personen freiwillig gemeldet.

Trina runzelte die Stirn. »Gibt es nicht etwas, was du tun kannst, Tyler? Ist Korruption nicht gesetzeswidrig?«

»Technisch gesehen ja, aber es ist schwierig, zu beweisen, und noch schwerer zu verfolgen«, sagte er.

»Es ist eine Schande, dass es ein abgekarteter Wettbewerb ist jedes Jahr«, sagte Trina. »Es ist frustrierend, daran zu denken, dass Lombard Wines schon zum fünften Mal in Folge auf den zweiten Platz kommen wird. Niemand bekam eine Chance, seit Desiree ihr gefälschtes Weingut eröffnet hatte. Sie kaufte anderer Leute Wein und etikettierte sie als ihre eigenen. Jeder weiß es und dennoch kann niemand etwas dagegen unternehmen.«

Ich hörte Tante Pearls Stimme hinter mir. »Wenn der Sheriff nichts tut, dann ist es ist höchste Zeit für ein wenig Selbstjustiz.« Ihre Worte klangen ein wenig verwaschen, als hätte sie bereits etwas tief ins Weinglas geschaut. Natürlich trank jeder etwas auf dem Weinfest, aber es hatte ja noch nicht einmal begonnen. Eine betrunkene Tante Pearl bedeutete, dass sich ihre Neigung zur verkorksten Magie verschlimmerte.

»Nun Pearl…« Tyler hob die Hand zum Protest.

Ich drehte mich zu Tyler um. »Hatte sie bereits getrunken, als du ihr gesagt hast, sie soll ihr Wohnmobil wegfahren?«

»Sprich nicht so von mir, als wäre ich nicht hier!« Tante Pearl schob sich zwischen uns schaute uns ins Gesicht. Der Rotwein in ihrem Plastikweinglas schwappte hin und her, während sie schwankte. Es war eine gute Sache, dass sie rot trug.

»Du bist betrunken!« Ich versuchte, ihr das Glas aus der Hand zu nehmen, aber sie ließ mich nicht. Sie riss ihre Hand weg und bei dieser Gelegenheit verspritzte sie den Wein überall hin.

»Schau, was du angerichtet hast, Cendrine!« Tante Perle schwankte, während sie ihr leeres Glas untersuchte. »Jetzt iss allls weg…« Sie taumelte mehrere Schritte rückwärts.

Ich fing sie an der Taille auf und dabei riss sie mich fast zu Boden, als ich versuchte, sie zu beruhigen.

Woher hatte sie den Wein? Keiner der Weinprobenstände war bereits geöffnet.

Tante Pearls Stimme wurde lauter und sie schwankte hin und her. »Hör mal, Sheriff. Wenn du diese Gerechtigkeitskarikatur noch lange zulässt, werden wir bald die Angelegenheit in die Hand nehmen. Ich muss aber sagen, dass der Syrah von Lombard Wines dank meiner Last-Minute-Hilfe erstaunlich ist.« Sie hatte einen Schluckauf.

Ich schaute unruhig durch die Aula und war besorgt, dass Desiree, Richard oder andere sie bemerken würden. Glücklicherweise ging ihr lautes Geplärre im Gesumme der Gespräche der ständig wachsenden Menschenmenge unter.

Im Nu war die Aula überfüllt. Es waren jetzt fast hundert Menschen. Einige waren Einheimische, andere erkannte ich als Weinkäufer und wiederum andere waren Fachleute aus der Weinindustrie. Der Rest waren Freiwillige und Menschen aus benachbarten Städten, die an einem Samstag eine Beschäftigung suchten. Das Westwick Corners Weinfest war der einzige Tag des Jahres, an dem die Menschen tagsüber trinken durften und sich nicht schuldig fühlten.

Tyler seufzte. »Beruhig dich, Pearl. Ich werde tun, was in meiner Macht steht. Hast du Richard gesehen?«

Tante Pearl nickte. »Er ist weg. Er ist wie von der Tarantel gestochen vom Parkplatz gerast.« Sie hickste. »Gerade an Pearl's Palace vorbeigefahren.«

Tyler runzelte die Stirn. »Richard ist gegangen? Das Fest wird in Kürze beginnen. Hat er gesagt, wo er hingeht?«

»Nein und ich habe nicht gefragt«, sagte Tante Pearl. »Ist die Vernehmung jetzt vorbei oder muss ich mir einen Anwalt nehmen?«

Tyler verzog den Mund in ein unfreiwilliges Lächeln. »Du bist wirklich lustig.«

Das ärgerte Tante Pearl nur noch mehr. »Du mit deiner Selbstgefälligkeit. Ich habe jetzt etwas Besseres zu tun.« Sie drehte sich um und ging wackelnd in Richtung Ausgangstür.

»Sie schläft den Rausch jetzt in ihrem Wohnmobil aus«, sagte Mama. »Ich schaue später nach ihr.«

Trina lächelte. »Alles in Ordnung. Wenn Richard zu spät kommt, dann hat Antonio mehr Zeit, hierher zurückzukehren, bevor alles beginnt. Ich hatte schon befürchtet, dass er zu spät kommt und disqualifiziert wird.«

Es gab keinen Grund, warum Trina als Angestellte von Lombard das Weingut nicht vertreten konnte, aber im Laufe der Jahre hatte das Fest alle möglichen obskuren Regeln als Ausreden entwickelt, um die Teilnehmer in technischer Hinsicht zu disqualifizieren. Eine dieser Regeln war, dass der Besitzer des Weinguts anwesend sein musste.

Das erinnerte mich daran, dass meine Anwesenheit nicht rein sozialer Natur war. Obwohl ich in den letzten Wochen vor dem Weinfest eine Menge Artikel über jeden Teilnehmer geschrieben hatte, musste ich als Nächstes zusammen mit den Juroren jeden einzelnen Wein probieren und meine eigene unvoreingenommene Meinung äußern. Meine Beurteilung unterschied sich manchmal von den offiziellen Ergebnissen.

Eigentlich war sie immer ganz anders.

Genau das war es, was Desiree Mamas rotem Merlot Hexenstunde immer unterstellte. Nun, sie war nicht meine Vorgesetzte, daher durfte ich schreiben, was ich wollte. Und ich würde nicht lügen, wenn ich die Vorzüge von Antonios köstlichem Syrah hervorheben würde. Es gab nichts, was Desiree dagegen tun konnte.

Tylers drückte meine Hand. »Sobald der Wettkampf – und das Drama – für ein weiteres Jahr vorbei ist, kann ich dich endlich überraschen. Ahnst du, was es ist?«

»Nein, weil du mir keine Hinweise gibst.« Immer wenn ich Tyler nach Hinweisen fragte, blieben seine Lippen geschlossen.

Mama lächelte. »Oh Cen…du wirst so glücklich sein!«

»Ach, du weißt auch schon davon?« fragte ich. »Wann werde ich es endlich erfahren?«

»Bald,« sagte Tyler. »Sehr bald. Nicht wahr, Ruby?«

»Kann ich einen Tipp bekommen?« fragte ich.

Gerade in diesem Moment summte Tylers Handy und als er dem Anrufer zuhörte, verwandelte sich sein Gesichtsausdruck in einen von tiefer Besorgnis. Erst sah er mich an und dann Trina, als er in sein Telefon sprach.

Er zog die Schlüssel aus seiner Tasche und machte ein ernstes Gesicht. »Das war Antonio.«

»Ich hoffe, dass du ihm gesagt hast, dass er sich mit dem Wein beeilen soll«, sagte Trina. »Diese beiden Flaschen halten nicht einmal fünf Minuten.«

Tyler schüttelte den Kopf. »Vergesst das alles. Richard ist tot. Er liegt im Keller von Lombard Wines.«

KAPITEL 10

»Ich muss los. Cen, komm mit.« Tyler drehte sich auf dem Absatz herum und ich folgte.

Ich hatte Probleme, mit Tyler Schritt zu halten, der in schnellen Schritten die Aula in Richtung Ausgang durchquerte. Während wir liefen, rief er die Shady Creek Polizei an und bat um Verstärkung.

Tyler war der einzige Polizist in Westwick Corners, sodass ihn die Polizei von Shady Creek unterstützte, wenn wir größere Verbrechensermittlungen hatten. Die größere Stadt war eine Stunde entfernt, sodass es eine Weile dauern würde, bevor Hilfe eintraf. Die Spurensicherung würde uns am Weingut treffen.

Als Zivilistin konnte ich nicht viel mehr außer moralische Unterstützung anbieten, aber ich hatte gute Beobachtungskräfte. Außerdem war ich schon des Öfteren als Journalistin zum Tatort gefahren.

»Antonio hat mir gesagt, dass die Feuerwehr schon da ist«, sagte Tyler, als wir über den Parkplatz zu seinem geparkten Jeep fuhren. Unsere Stadt war zu klein, um Sanitäter zu beschäftigen. Freiwillige Feuerwehrleute, die in Erster Hilfe ausgebildet wurden, waren die ersten, die an einer Notstelle eintrafen. Die meisten Anrufe bei der Feuerwehr galten dem Notarzt, keinen Bränden.

Ein stetiger Regen fiel, als Tyler den Jeep aufschloss und mir andeutete, ich solle auf die Beifahrerseite klettern.

Als ich saß, bemerkte ich, dass Richards Cabrio-Top immer noch abgelassen war.

»Warte mal!« Trina rannte über den Parkplatz auf uns zu. Ich komme mit.«

Bevor Tyler etwas dagegen einwenden konnte, saß sie schon auf dem Rücksitz.

Als Tyler vom Parkplatz auf die Straße fuhr, entdeckte ich Tante Pearls massives Wohnmobil, das jetzt auf der Straße parkte. Obwohl das Luxus-Wohnmobil nun korrekt abgestellt war, waren die Ausleger ausgefahren, sodass das Fahrzeug weiterhin sowohl den Fußgänger- als auch den Fahrzeugverkehr behinderte.

Da gab es noch ein weiteres Problem. Es standen noch viel mehr Tische und Stühle am Boulevard entlang. Dutzende von Menschen schwirrten umher, einige davon liefen auf der Straße. Ich sah etwas rotes blitzen und entdeckte Tante Pearl in ihrem glitzernden Pailletten-Overall und einem Handtuch über ihrer Schulter. Sie war gar nicht zum Nickerchen ins Wohnmobil gegangen. Stattdessen servierte sie eifrig Getränke an ein Dutzend Leute mit einem großen Tablett, das sie auf ihrem dünnen Arm gefährlich balancierte. Ihre Betrunkenheit von zuvor war nur reine Show gewesen.

Genau in diesem Moment schaute sie auf und unsere Augen trafen sich.

Genauso schnell wandte sie sich wieder ab und vermied meinen Blick. Irgendetwas war im Busch. Daran bestand kein Zweifel. Aber das musste warten.

Ich reckte meinen Hals, um einen besseren Blick zu bekommen, während wir vorbeifuhren. Wie ich vermutete, hatte sie einen Weg gefunden, schnell ein paar Euro zu verdienen. Ich erkannte die Kartons, die vor dem Wohnmobil gestapelt waren. Es waren Kisten mit Mamas rotem Merlot Hexenstunde und Syrah von Lombard Wines.

Kein Wunder, dass Antonio keinen Wein hatte. Er hatte ihn gar nicht vergessen. Tante Pearl hatte ihn sich unter den Nagel gerissen. Jetzt verstand ich, warum sie so erpicht darauf gewesen war, den Wein abzufüllen. Auf diese Weise konnte sie auf Antonios und Mamas Kosten mit dem Wein Geld verdienen.

Ich seufzte. »Sie hat es schon wieder getan.«

Tyler seufzte. »Das ist das zweite Mal hintereinander, dass sie gegen das Gesetz verstoßen hat. Sie hat keine Lizenz für eine Bar am Straßenrand.«

Trina reckte den Hals, als wir am Wohnmobil vorbeifuhren. »Das ist unser Wein! Pearl hat ihn uns unter der Nase weggenommen.«

»Es tut mir leid, Trina. Sie ist völlig außer Kontrolle geraten.« Ich seufzte, weil ich wusste, dass man sie nicht zur Vernunft bringen konnte.

»Ich kann im Moment nicht viel dagegen tun.«, sagte Tyler. »Ich kümmere mich später darum.«

Schon am frühen Vormittag war es ein verbrechensreicher Tag.

KAPITEL 11

Antonio stand draußen vor Lombard Wines. Er war durch den Regen durchnässt, seine Haare klebten am geröteten Gesicht. Er schritt wie ein Löwe im Käfig hin und her und murmelte unverständliches Zeug.

Sein weißes Hemd von vorn bis über die hochgekrempelten Ärmel blutverschmiert. Seine Hände und Unterarme waren purpurrot gefärbt, während er uns verzweifelt zuwinkte.

Tyler hielt ruckartig vor Antonios Lieferwagen an.

Trina sprang aus dem Jeep und lief mit ausgestreckten Armen auf Antonio zu.

»Trina, halt! Dies könnte ein Tatort sein.« Tyler sprintete Tina hinterher und packte sie am Unterarm, um sie daran zu hindern, Antonio zu berühren. Er legte eine Hand auf ihre Schultern und hielt sie zurück, als sie ihre Arme ausgestreckte, um Antonio zu umarmen. »Bitte fass ihn nicht an.«

»Oh, Okay.« Trina ließ die Schultern hängen und senkte die Arme. Sie trat zurück. »Antonio, was ist passiert? Alles in Ordnung?«

Antonio schüttelte den Kopf. Sein ganzer Körper bebte.

»Richard ist im Weinkeller. Ich weiß nicht, wie er da hineingekommen ist, weil wir ihn gestern zugesperrt haben und nicht mehr hineingegangen sind.«

Trina nickte. »Ich verstehe nicht, wie Richard da reingekommen ist...ich habe genau gesehen, wie Antonio am Freitagnachmittag den Keller und das Gebäude verriegelt hat. Antonio hat sogar die Schlösser doppelt überprüft.«

Tyler runzelte die Stirn. »Wann war das?«

»Freitag, gegen Abend, gleich nachdem Cen und Pearl gegangen waren«, sagte Trina. »Der Wein war bereits gestern Abend in den Lieferwagen geladen worden, sodass wir heute Morgen nicht ins Gebäude mussten.«

»Um welche Zeit bist du gegangen, Trina?«

Trina wurde rot. »Ich bin nicht gegangen. Ich habe hier übernachtet und war die ganze Zeit bei Antonio. Ich bin mir absolut sicher, dass die Weingut- und Kellertüren verschlossen waren. Ich habe sogar das Schloss vom Weinkeller klicken hören.«

»Antonio, was ist passiert?

»Ich, ich weiß es nicht. Ich bin in den Weinkeller gegangen und habe ihn mit dem Code und meinem Fingerabdruck entriegelt, so wie ich es immer tue. Ich ging hinein und da habe ich Richard gefunden.«

»Die Kellertür war geschlossen, als du ankamst? Bist du sicher, dass sie verriegelt war?«

Antonio nickte.

»Verriegelt sie sich automatisch, wenn du die Tür schließt?« fragte Tyler.

»Ja. Du brauchst nur den Code und den Fingerabdruck, um die Tür zu entsperren. Sie verriegelt sich automatisch, wenn du die Tür schließt.«

Tyler nickte. »Okay. Ich werde in ein paar Minuten mit dir sprechen, aber jetzt musst du unbedingt hier bleiben, bis ich zurückkomme.«

»Wo gehst du hin?«, fragte Antonio.

»Zum Weinkeller. Ist die Tür offen?«

»Ja«, sagte Antonio flüsternd. »Die Tür wird mit einem Weinfass offen gehalten.«

In der Nähe von Antonio standen zwei freiwillige Feuerwehrleute. Ihr Feuerwehrauto war nur wenige Meter von Antonios Lieferwagen entfernt geparkt. Die Freiwillige Feuerwehr war sowohl bei Bränden als auch bei medizinischen Notfällen vor Ort. Offensichtlich war der Notfall vorüber.

Tyler deutete den beiden Männer an, sie sollen zum Jeep gehen, damit sie außer Hörweite von Antonio und Trina sein würden. Ich folgte ihm. Tyler hatte nichts dagegen einzuwenden.

Der ältere Feuerwehrmann Mark sagte leise: »Er ist da drinnen, unten im Weinkeller, mehrere Stichwunden in Brust und Hals.«

»Sind Sie sicher, dass er tot ist?«, fragte Tyler.

Mark nickte ja und schluckte hart. »Niemand könnte das überleben. Richard ist tot. Da war so viel Blut, dass ich ihn nicht einmal erkennen konnte, bis Antonio mir sagte, wer es ist.

Jeder in der Stadt hatte etwas mit Richard zu tun gehabt. Als Leiter der einzigen Bank in der Stadt entschied er, ob dein Hypotheken- oder Kleinunternehmenskredit genehmigt oder abgelehnt wurde. Er übte viel Macht im Leben der Menschen aus und oft nicht in guter Weise. Ich wusste zwar nicht, wer ihm den Tod gewünscht hatte, aber eine Menge Leute mochten ihn nicht besonders. Antonio hatte ein Motiv, aber er war sicherlich nicht der Einzige.

Ich wollte mehr über Richards Verletzungen wissen, aber es war Tylers Untersuchung, nicht meine, und ich wollte sie nicht kompromittieren. Es wäre eine Schlagzeile für meine Zeitung, aber ich musste geduldig sein. Ich würde noch früh genug mehr erfahren.

Einige Dinge waren jedoch ziemlich offensichtlich. Antonio

war ein Hauptverdächtiger, weil er die Leiche entdeckt hatte. Zudem war er auch noch am Tatort, der zufälligerweise sein Eigentum war. Außerdem war Richard tot in einem Weinkeller gefunden worden, der nur von Antonio selbst freigeschaltet werden konnte.

Antonio hatte die Mittel, das Motiv und die Gelegenheit.

Die Schlagzeile auf der Titelseite liefen direkt vor meinen Augen ab und ich konnte mich kaum mit meinen Fragen zurückhalten. Die Geschichte würde sich nicht selbst schreiben, also wollte ich so viele Informationen wie möglich bekommen. Ich musste darüber berichten, bevor es die Klatschmühle der Stadt tat.

Tyler rief Antonio zu: »Antonio, sprich mit niemandem und berühre niemanden oder so.«

»Verhaftest du mich jetzt?«

»Noch nicht«, sagte Tyler. Er wandte sich an die beiden Feuerwehrleute. »Lassen Sie Antonio nicht aus den Augen. Halten Sie ihn hier fest, bis ich zurückkomme. Die Spusi von Shady Creek wird bald da sein. In der Zwischenzeit werde ich einen kurzen Blick ins Innere werfen. Ich bin sofort wieder zurück.«

Es war schwierig für Tyler, denn als einziger Polizist in der Stadt konnte er nicht gleichzeitig den Tatort untersuchen und einen Verdächtigen verhören. Denn Antonio war in der Tat ein Verdächtiger. Ich hoffte, es gäbe eine andere Erklärung, aber es sah nicht gut aus für Antonio.

Trina und Antonio standen dicht beieinander und flüsterten, obwohl es ihnen Tyler untersagt hatte. Es bestand keine Fluchtgefahr bei Antonio, zumal sein Lieferwagen von Tylers Jeep blockiert wurde. Es war gut, dass Trina mitgekommen war, weil ihre Anwesenheit Antonio etwas beruhigt hatte.

Tyler hatte mir keine Anweisungen gegeben, also folgte ich ihm ins Weingut. Ich rannte halb hinterher, um mit seinem schnellen Gang Schritt zu halten.

Er drehte sich zu mir um. »Cen, das hier ist ein Tatort. Du solltest wirklich nicht…«.

»Ich war an fast jedem Tatort, den Du bearbeitet hast. Ich schreibe den Zeitungsartikel, also kann ich genauso gut mit dir gehen. Vier Augen sehen besser als zwei.«

Tyler schüttelte den Kopf. »Nein. Du darfst nicht-öffentliche Informationen nicht preisgeben.«

Ich hob die Augenbrauen an. »Du weißt, dass ich nichts drucken werde, ohne dass du es mir vorher genehmigt hast. Außerdem solltest du nicht allein da hineingehen. Ich kann bestätigen, was du siehst und dir dabei helfen, Dinge zu dokumentieren. Lass mich wenigstens solange bleiben, bis die Polizei von Shady Creek da ist.«

»Also gut. Aber nichts anfassen. Tyler zog einen Beutel mit Latexhandschuhen aus seiner Tasche. Er hielt sie mir hin. Ich holte ein Paar Handschuhe heraus und zog sie an. Er steckte den Beutel wieder in die Hosentasche, nachdem er welche angezogen hatte.

Als wir die Treppe hinunterstiegen, erhellte der warme Schimmer des Kellerlichts den Flur. Die Kellertür war angelehnt, der gelbe Schein des Kellerlichts fast einladend.

Tyler ging hinein und forderte mich auf, ihm in einem weiten Bogen nach rechts zu folgen.

Bald sah ich auch warum. Feine blutige Fußabdrücke überquerten den polierten Betonboden des Kellers. Die Abdrücke wurden dunkler und definierter, je weiter wir in den Keller gingen. Der Größe der Fußabdrücke nach zu urteilen schienen es Herrenschuhe mit Mustern wie die eines Laufschuhs zu sein. Sie bewegten sich im Kreis, bevor sie in den großen verschmierten Blutlachen verschwanden, die den Boden bedeckten. Mittendrin lag die Leiche eines Mannes. Er lag auf dem Rücken, einen Arm über den Magen gelegt und der andere seitlich am Körper. Sein Hemd war so blutgetränkt, dass es unmöglich war zu sagen, welche Farbe es ursprünglich hatte.

Das Gesicht des Mannes war vollständig mit Blut bedeckt und fast unkenntlich. Ich wusste aber, dass es Richard sein musste, denn seine Größe und die Köperstatur waren unverkennbar. Auf seinen Armen waren Abwehrwunden zu erkennen.

Richard hatte wie wild um sein Leben gekämpft, aber verloren.

Die Schnittverletzungen gingen weit über das hinaus, was erforderlich war, um jemanden zu töten. Selbst ich konnte das erkennen. Wer auch immer der Mörder war, er war blind vor Wut gewesen und hatte Richard offensichtlich gehasst.

Tyler hielt sein Handy hoch, während er seine Erkenntnisse diktierte. »Mehrere Stichwunden in Brust und Hals.«

»Noch mehr Fußabdrücke.« Ich zeigte auf den polierten Beton. Es schien zwei verschiedene Fußabdrücke zu geben, was deutlich an den unterschiedlichen Laufflächenmustern zu erkennen war. Einige waren eindeutig, andere wiederum verschmiert. Die anderen Fußabdrücke waren auch recht groß und offensichtlich Herrenschuhe Ich hatte die zwei Paar Fußabdrücke auf dem Weg nach drinnen nicht bemerkt, sondern mich darauf konzentriert; was ich im Weinkeller erwartete.

»Ein Paar Schuhe des Opfers und das andere seines Mörders?« fragte ich.

Tyler runzelte die Stirn. »Könnte sein, aber ich bezweifle, dass das Opfer immer noch aufrecht gestanden hätte, nachdem es so viel Blut verloren hat. Könnte ein Mörder und ein Komplize sein.«

»Ich kann einfach nicht glauben, dass Antonio das getan haben soll. Oder vielleicht doch? Er hatte das Weinfest verlassen und etwa fünfzehn Minuten später angerufen. Reichte die Zeit aus, um jemanden zu töten? Laut Tante Pearl, war Richard kurz vor Antonio gegangen. Jeder in seinem eigenen Auto.«

»Der Komplize des Mörders hätte hier schon warten können«, sagte Tyler.

Zumindest war er aufgeschlossen genug, um nicht ›Antonios Komplize‹ zu sagen.

Tyler diktierte wieder in sein Telefon. »Keine Anzeichen von Raub oder Einbruch. Den vielen Stichwunden nach zu urteilen, offensichtlich viel Wut gegenüber dem Opfer. Dieses Verbrechen war eine persönliche Angelegenheit.«

Ich nickte. »Richard war groß. Es wäre schwer gewesen, ihn zu Fall zu bringen, sogar ein Überraschungsangriff in einem Wutanfall.« Mein Puls beschleunigte sich, als ich mich an Antonios wütende Begegnung mit Richard gestern erinnerte. Er war in letzter Zeit nicht er selbst gewesen, aber er würde nie so weit gehen, jemanden umzubringen.

Oder doch? Er war in letzter Zeit so seltsam gewesen, dass alles möglich wäre.

Tyler ließ sein Handy in die Jackentasche gleiten. »Du wärest überrascht, wenn du wüsstest, was Menschen tun, wenn sie verzweifelt sind, Cen. Im Moment deutet alles auf Antonio hin. Er hat Richards Leiche entdeckt und fuhr laut Pearls Augenzeugenbericht direkt hinter Richard vom Schulparkplatz. Das bedeutet, dass Antonio wahrscheinlich die letzte Person war, die Richard lebend gesehen hat. Ich will es ja auch nicht glauben, aber wenn Antonio nicht andere Leute in diese Zeitleiste einbinden kann, gibt es niemanden, außer ihm, der infrage kommt.«

»Aber–«

»Ich muss dorthin gehen, wo mich die Fakten hinführen.« Tyler deutete zur Treppe. »Geh nach oben, ich komme in einer Minute nach. Ich möchte die Szene zur späteren Ansicht filmen.«

»Ist das nicht Sache der Spurensicherung von Shady Creek?«

Er nickte. »Ist es, aber im Moment möchte ich meine eigene Version aufnehmen, damit ich sofort mit der Arbeit beginnen kann. Die ganze Stadt steht unter Spannung. Ich muss diesen Fall schnell lösen.«

Ich ging die Kellertreppe hinauf, durchquerte das Weingut und achtete darauf, nicht auf die blutigen Fußabdrücke zu treten, die zum Ausgang des Weinkellers immer schwächer wurden. Das zweite Paar war kaum sichtbar, mit Ausnahme von verschmierten Absätzen, fast so, als würde die Person humpeln oder wackeln.

Da war noch etwas. Wir hatten Antonios Lieferwagen letzte Nacht beladen, aber das war nicht der ganze Wein. Es passte nicht alles hinein, also hatten wir den Rest an der Wand im Weinkeller gestapelt. Doch jetzt war alles weg.

Hatte Tante Pearl sowohl den Wein in Antonios Lieferwagen als auch den Wein, der im Weingut zurückgelassen wurde, mitgenommen? Das bedeutete, dass auch sie noch einmal ins Weingut zurückgekehrt war. War sie auch im Weinkeller gewesen?

Ich verließ die offene Kellertür und atmete frische Luft ein. Ich fühlte, dass mich Antonio anstarrte, als ich auf die Männer zuging.

Er sah verängstigt aus.

Aus diesem Schlamassel konnte ich ihn nicht herausholen.

KAPITEL 12

Wir standen in peinlicher Stille zusammen und die Zeit ging nur langsam vorbei. Es gab so viel, was ich Antonio fragen wollte, aber ich schwieg. Stattdessen schaute ich mich um und nahm so viele Informationen wie möglich auf. Alles sah noch genauso aus wie am Vortag. Ich holte mein Handy heraus und filmte das Ganze, damit ich später bei näherer Betrachtung eventuell Hinweise finden könnte. Ich schwenkte meinen Blick langsam über das Grundstück, von der Zufahrt zum Weingut und dann hinüber zu Antonios Haus, das etwa 30 Meter vom Weingut entfernt war.

Tyler tauchte nach einer mir sehr lange vorkommenden Zeit wieder aus dem Weinkeller auf. Er deutete Mark an, er solle zu ihm zum Eingang kommen. Die Männer waren außerhalb der Hörweite, aber Tyler hatte sein Telefon in der Hand, also vermutete ich, dass er eine Aussage von Mark aufzeichnete. Sie sprachen etwa fünf Minuten miteinander, bevor sie auf uns zukamen. Mark ging wortlos an uns vorbei und schloss sich dem anderen Feuerwehrmann an, der am Feuerwehrauto wartete.

»Ich habe das Gebäude gesichert, bis der Gerichtsmediziner und die Techniker von der Spurensicherung von Shady Creek eintreffen. Sie müssten eigentlich gleich da sein«, sagte Tyler zu Antonio und mir.

»Spurensicherung?«, fragte Antonio.

»Ja, das ist üblich, wenn jemand eines unnatürlichen Todes gestorben ist, Antonio.«

Offensichtlich. Antonio stand unter Schock. Ich trat gegen den Schmutz am Boden und fühlte mich unwohl.

»Oh.« Antonios Stimme war plötzlich heiser.

Ich schaute auf Antonios Füße. Seine Turnschuhe waren blutverschmiert und hatten eine ähnliche Größe wie die Spuren, die ich im Keller gesehen hatte. Ich könnte die Lauffläche nur dann sehen, wenn er die Füße anheben würde. Ich schielte, um einen Markennamen oder ein Logo zu erkennen, aber die Blutflecken machten das unmöglich. Die Typen von der Spusi würden es bestätigen, ob die Fußabdrücke von Antonios stammten oder nicht, aber ich wollte es jetzt wissen.

Ich erschrak beim Geräusch von zuschlagenden Türen, aber es waren nur die Feuerwehrleute, die wieder in ihr Auto stiegen.

Wir beobachteten schweigend, wie sie das Feuerwehrauto starteten und durch die Tore zurück in die Stadt fuhren.

Trina ging auf das vordere Tor zu und folgte der Spur des Feuerwehrautos. Sie sprach leise in ihr Handy, als wolle sie nicht gehört werden. Sie ging ein oder zwei Minuten im Kreis herum, bevor sie das Gespräch beendete und das Telefon wieder in die Tasche steckte.

Sie kam zu uns zurück, ohne etwas zu sagen.

Tylers Gesicht war ausdruckslos. »Erzähl mir, was passiert ist, Antonio.«

Antonios Hand zitterte, als er sein Gesicht berührte, das auch blutig war. »Als ich hierher kam, um meinen Wein zu holen, bemerkte ich als Erstes, dass die Haupttür zum Weingut entriegelt war. Ich weiß, dass ich sie verriegelt habe, als ich heute Morgen wegging.«

»Hast du irgendwelche Geräusche gehört oder etwas Ungewöhnliches gesehen?«

»Nein«, sagte Antonio. »Ich habe überall gesucht, aber es war niemand anderes drin und nichts schien verändert zu sein. Bis auf den ganzen Wein, der an der Wand gestapelt war. Er war nicht mehr da.

»Da bin ich in den Weinkeller gegangen, um nachzusehen, ob der fehlende Wein vielleicht da unten stand. Ich ging nach unten, öffnete die Kellertür und ging hinein. Ich schaltete das Licht ein, aber es ist nicht sehr hell und ich konzentrierte mich darauf, den Wein in aller Eile zu finden. Ich ging direkt zu den Weinregalen am anderen Ende des Kellers. Zunächst habe ich Richard gar nicht gesehen. Dann bin ich über etwas gestolpert. Es stellte sich heraus, dass es Richard war. Da lag er, tot… auf dem Boden meines Weinkellers.«

Tyler sagte: »Hmm…also war das Weingut offen, aber der Keller verschlossen.«

Antonio nickte. »Das ist seltsam, denn eigentlich dachte ich, dass es ein Einbruchsversuch gewesen war und als es die Einbrecher nicht geschafft hatten, die Kellertür zu entriegeln, sind sie verschwunden.«

»Hast du denn nicht das ganze Blut bemerkt, das überall herumliegt?«

Antonio schüttelte den Kopf. »Nein, weil im Weingut kein Blut war, sondern nur im Keller. Ich denke, dass ich so sehr darauf konzentriert war, den Wein zu finden, dass ich nicht auf meine Umgebung geachtet habe.«

»Okay…dann hast du Richard gefunden. Woher wusstest du so genau, dass er tot war? Hast du seinen Puls gefühlt?«

»Wollte ich erst…, aber dann habe ich gesehen, dass er sich überhaupt nicht bewegt…dass sich seine Brust nicht auf und ab bewegt. Ich weiß nicht, warum ich mir sicher war…aber irgendwie war ich es. Da war so viel Blut, dass ich es nicht für möglich hielt, dass...«

Diese Erklärung passte nicht zu Antonios blutbefleckten Kleidern. Wenn er ihn nicht berührt hatte und Richard bereits tot war, warum war er dann mit Blutspritzern bedeckt?

»Wie lange hast du gewartet, bis du um Hilfe gerufen hast, nachdem du Richard entdeckt hast?«, fragte Tyler.

»Sofort. Ich lief nach draußen, weil ich befürchtete, dass Richards Mörder noch da wäre. Ich rannte zum Tor und rief zuerst die Feuerwehr, dann dich.« Antonios Stimme war belegt. »Was hätte ich denn sonst tun sollen?«

Tyler antwortete nicht.

»Bist du sicher, dass du den Keller nicht unverriegelt verlassen hast, Antonio?«, fragte ich. »Erzähle Tyler von deinem Hightech-Sicherheitsschloss.«

»Ich habe vor ein paar Monaten ein neues Sicherheitsschloss einbauen lassen. Es funktioniert mit einer Zahlenkombination und meinem Fingerabdruck. Es wird als biometrisches Schloss bezeichnet. Es soll einbruchsicher sein, jedoch ist irgendwie jemand hereingekommen.«

Ich erklärte Tyler schnell, wie das biometrische Sicherheitsschloss des Weinkellers funktioniert und wie es nur mit der Zahlenkombination und Antonios Fingerabdruck gegen den Sensor freigeschaltet werden kann.

Tyler runzelte die Stirn. »Ist ein biometrisches Sicherheitsschloss in einer Kleinstadt nicht etwas übertrieben?«

»Offenbar nicht«, schimpfte Trina. »Richard ist der beste Beweis dafür. Irgendwie ist er hineingekommen, nicht wahr?«

»Wer hat sonst noch einen Schlüssel, Antonio?«, fragte Tyler. »Trina? Jose?«

Antonio schüttelte den Kopf. »Nur ich. Jose sagte, er wolle nicht das nicht aus Angst, dass ihm jemand den Finger oder so etwas abschneiden würde. Das war natürlich eine dumme Ausrede, denn kein Zugang bedeutete, dass er auch keine Arbeit erledigen musste.

Tyler runzelte die Stirn. »Jose ist Miteigentümer des Weinguts. Wie ist das möglich, dass er keinen Zugang hat?«

Antonio zuckte mit den Schultern. »Jose hat keinen Zugriff, seit wir vor einem Monat das neue Schloss installiert haben. Ich habe versuchte, ihn mit seinem eigenen Code und Fingerabdruck zu registrieren, aber er hatte immer wieder Ausreden. Er war immer weg oder mit etwas anderem beschäftigt. Er versprach mir, sich bei mir zu melden, aber er tat es nie.«

»Trina hatte auch keinen Zugang?«

»Nein«, sagte Antonio. »Jose wollte es nicht.«

Trina zuckte zusammen. Sie schaute weg, sichtlich verlegen.

»Warum sollte Trina keinen Zugang haben?«, fragte Tyler. »Sie ist eure Vollzeitangestellte. Ist es nicht riskant, den Zugriff auf nur eine Person zu beschränken? Was, wenn dir etwas zustoßen würde?«

»Das ist eher ein Problem mit Jose als mit Trina«, sagte Antonio. »Er glaubt, dass Trina sicher wie eine Eigentümerin und nicht wie eine Angestellte benimmt. Das ist aber, was ich so an ihr mag – sie behandelt unser Unternehmen, als ob es ihr eigenes wäre. Sie trifft gute Entscheidungen, und sie hat mich öfter aus der Klemme geholt, als ich zählen kann. Die Wahrheit ist, dass ich es ohne sie nicht geschafft hätte. Jose lässt mich immer im Stich, und ich kann mich darauf verlassen, dass Trina sich um die Dinge kümmert. Ich weiß nicht, warum ich ständig vor ihm katzbuckle. Wenn der Techniker am Montag kommt, werde ich ihn bitten, ihr einen Zugang zum Weinkeller einzurichten. Es ist mir egal, ob Jose es mag oder nicht.«

»Am Montag könnte aber bereits die Bank das Sagen haben«, erinnerte ich Antonio. »Außerdem stehst du unter Mordverdacht. Es gibt keine Möglichkeit, den Benutzerzugriff für das Weinkellerschloss zu ändern. Ich bezweifle sogar, dass du das Licht reparieren lassen kannst. Alles steht unter Beweisaufnahme und muss vorerst genau so bleiben, wie es ist.«

»Cen hat recht«, sagte Tyler. »Im Moment liegt alles auf Eis.«

»Selbst die Zwangsvollstreckung?« Trina sah hoffnungsvoll aus.

»Was den physischen Besitz anbelangt, sicher.« Tyler schaute Antonio an. »Noch etwas...Du musst für die nächste Zeit eine andere Bleibe finden.«

Ich fragte mich, wie die Bank Zugang zum Weinkeller erhielt, wenn das Weingut zwangsvollstreckt würde. Könnten sie Antonio zwingen, ihn mit seinem Fingerabdruck zu öffnen? Könnte man irgendwie die Tür entfernen?

Es war, als ob Antonio meine Gedanken gelesen hätte. »Achte darauf, dass die Tür zum Weinkeller geöffnet bleibt. Wenn sie sich schließt, kann sie niemand außer mir öffnen. Selbst die Scharniere auf der Innenseite können nicht manipuliert werden.«

»Nichts ist einbruchsicher. Mit den richtigen Werkzeugen–« Ich unterbrach mich selbst. Mit den richtigen Zaubersprüchen könnte man die Tür sicherlich auch öffnen. Ich musste diese Tatsache zugeben, so unangenehm sie auch war.

»Hast du vor, irgendwohin zu gehen, Antonio?« Tyler schaute ihn entsetzt an.

»Natürlich nicht«, antwortete Antonio. »Nun, wenn ich mein Eigentum nicht mehr betreten darf, dann musst du einen Backup-Plan für das Schloss haben.«

Tyler räusperte sich. »Und das sagt gerade derjenige, der keinen Backup-Plan hat. Das Schloss ist der beste Beweis dafür, dass nur du es geöffnet haben konntest, Antonio. Wenn du einen Gegenbeweis hast, musst du mir das sofort sagen.«

»Du musst SecureTech fragen, die Firma, die das Schloss installiert hat.«, sagte Antonio. »Ein Techniker sollte eigentlich am Montag kommen, um ein ausgebranntes Birnchen auszutauschen und mir eine neue Bedienungsanleitung mitzubringen. Du kannst ja mit ihm reden.«

»So lange kann ich nicht warten«, sagte Tyler. »Ich rufe an und sag ihm, er soll sofort hierher kommen.«

Antonio schüttelte den Kopf. . »Samstags erreichst du niemanden. Sie sind eine Stunde entfernt und bis Montag geschlossen. Auch telefonisch ist niemand übers Wochenende erreichbar.«

»Ich brauche deinen Code.« Tyler reichte Antonio seinen Notizblock und einen Stift. Antonio schrieb ihn auf und händigte ihm das Ganze aus. »Außerdem werde ich alles, was du gesagt hast, mit José abgleichen.«

»Mach nur. Er ist für ein paar Tage weg, er liefert Wein an der Küste«, sagte Antonio.

Tyler runzelte die Stirn. »Das ist in Ordnung, ich finde ihn schon.«

»Habe ich schon«, sagte Trina. »Er hat kehrt gemacht und kommt sofort hierher.«

Tyler sagte: »Du sagst, dass du der einzige mit einem Zugang bist, Antonio. Dennoch habe ich keine Anzeichen eines Einbruchs entdeckt.«

»SecureTech wird mir das erklären müssen«, sagte Antonio. »Sie haben mir hochheilig versprochen, dass ihre Technologie unfehlbar ist, dass selbst das Kopieren meines Fingerabdrucks ihrer geheimen Technologie nichts anhaben kann. Ich verstehe nicht, wie es jemand geschafft hat, einzudringen.«

»Ich auch nicht«, sagte Tyler. »Es sei denn, Richard hat es irgendwie geschafft, die Tür zu entriegeln und hinter sich zu schließen und dann hat er sich selbst umgebracht.«

Antonio zuckte mit den Schultern. »Das schien mir ebenso unmöglich, aber immerhin war er drin. Mein Fuß stieß an etwas Schweres, und in diese Moment bin ich gestolpert und habe mein Gleichgewicht verloren. Ich bin direkt auf ihn drauf gefallen. Sein Körper fühlte sich irgendwie so, äh, ich weiß nicht recht…leblos und steif an. Ich weiß nicht, wie ich es erklären soll, aber er bewegte sich nicht und gab keinen Mucks von sich, als–«. »Ich habe ganz sicher den Weinkeller verriegelt, Tyler. Trina hat es dir auch schon bestätigt.

Tyler fragte: »Bist du heute Morgen nicht in den Weinkeller gegangen? Vielleicht, um noch ein paar Flaschen für das Weinfest mitzunehmen?«

Antonio schüttelte den Kopf. »Nein. Cen and Pearl haben mir geholfen, den Lieferwagen am Freitagnachmittag zu beladen, damit ich es nicht mehr am nächsten Morgen tun musste. Alles war bereit, zumindest bis ich zum Weinfest kam und feststellte, dass ich fast den ganzen Wein vergessen hatte.«

Ich hielt den Atem an. Da sich Tante Pearl schließlich den gesamten Wein von Antonio unter den Nagel gerissen hatte, konnte man davon ausgehen, dass sie im Weingut, wenn nicht gar im Weinkeller gewesen war. Sie hatte sich sehr für das Weinkellerschloss interessiert und sie liebte Herausforderungen. Könnte man mit Hexenkraft einen Fingerabdruck-Scan überlisten? Falls ja, würde das bedeuten, dass vielleicht jemand anderes außer Antonio den Weinkeller aufgeschlossen haben könnte.

Vielleicht. Ich musste das irgendwie herausfinden.

Tyler fragte: »Warum hast du denn nicht bemerkt, dass der Wein fehlt, bevor du am Weinfest angekommen bist? Hast du nicht festgestellt, dass man in deinen Lieferwagen eingebrochen ist?«

Antonio verneinte es kopfschüttelnd.

Lombard Wines hatte ein verriegeltes Tor an der Einfahrt und die Weinkisten waren ins Führerhaus sowie auf die mit einer Plane abgedeckte Ladefläche des Lieferwagens geladen worden. Ich hatte beobachtet, wie Antonio den Lieferwagen abgeschlossen hat, nachdem wir ihn am Freitagnachmittag fertig beladen hatten.

»Der Lieferwagen war zugesperrt und mit fünfzig Weinkisten beladen gewesen. Hast du denn nicht gemerkt, dass sie verschwunden sind?«, fragte ich Antonio.

»Die Weinkisten waren nicht verschwunden. Ich meine, die Kisten waren all da, aber sie waren leer–alle Flaschen waren verschwunden. Ich habe erst festgestellt, dass die Kisten leer sind, als ich beim Weinfest abladen wollte. Der Wein, der gestern noch im Lieferwagen stand, war weg. Aber das Tor war verschlossen, als ich gegangen bin. Mein Lieferwagen auch. Ich verstehe nicht, was passiert ist.«

Das sind mindestens vier Schlösser«, sagte Tyler. »Das Einfahrtstor zum Weingut, das Weingut selbst, der Weinkeller und dein Lieferwagen.«

Antonio zuckte mit den Schultern. »Es ist mir auch ein Rätsel.«

Tante Pearl hätte mir etwas zu erklären. Würde sie wenigstens zugeben, Antonios Wein gestohlen zu haben? Das Ausmaß Ihrer Einbindung in den Fall könnte uns helfen, weitere Verdächtige zu enthüllen. Sie war offensichtlich in seinen Lieferwagen eingebrochen. Hatte sie es geschafft, eine hochsichere biometrische Sperre zu knacken? Ohne ihr Geständnis wäre Antonio der Hauptschuldige.

»Hat noch jemand anderes einen Schlüssel zum Einfahrtstor?«, fragte Tyler.

»Trina and Ruby West haben beide den Schlüssel zum Tor und Weingut, aber nicht zum Weinkeller. Natürlich hat Jose auch einen Schlüssel, aber er ist unterwegs«, sagte Antonio. »Er würde doch nicht seinen eigenen Wein stehlen. Obwohl ich meine Zweifel habe. Pearl West hat einen Straßenstand außerhalb des Weinfests errichtet. Ich habe gehört, dass sie meinen Wein von ihrem Wohnmobil aus verkauft. Ich habe ihr keinen Wein gegeben, also woher hat sie ihn?« Antonio drehte sich zu mir um. »Wart ihr beide deshalb so erpicht darauf, mir zu helfen? Auf diese Weise konntest du meinen Wein im Freien stehen lassen und ihn stehlen, was?«

Ich war von seiner Anschuldigung schockiert. »Natürlich nicht! Ich wollte dir helfen und Tante Pearl hart darauf bestanden, mitzukommen. Ich kann nicht an ihrer Stelle sprechen, aber sie hat wahrscheinlich gedacht, sie würde dir auf ihre eigene und seltsame Art und Weise helfen.«

Eigentlich glaubte ich das nicht mehr, aber ich wusste einfach nicht, was ich antworten sollte. Tante Pearl machte schon komische Sachen, aber stehlen würde sie nicht. Zumindest war mir nichts davon bekannt. Andererseits hätte sie spielend Mamas Schlüssel zum Einfahrtstor nehmen können und dass sie gerade dabei war, Antonios Wein in einem nicht genehmigten Straßenstand zu verkaufen, war eine nicht von der Hand zu weisende Tatsache.

Technisch gesehen musste sie Antonios Wein nicht stehlen. Sie hätte einfach mehr Wein herbeizaubern können, aber hierzu Zauberkraft zu verwenden, war strengstens gegen die WICCA-Regeln. Tante Pearl hatte bereits letztes Weihnachten von WICCA eine Abmahnung bekommen. Sie konnte sich keine zweite leisten, denn dann würde man sie suspendieren.

Also anstelle von Hexenkraft hätte sie ganz einfach Antonios Weinflaschen aus den Kisten nehmen können, damit er es nicht sofort entdeckt. Anstatt die WICCA-Regeln zu brechen, hatte sie das gegen das Strafgesetzbuch verstoßen. Tante Pearl war eine Diebin und ich beneidete Tyler nicht, sie festnehmen zu müssen.

Mit Ausnahme der Tatsache, dass die WICCA-Warnungen Tante Pearl noch nie an irgendetwas gehindert haben. Sie liebte es, Regeln zu brechen. Eigentlich legte es sie darauf an. Sie wusste sehr gut, dass es für Antonio eine Katastrophe wäre, ihm den Wein wegzunehmen. Ihre Einmischung war entweder ein schrecklicher Unfug oder etwas Schlimmeres. Antonios fehlender Wein hatte ihn dazu gezwungen, ins Weingut zurückzukehren, wo er dann Richard gefunden hat.

Tante Pearls Behauptung, Antonio beim Abfüllen der Weinflaschen helfen zu wollen, war in Wirklichkeit Selbsthilfe. Ich war wütend. Ich könnte mir keine andere Erklärung vorstellen. Ich musste erst einmal mit ihr reden, bevor ich Tyler meinen Verdacht mitteilen konnte.

Aber zunächst müsste das einmal in den Hintergrund treten, denn es ging um eine Mordermittlung.

Antonio hob die Hände, während er sprach und enthüllte mehrere Wunden auf seinen Unterarmen Sie sahen frisch aus, als hätte er gekämpft.

Tyler bemerkte sie auch. »Was ist passiert?«

»Ich habe mich am Tor geschnitten, als ich ins Weingut zurückkam und versuchte, es zu öffnen. Mein T-Shirt hat sich im Stacheldraht verfangen. Als ich versucht habe, mich daraus zu lösen, habe ich mein Gleichgewicht verloren und meine Arme verfingen sich auch. Sie sind so stark eingedrungen, dass sie nicht aufhörten, zu bluten.«

Trina runzelte die Stirn, aber sie schwieg.

»Tatsächlich?« Tyler blickte zur Einfahrt, aber die Spurensicherung von Shady Creek war noch immer nicht da. Dann drehte er sich wieder zu Antonio um. »Hast du das Treffen vereinbart oder Richard?« Tyler verengte seine Augen zu Schlitzen, während er Antonios Reaktion beobachtete.

»Überhaupt nicht…es gab kein Treffen. Ich habe ihn nicht angerufen und er mich auch nicht. Das Tor war verriegelt, als ich zurückkam, genauso wie ich es verlassen hatte. Sein Auto stand auch nicht draußen. Ich hätte niemanden auf dem Grundstück erwartet und schon gar nicht Richard. Er hätte genau wie ich beim Weinfest sein sollen. Immerhin war er der Preisrichter des Wettbewerbs.«

«Ich habe ihn nie angerufen und er hat mich nie angerufen.«

Antonio schüttelte den Kopf. »Nein, ich war in Eile und wollte so schnell wie möglich wieder aufs Weinfest, denn Trina war alleine an unserem Stand. Ich ging ins Weingut und schnurstracks in den Keller.«

»Warst du zu diesem Zeitpunkt allein?«, fragte Tyler.

»Natürlich war ich allein. Du weißt doch, dass Trina auf dem Fest war.«

Tyler nickte. »Du hast hier niemanden getroffen?«

»Wie oft soll ich es dir noch sagen, Tyler? Niemand hat mich begleitet und ich habe mich hier mit niemandem getroffen. Richard war bereits gestern bei mir, um mir von der Zwangsvollstreckung zu erzählen. Dann ist er gegangen. Es gab nichts anderes zu tun, entweder würde ich das Geld beibringen oder nicht. Er hatte keinen Grund hier zu sein. Er hätte auf dem Weinfest sein müssen, denn die Bewertung sollte beginnen. Ich weiß wirklich nicht, was er hier zu suchen hatte.«

»Das Weinfest ist nur wenige Autominuten von hier entfernt«, sagte Tyler. »Zeit genug für ein schnelles Gespräch über etwas Wichtiges. Beispielsweise über das Verlieren deines Weinguts und Zuhauses.«

»So ist das nicht gewesen.« Antonio wurde lauter in seiner Frustrierung. »Davon abgesehen, habe ich noch nichts verloren.«

»Nein, aber Du bist im Begriff. Vielleicht hast du Richard angerufen, weil du ihn um eine Verlängerung oder Refinanzierung bitten wollest?«

Antonio hob die Hand zum Protest. »Ich habe das bereits vorher versucht, aber er wollte keinen Deut nachgeben. Frag doch Cen. Sie war gestern hier, als mir Richard das Ultimatum stellte. Entweder zahlte ich oder die Bank würde zwangsvollstrecken.«

»Richard gab Antonio Zeit bis Montag«, sagte ich.

Die hässliche Wahrheit war, dass Antonio ein sehr starkes Motiv hatte, Richard zu töten. Der Antonio, von dem ich wusste, dass er niemals zur Gewalt greifen würde. Dennoch, mit der Verschlechterung seiner finanziellen Schwierigkeiten hatte sich auch seine Persönlichkeit verändert. Verzweiflung brachte die Menschen dazu, die unvorstellbarsten Dinge zu tun.

Dennoch glaubte ich nicht, dass Antonio sich in einen kaltblütigen Killer verwandeln könnte.

Sofern.

Was wäre, wenn Tante Pearls Anziehungszauber unbeabsichtigte Auswirkungen hätte? Leidenschaft könnte einen Menschen dazu treiben, sowohl Gutes als auch Böses zu tun. Antonio war leidenschaftlich was das Weingut anbelangt, und man war im Begriff, es ihm zu entreißen.

Vielleicht hatte Tante Pearl einen zweiten Zauberspruch losgelassen, von dem ich nichts wusste. Wenn sie das biometrische Schloss mit einem Zauberspruch manipuliert hätte, wie könnte ich das beweisen? Das musste ich irgendwie herausfinden.

Ich drehte mich zu Antonio um. »Wenn niemand außer dir den Weinkeller entriegeln kann, hast du einen Backup-Plan, für den Fall, dass dir etwas zustößt? Sicherlich hast du einen. Wie sonst würde man in den Weinkeller kommen?«

Antonio neigte seinen Kopf in Richtung Trina. »Ich hatte geplant, Trina hinzuzufügen, aber dann war Jose dagegen und ich hatte noch keinen Plan ›B‹ gefunden. Ich weiß, wie dumm das jetzt klingt.« Antonio lehnte sich erschöpft an das Gebäude. Er rutschte mit ausgestreckten Beinen in eine Sitzposition.

Tyler sagte nichts.

Musste er auch nicht, weil wir alle das Gleiche dachten.

Antonio brach das Schweigen. »Denkst du, ich bin der Einzige, der das tun könnte?«

»Ich habe nicht gesagt, dass du es getan hast oder nicht, Antonio«, sagte Tyler. »Ich sammle gerade Fakten. Aber auf der Grundlage von dem, was du bisher gesagt hast, kann niemand anderes in den Weinkeller gelangen, außer dir. Das heißt, niemand hätte Richard hereinlassen können, außer dir.«

»Ich schwöre, dass ich Richard nicht getötet habe. Es muss eine logische Erklärung geben.«

Antonio hatte das zweite Paar Fußabdrücke nicht erwähnt. Entweder hatte er sie nicht bemerkt oder dachte, wir täten es nicht.

»Gibt es eine Notfallschaltung, bei der du den Fingerabdruck nicht verwenden musst?«, fragte ich. »Was passiert bei einem Stromausfall? Hat das Schloss einen internen Speicher oder setzt es sich automatisch zurück?«

Antonio schüttelte den Kopf. »Die Einstellungen bleiben im Speicher erhalten. SecureTech hat mir gesagt, es gibt eine Backup-Batterie, sodass nichts gelöscht wird.«

Tyler drehte sich zu mir um. »Cen, kannst du mehr über den Schlosshersteller herausfinden?«

Ich nickte. Der Shady Creek Gerichtsmediziner und die Spurensicherungstechniker unterstützten Westwick Corners im Falle von Verbrechen, aber die gesamte Untersuchung war noch Tylers Ressort, es sei denn, er würde offiziell Hilfe anfordern. Er würde es nur tun, wenn es keinen Ausweg gäbe.

Tyler fragte: »Hast du etwas im Weingut oder im Weinkeller berührt?«

Antonio nickte. »Den Lichtschalter oben an der Kellertreppe, das Treppengeländer, äh…viele Sachen. Es ging alles so schnell.«

Ich deutete auf seine blutbefleckten Hände und das Hemd. »Das Blut…«

»Ich bin direkt auf ihn drauf gefallen. Es muss passiert sein, als ich mich von ihm befreit habe und aufgestanden bin. Ich hatte gerade erst meine Arme am Stacheldraht geschnitten…«

Tyler kratzte sich am Kinn. »Hmm…also war das Blut ziemlich frisch. Er war nicht lange da.«

»Hast du Überwachungskameras, Antonio?«; fragte Tyler.

»Wir haben eine Kamera vor dem Gebäudes eingerichtet aber seit etwa einem Jahr funktioniert sie nicht mehr. Ich habe mich nie darum gekümmert, sie auszutauschen.«

»Praktisch für den Mörder«, sagte Tyler.

Es kam mir seltsam vor, dass Antonio die Kamera nicht ausgetauscht hatte, sich aber ein so teures supermodernes Schloss installieren ließ. Aber vielleicht war ein Schloss eine bessere

Abschreckung, da Kameras nur Verbrechen enthüllen, nachdem sie begangen wurden und nicht wirklich unbefugtes Betreten verhindern. Trotzdem schien ein solches Sicherheitssystem für einen Weinkeller etwas zu viel des Guten. Diebstahl war selten in unserer kleinen Stadt. Oder vielleicht auch nicht so selten, wenn man bedenkt, dass Tante Pearl Antonios Wein geklaut hatte. Sie hatte es auch geschafft, das verschlossene Tor zu überwinden, was jedoch ein Klacks für eine Hexe ist. Es machte sie nicht zur Mörderin, aber es bedeutete, dass sie fast den gleichen Zugang wie Antonio hatte. Hatte sie eine magische Art und Weise, dieses vermeintlich ausfallsichere SecureTech-Schloss zu überwinden? Wenn das der Fall ist, könnte es erklären, warum ein Dritter den Weinkeller von Antonio betreten kann.

Dieser Gedanke hatte mich einerseits erleichtert und andererseits zu Tode erschreckt.

KAPITEL 13

Es war am frühen Nachmittag als mich Tyler am Büro absetzte, damit ich Nachforschungen zu Antonios Türschloss von SecureTech-Schloss anstellen konnte. Tyler fuhr zur Harcourt Ranch, um Richards Frau, Valerie, zu benachrichtigen. Ich beneidete ihn nicht darum.

Meine Beine fühlten sich schwer an, als ich die Treppe zu meinem Büro hinaufstürmte. Dieses Wochenende war leider nicht so abgelaufen, wie ich es erwartet hatte. Ein lustiger Tag auf dem Weinfest, gefolgt von Tylers versprochener Überraschung, hatte sich nun in eine Mordermittlung und unbequeme Ungereimtheiten über unseren Nachbarn und Freund verwandelt. Wie konnte das alles nur passieren?

Die Polizei von Shady Creek hatte Antonio eine Stunde entfernt in ihr Hauptquartier gebracht, wo Proben seiner DNA und Fingerabdrücke genommen und seine Kleidung, Schuhe, Haut und Fingernägel auf forensische Beweise untersucht würden. Je nach den ersten Ergebnissen würde Antonio entweder freigelassen oder bis zu Tylers Ankunft dort festgehalten werden.

Dass die Polizei in Shady Creek die forensische Prüfung

abschließt, war eine praktische Notwendigkeit, da Tyler der einzige Vollzugsbeamte in der Stadt war und er nicht an mehreren Orten gleichzeitig sein konnte. Antonio und Tyler kannten sich auch recht gut. Da sie Freunde waren, war es für einen Dritten sinnvoll, die forensischen Beweise zu sammeln. Dies sorgte für Unparteilichkeit und eliminierte alle Vorwürfe der Voreingenommenheit. Diese Elemente wären wichtig, unabhängig davon, ob Antonio wegen Richards Mord angeklagt und vor Gericht gestellt wurde.

Ich fuhr meinen Computer hoch und suchte nach Informationen zu SecureTech. Bald fand ich ihre Website mit Fotos von verschiedenen Schlössern. Einige waren Schlüsselschlösser; andere waren Kombinationsschlösser; und wiederum andere hatten biometrische Sicherheitsmerkmale, so wie Antonios Schloss. Ich erkannte Antonios biometrisches Schloss sofort, fand aber nur sehr wenige Details in der Beschreibung, abgesehen von der supermodernen Verriegelungstechnik. Auf der Website standen nur Verkaufskontaktinformationen, aber ich erinnerte mich, dass Antonio am Montag einen Termin mit einem Techniker geplant hatte. Das dauerte zu lange. In der Zwischenzeit müsste ich kreativ werden. Ich musste entweder einen Techniker finden oder eine Bedienungsanleitung aufspüren, um die interne Funktionsweise des Schlosses zu studieren.

Es war schon nach fünfzehn Uhr, als Tyler von der Harcourt Ranch zurückkehrte.

Er stapfte hinein und senkte sich langsam in den Stuhl neben meinem Schreibtisch. Er sah erschöpft aus. Ich erzählte ihm, was ich über Antonios ausgefallenes Schloss erfahren hatte und über den Termin mit dem Techniker am Montag.

»So lange können wir nicht warten. Ich werde versuchen, die Kontaktinformationen des Technikers zu bekommen, damit er früher kommt«, sagte Tyler.

»Wie ist es mit Valerie gelaufen?«

»Sie war nicht da«, sagte er. »Aber ich habe mit ihrer Haushälterin gesprochen. Sie war den ganzen Morgen beim Reiten. Hat ihr Handy nicht mitgenommen, also gibt es keine Möglichkeit, sie zu erreichen. Ich sagte der Haushälterin, Valerie soll mich anrufen, sobald sie nach Hause kommt. Hoffentlich bald, weil ich nicht weiß, wie lange ich den Deckel draufhalten kann.«

»Die Haushälterin weiß nichts über Richard?«

Tyler schüttelte den Kopf. »Ich habe ihr nur gesagt, dass es eine dringende Angelegenheit ist.«

Tyler warf einen Blick auf seine Uhr. »Wir sollten jetzt zum Weinfest zurückkehren. Ich hoffe, dass noch keine Nachricht über Richard durchgesickert ist. Auf jeden Fall möchte ich alle draußen haben, sobald die Alkohollizenz um 17 Uhr abgelaufen ist.«

Nach all den Geschehnissen hatte ich das Weinfest fast vergessen. War Tante Pearl immer noch dabei Antonios Wein zu verkaufen? Wahrscheinlich. Ich schnappte mir meine Tasche und die Schlüssel.

Tyler folgte mir aus dem Büro in den Flur hinaus und wartete auf mich, während ich die Tür hinter mir schloss. Draußen wehte ein heftiger Wind.

Der Regen hatte nachgelassen und ein wenig Sonne lugte hinter den schnell vorbeiziehenden Wolken hervor.

»Valerie könnte auch eine Verdächtige sein«, sagte ich. »Sie hat ein Motiv und kein Alibi. Ich habe erfahren, dass sie die Scheidung eingereicht hat.«

»Könnte sein«, sagte Tyler und hielt inne. »Nur, dass sie eine Verdächtige ohne Zugang zum Weinkeller ist.«

»Eigentlich müssten sich doch die Weinfestteilnehmer fragen, was mit Richard passiert ist«, sagte ich, als wir zu Tylers Jeep gingen. »Er ist schon seit ein paar Stunden verschwunden. Ich bezweifle, dass die Weinbeurteilung ohne ihn begonnen hat.«

»Ja, und das macht mir Sorgen«, sagte Tyler. »Die ganze Stadt ist wahrscheinlich inzwischen betrunken. Wir müssen die Beurteilung forcieren und das Fest beenden. Ich möchte nicht, dass es jemand während des Fests herausfindet. Ich werde die Nachricht am späten Abend veröffentlichen. Sonst gibt es zwangsläufig bei der betrunkenen Menge Ärger.«

Ich sagte: »Abgesehen vom Schloss, glaubst du nicht, dass Valerie von seinem Tod profitiert? Bei der Scheidung hätte sie die Hälfte von allem bekommen. Jetzt, wo Richard tot ist, bekommt sie alles, ohne sich anstrengen zu müssen.«

»Stimmt, sie hat ein Motiv.«, sagte Tyler. »Außerdem geht ganz eindeutig aus den starken Stichwunden hervor, dass der Mörder eine Beziehung zum Opfer hatte. Eine der Verletzungen hätten gereicht, um ihn zu töten, daher ist es offensichtlich, dass der Mörder Rache ausgeübt hat. Aber wenn es Valerie war, warum gerade jetzt? Sie hat bereits die Scheidung eingereicht. Normalerweise ist der Mörder die Person, die geschieden wird und nicht umgekehrt. Und warum ihn in Antonios Weinkeller töten?«

»Vielleicht ist sie nach all den Jahren plötzlich ausgerastet.« Ich hatte allerdings nie erlebt, dass Valerie die Fassung verlor. Ich dachte nicht, dass sie zu solcher Gewalt fähig ist. »Sie ist nur halb so groß. Rein körperlich gesehen, hätte sie ihn niemals überwältigen können. Wenn Valerie daran beteiligt war, hatte sie Hilfe.«

Tyler stimmte zu. »Sie hätte jemanden anheuern können. Aber sie hat keinen Schlüssel oder Code zum Weinkeller. Allerdings ist sie als Richards Ehefrau eine Hauptverdächtige, bis wir sie ausschließen können. Ich werde sie befragen, sobald sie nach Hause kommt. Sofern sie überhaupt nach Hause kommt. In der Zwischenzeit machen wir uns auf den Weg zum Weinfest und versuchen, die Dinge so schnell wie möglich in den Griff zu bekommen.«

KAPITEL 14

Ich schaute auf die Uhr, als wir uns der Schule näherten. Das Fest wäre in etwas mehr als einer Stunde vorbei. Das heißt, wenn die Beurteilung trotz Richards Abwesenheit planmäßig verlaufen wäre. Desiree würde natürlich dagegen argumentieren, aber sie würde von allen anderen überstimmt werden.

Desirees knallharter Konkurrenzkampf machte keinen Sinn, denn im Gegensatz zu anderen Wettbewerben bot unser Weinwettbewerb keinen Geldpreis, sondern nur eine Trophäe und das Recht für den Gewinner, ein Jahr lang ›Gewinner - Westwick Weinfest‹ auf seinem Weinetikett aufzukleben. Es stand nicht viel auf dem Spiel, es sei denn, man war ein Winzer, der nicht in der Lage war, bei anderen größeren Wettbewerben zu gewinnen. Theoretisch konnte selbst der schlechteste Wein gewinnen.

»Tyler, wenn Richards Abwesenheit den Wettbewerb verändert, glaubst du, dass einer der anderen lokalen Teilnehmer daran beteiligt sein könnte?«

Tyler starrte auf die Straße vor uns, als wir uns der Schule näherten. »Du meinst einen von Antonios Konkurrenten?

Möglich. Antonios Motive haben weniger mit der Beurteilung, als mit seiner finanziellen Situation zu tun.«

Mama, Antonio und Desiree waren die einzigen lokalen Teilnehmer, und das Westwick Corners Weinfest war der kleinste von etwa einem Dutzend Weinwettbewerben im Bundesstaat Washington. Regionale Teilnehmer kamen nur dann zu unserem Kleinstadtfest, wenn es an diesem Tag keine bedeutendere Wettbewerbe gab. Die rund ein Dutzend nicht-lokalen Winzer brauchten keinen Sieg und kamen nur, um mehr Wein zu verkaufen. Sie hatten weder Vor- noch Nachteil am Tode Richards.

»Dank Richard, gewinnt Desirée jedes Jahr das Weinfest«, sagte ich. »Sie hat keinen Grund, ihn zu töten. Eigentlich wäre Richards Tod sehr schlimm für sie. Sie hatte seit fünf Jahren eine Affäre mit ihm, und er war gerade dabei, sich scheiden zu lassen. Sie hätte bald alles bekommen, was sie sich jemals gewünscht hat.«

»Nun, außer Antonio, ist Ruby die einzige andere Teilnehmerin, die unbedingt gewinnen will.«

»Mama würde so etwas nie tun!« Sie hasst es, mitzumachen, und sie wollte noch nicht einmal ihren Wein mitbringen. Tante Pearl hat sie ohne ihr Wissen angemeldet.«

Tyler kicherte. »Ja, ich weiß, Cen. Und Ruby und Desiree waren beide die ganze Zeit mit vielen Zeugen auf dem Fest. Ich werde das natürlich noch überprüfen. Aber ich erinnere mich, sie dort genau zu dem Zeitpunkt gesehen zu haben, als ich den Anruf von Antonio erhielt. Und natürlich haben wir Pearl beobachtet, wie sie ihren Stand am Straßenrand bewirtschaftete. Es scheint, dass jeder außer Antonio ein Alibi hat.«

Wie von Zauberhand tauchten blinkende Neonschilder auf dem Seitenstreifen auf. Jedes Neonschild hatte eine andere Farbe und schien wie ein Hologramm in der Luft zu schweben.

»Was zum Teu–«. Tyler machte einen Schlenker, um eine hellgrüne Leuchtreklame zu vermeiden, die plötzlich vom Seitenstreifen mitten auf die Straße hüpfte und unsere Windschutzscheibe blockierte.

Sie nähern sich den Weinen

»Halt dich fest!« Ich klammerte mich an den Türgriff, als Tyler plötzlich voll in die Eisen trat. Das Auto rutschte seitlich weg, bevor es wieder in die richtige Spur geriet. »Das war knapp.«

»Sekunde.« Tyler bremste wieder und verlangsamte, als das zweite Schild, diesmal Neonpink über der Motorhaube des Jeeps schwebte.

Das Beste aus den heimischen Reben

Die blinkenden Leuchtreklamen schienen ohne erkennbare Unterstützung über uns zu schweben, ein unverhohlener Einsatz von hexenhaften Kräften.

Tante Pearl wusste, dass wir sie sehen würden. Sie war bereit, das Risiko einzugehen, um das Weinfest zu retten. Allerdings hatte sie wohl eher egoistische Absichten. Ich bezweifelte, dass es ihr um das Weinfest ging. Die pinkfarbene Leuchtreklame schwebte auf den gegenüberliegenden Seitenstreifen und wurde durch ein gelbes Neonschild ersetzt, auf dem zu lesen war:

Der Wein ist es wert nach ihm zu streben.

Zum Glück gab es keinen anderen Verkehrsteilnehmer, weil Tyler den Jeep hin und her schwenken musste, um den Schildern auszuweichen, die aus dem Nichts zu kommen schienen. Rot, gold, weiß, blau…

Immer näher heran
Bald stoßen wir an
Mit dem Siegerwein
Es ist so, wie du denkst!
Nimm ein Getränk
Wein, nicht wahr?
Du verdienst es.
Hier abbiegen.

Da waren so viele Zeichen, dass wir im Schneckentempo fahren mussten, um sie alle lesen zu können.

»Rotzfrech,« sagte Tyler. »Pearl weiß, wie man sich vermarktet.«

»Tante Pearl führt in der Regel den Verkehr von Westwick Corners weg, nicht hinein. Sie führt immer etwas im Schilde.« Etwas anderes als Wein verkaufen, weil Tante Pearl immer etwas in petto hatte. Diesmal wusste ich einfach nicht, was es war.

Als wir uns dem Schulparkplatz näherten, erschien ein größeres Schild:

Antonio Lombard Spendenaktion - Weinbar
Schlage die Bank

Wir hatten diese Schilder deshalb nicht bemerkt, als wir das Weinfest verließen, weil sie in die gegenüberliegende Richtung zeigten. Eine Spendenaktion für Antonio wurde sicherlich falsch interpretiert, wenn er wegen Richards Mord angeklagt würde.

Während Tyler den Jeep verlangsamte, um auf den Parkplatz zu fahren, fuhren wir an Tante Pearls Bar am Straßenrand vorbei. Aber dieses Mal war sie ausgestorben. Die Wohnmobiltür war geschlossen, die Tische und Stühle waren leer. Statt Wein schlürfende Kunden und Weinkisten, waren hier nur noch ausrangierte Weingläser und leere Kartons.

Das Straßenfest war vorbei.

KAPITEL 15

Tyler hatte den Jeep gerade geparkt, als ihn die Polizei von Shady Creek anrief, um ihn über die Tatort-Beweise zu informieren.

Während ich wartete, bemerkte ich, dass Richards Corvette immer noch an derselben Stelle stand. Das Cabrio-Oberteil war immer noch abgelassen und Wasserrinnsale sammelten sich in den Rillen der Ledersitze. Desirees Verdant Valley Vineyards Wein stand nicht mehr auf dem Rücksitz.

Während Tyler über die forensischen Beweise diskutierte, beschloss ich, nicht länger zu warten. Er könnte mich drinnen treffen, sobald er seinen Anruf beendet hatte.

Ich verließ den Beifahrersitz und ging in die Aula. Die lauten Stimmen, die von den offenen Türen nach draußen traten, klangen eher nach einer feuchtfröhlichen Samstagabendparty als nach einem Gemeindefest am frühen Nachmittag.

Drinnen wurde mir klar, wohin die Kunden von Tante Pearl gegangen waren. Die ganze Stadt war hier, aber die Leute von der Weinindustrie schienen gegangen zu sein.

Die festliche Stimmung trübten mein Gemüt. Natürlich wusste

noch niemand von Richards Ermordung. Sie schienen auch seine Abwesenheit nicht zu bemerken.

Gerade als ich mich fragte, ob der Wettbewerb bereits beendet war oder vielleicht noch gar nicht begonnen hatte, quietschte die Rückkopplung des Mikrofons über die Deckenlautsprecher.

Ich zuckte bei dem hohen Geräusch zusammen und schaute auf die Bühne.

Tante Pearl stand vor einem Mikrofon, das fast so groß bzw. klein war wie sie. Sie hatte mit der Übernahme keine Zeit verschwendet. Das war in gewisser Weise gut. Da ich sie kannte, war mir klar, dass die Beurteilung der Weine ruckzug über die Bühne gelaufen war, da es niemand wagte, sich mit ihr zu streiten. Tyler musste keine Ausreden für Richards Abwesenheit suchen und die Veranstaltung würde pünktlich enden.

»Hört mal alle zu«, brüllte Tante Pearl ins Mikrofon.

Ich hielt mit den Händen die Ohren zu, um die Rückkopplung des Mikrofons zu dämpfen, als sie mich plötzlich entdeckte.

Da stand sie in ihrem glitzernden, mit roten Pailletten besetzten Jogginganzug mitten auf der Bühne und kippte das Mikrofon croonermäßig à la Mick Jagger. Sie hatte sich nicht die Mühe gemacht, es auf ihre Körpergröße einzustellen, wahrscheinlich in der Erwartung, dass alles im Nu vorbei sein würde. »Die Bewertung beginnt in fünf Minuten!«

Hinter ihr stand ein langer Tisch, der mit einer weißen Leinentischdecke bedeckt war. Zwei der drei Stühle waren von zwei der drei Preisrichtern besetzt, eine Frau und ein Mann. Richards Stuhl in der Mitte war auffallend leer.

Die Entscheidung, die Anzahl der Richter auf drei zu erhöhen, schien demokratischer. Einer der zusätzlichen Richter war Carol, Richards Bankangestellte und der andere Reggie, sein Golfkumpel. Oder vielmehr waren sie das gewesen. Ich starrte auf Richards leeren Stuhl. Das Drei-Richter-Format war reine Show. Sie wären so oder so seinem Beispiel gefolgt. Was würden sie nun in seiner Abwesenheit tun?

Niemand auf der Bühne schien Tante Pearls Autorität oder Richards Abwesenheit infrage zu stellen. Vielleicht hatten sie Angst davor, mit der Beurteilung zu beginnen. Oder vielleicht waren sie zu betrunken, um daran zu denken.

Am Bühnenrand befand sich ein identischer Tisch mit Dutzenden von Weingläsern. Lacey Ratcliff, eine Freundin von Trina um die zwanzig, stand hinter dem Tisch. Ihre Aufgabe war es, jedem Preisrichter für jede Weinprobe ein frisches Weinglas zur Verfügung zu stellen und dann nach jedem Geschmackstest die leeren Weingläser einzusammeln.

Tante Pearl sprach ins Mikrofon. »Aufgepasst, Leute. Da Richard nicht erschienen ist, haben wir eine kleine Änderung bei der Jury vorgenommen. Bitte heißen Sie Preisrichter Earl willkommen.« Sie winkte schwungvoll mit den Händen.

Tante Pearls Freund hatte eine lockere Art, aber im Moment sah er aus, als wäre er lieber irgendwo anders als auf der Bühne. Seine Augen huschten hin und her und betrachteten die Bühne, als ob sie nach einem Fluchtweg suchten.

»Earl! Setz deinen Hintern in Bewegung und komm hierher«, flüsterte Tante Pearl laut, aber ins Mikrofon, sodass es alle hörten.

Earl riss die Augen auf und schlurfte im Schneckentempo auf die Bühne. Er stieß einen schweren Seufzer aus und setzte sich auf Richards leeren Stuhl zwischen Carol und Reggie. Er starrte geradeaus und resignierte mit seinem Schicksal.

Die anderen Juroren sahen verwirrt aus, entgegneten aber nichts.

Desiree stürmte auf die Bühne und starrte Tante Pearl an. »Das kannst du nicht machen!«

»Natürlich kann ich das. Was ist los? Hast du Angst, dass du dieses Jahr ohne die Beurteilung deines Freundes nicht gewinnst? Nun, vielleicht nicht. Wir könnten dieses Jahr einen anderen

Gewinner haben.« Tante Pearls Verspottung ließ sie wie einen Schulhofrüpel klingen.

Desiree schimpfte, holte ihr Telefon heraus und rief jemanden an, wahrscheinlich Richard. Einen Augenblick später steckte sie es wieder in ihre Tasche zurück und ärgerte sich. »Wo steckt dieser Mann?«

Zu diesem Zeitpunkt interessierte sich niemand anderes als Desiree für den Wein des Jahres. Die Leute wollten einfach mehr Alkohol.

Tante Pearl klatschte in die Hände. »Okay Leute, wir beginnen mit der Kategorie ›Meist veredelter Wein‹. Halten Sie Ihre Gläser bereit und folgen Sie uns.«

»Hoppla…warte mal, Pearl.«, sagte Earl. »Ich habe da Bedenken. Ich trinke keinen Alkohol. Woher weiß ich, welcher Wein gut ist und welcher nicht?«

Tante Pearl winkte ab. »Das ist doch kein Problem, Earl. Folge einfach dem Beispiel der anderen Juroren. Das klappt schon.«

Earl würde nüchtern urteilen, zumindest zu Beginn. Als Nichttrinker würde das nicht lange so bleiben, nachdem er alle Weine probiert hätte.

Carol und Reggie hatten schon etwas zu viel probiert, ihren geröteten Gesichtern und ihrer verworrenen Rede nach zu urteilen. Ihre betrunkenen Stimmen waren so laut, dass sie ohne Mikrofon gehört werden konnten. Sie amüsierten sich ein wenig zu sehr. Zweifellos würden sie sich auch für den Wettbewerb im nächsten Jahr freiwillig melden.

»Das ist ein blinder Geschmackstest.« Tante Pearl hielt eine braune Papiertüte hoch. Aus ihrem Griff war klar, dass in der Papiertüte eine Flasche Wein war. Auf der Papiertüte war eine große "#1" mit schwarzem Filzstift gekennzeichnet. Sie senkte die Flasche und ging damit zum Jurorentisch.

Sie goss eine großzügige Menge Wein in das leere Weinglas, das vor jedem Juror stand.

Sie sagte: »Und so wird's gemacht. Sie geben jedem Wein bis zu hundert Punkte, aber das schafft keiner. Aber keiner erreicht weniger als fünfzig Punkte. Also…genau gesagt, sollten Sie zwischen fünfzig und neunundneunzig Punkte erteilen, alles klar?«

»Warum nicht einfach null bis fünfzig Punkte?«, fragte Earl.

Tante Pearl schüttelte den Kopf. »Earl, hast du die geringste Ahnung von erlesenen Weinen? So läuft das nicht.«

Earl öffnete den Mund, um zu sprechen, wurde aber von Tante Pearls wedelndem Finger daran gehindert.

Sie sagte: »Wir halten uns an die Regeln des *Wine Spectator*. Niemand weiß, warum sie so punkten, aber ich mache die Regeln nicht, Earl. Wählen Sie einfach eine Zahl zwischen fünfzig und neunundneunzig, und lass uns endlich dieses Ding über die Bühne bringen, damit wir hier raus kommen. Wir werden dann den Durchschnitt der Bewertungen aller Juroren berechnen, um die endgültige Punktzahl zu ermitteln.

Tante Pearl trat ans Mikrofon. »Dies ist Beispiel Nummer eins. Trinken Sie jetzt bitte.«

Die beiden betrunkenen Juroren gehorchten freudig, während Earl einen vorsichtigen Schluck nahm. Er zog eine Grimasse und mochte den Wein offensichtlich nicht. Ich lächelte in mich hinein. Er tat alles Mögliche und Unmögliche, nur um Tante Pearl bei guter Laune zu halten und glücklich zu machen.

Während die offizielle Punktzahl für jeden Wein von den drei Juroren bestimmt wurde, schmeckten und punkteten die Festbesucher neben den Juroren. Die Leute gewannen Preise, wenn sie die gleichen Ergebnisse wie die Juroren erzielten, wie beispielsweise die Gewinner in jeder Kategorie und den Hauptgewinner.

Die weiße Tischdecke der Juroren verfärbte sich im Laufe der Verkostungen rosa. Bald wurde mehr Wein verschüttet als getrunken. Earl nippte gewissenhaft weiter am Wein und schien sich sogar ein wenig zu entspannen.

Tante Pearl füllte die drei Gläser und nun sogar ein Viertes. Sie stellte das Glas vor sich hin.

»He–du gehörst nicht zu den Juroren.« Désirée zeigte mit dem Finger auf Tante Pearl. »Du darfst Rubys Wein nicht beurteilen. »Sie ist deine Schwester.«

Tante Pearl verdrehte die Augen. »Natürlich beurteile ich nicht. Ich bin das Kontrollorgan und mache Stichproben, um sicherzustellen, dass der blind getestete Wein auch der richtige ist. Für den Fall, dass wir Betrüger unter uns haben.« Sie starrte auf Desiree, die zur Bühne schwebte. »Es soll Leute geben, die Flaschen vertauschen, und ich werde es nicht zulassen, dass Geschmackstests manipuliert werden.«

Sie stützte ihre Hände in die Hüften. »Was willst du damit sagen Pearl? Dass ich nicht fair und ordnungsgemäß gewinne?«

Tante Pearl prustete. »Das hast du gesagt, nicht ich.«

»Du gehörst ja noch nicht einmal zur Jury. Du kannst nicht so mir nichts dir nichts die Dinge übernehmen und tun, was du willst.«

Tante Pearls Augen verengten sich, während sie Desiree musterte »Leute, die auf eine gewisse Weise herumschleichen, tun es wahrscheinlich auch auf andere Weise.«

»Du hast hier nicht das Sagen, Pearl«, rief Desiree. »Richard hat es.«

»Er hat sich unerlaubt entfernt, Desiree. Jemand musste diese Show ins Rollen bringen.«

»Aber Richard–«

»Richard ist nicht hier.« Tante Pearl klopfte auf ihre Armbanduhr. »Unsere Spirituosenlizenz läuft in einer Stunde ab. Möchten Sie, dass der Wettbewerb fortgesetzt wird oder nicht?«

Desiree betrachtete sie argwöhnisch. »Wo ist er? Ich habe ihn schon ein paar Mal angerufen, aber er geht nicht ans Telefon.«

Ich stand direkt neben Desiree, als sie Tante Pearl anschrie, aber niemand hatte meine Anwesenheit bemerkt. Da war auch gut so, weil ich ein großes Geheimnis hütete. Mein Herz rutschte mir in die Knie. Ich befürchtete, dass ich Richards Tod versehentlich enthüllen könnte.

Ich musste mir keine Sorgen mehr machen, denn Desiree telefonierte schon wieder, während sie zu ihrem Verdant Valley Vineyards Stand zurückging. Vermutlich versuchte sie erneut, Richard zu erreichen.

Etwas später beobachtete ich, dass Desiree mit ein paar Kunden beschäftigt war. Sie war eine andere Person, deren Leben sich für immer verändert hatte, obwohl sie es noch nicht ahnte. Ich fragte mich, wie Tyler damit umgehen würde, Desiree die Nachricht zu überbringen. Sie war nicht wie Richards Frau Valerie, also wurde sie nicht als Familienmitglied angesehen und wäre nicht die erste, die von seinem Tod erfuhr.

Ich billigte sicherlich keine außerehelichen Angelegenheiten, aber es wäre dennoch nicht gerecht, wenn Desiree gleichzeitig mit der Öffentlichkeit über den Tod Richards erfahren würde. Auch wenn sie die ›andere Frau‹ und nicht Richards Ehefrau war, stand sie ihm dennoch nahe. Tyler hatte eine Menge Arbeit vor sich.

Ich hörte ein Stimmengewirr in der Menge beim Eingang der Aula. Valerie Harcourt stürmte hinein und sah aus, als wollte sie jemanden umbringen!

Richards Frau trug eine lockere weiße Leinenbluse mit eng anliegenden Jeans und Designer-Cowboystiefel. Ihre lässige Kleidung stand im Widerspruch zu ihrem wütenden Gesichtsausdruck.

Soweit ich wusste, hatte Valerie noch nie das Weinfest besucht, obwohl Richard den Weinwettbewerb fast ein Jahrzehnt lang betreut hatte. Ich vermutete, dass Valerie hier war, um sowohl Desiree als auch Richard über ihre Affäre in einer sehr öffentlichen Weise zu konfrontieren.

Ich holte mein Handy heraus, um Tyler anzurufen und war erleichtert, als er antwortete und nicht seine Voicemail. »Valerie ist gerade hereingestürmt und sieht aus, als wolle sie jemanden töten. Du kommst am besten schnell hierher. Es könnte zwischen ihr und Desiree eskalieren.«

»Ich bin gleich da«, sagte er.

Es könnte nicht schnell genug sein.

Valerie durchquerte die Aula im Laufschritt. Sie durchsuchte den Raum und ging schnurstracks auf Desirees Verdant Valley Vineyards Stand zu.

Plötzlich wurde es still. Das Stimmenwirrwarr verwandelte sich in ein Gemurmel, dann hörten alle auf zu reden. Alles, was das Schweigen brach, war das Klick-Klack von Valeries Stiefelabsätzen, als sie in Richtung Desiree marschierte.

»Wo ist er?« Valerie stellte sich trotzig vor Desiree mit den Händen an den Hüften.

»Wer ist wo?«, antwortete Desiree süßlich.

»Schnauze, Desiree. Du weißt ganz genau, von wem ich rede – Richard, mein Ehemann.« Sie betonte die Worte ›mein Ehemann‹.

Ich schaute verzweifelt zur Tür und fragte mich, warum Tyler so lange brauchte, um vom Parkplatz hierher zu kommen.

Mein Verstand raste, um etwas zu finden, um sie zu unterbrechen.

Desiree schlug die Hände über dem Kopf zusammen. »Ich habe keine Ahnung, wo dieser Mann ist. Ich bin mir sicher, dass er hier irgendwo ist. Ich verfolge nicht jeden seiner Schritte, so wie du. Du hast doch bestimmt sein Auto auf dem Parkplatz gesehen.«

»Hier ist er aber nicht.« Valerie stampfte mit dem Fuß auf und ihr Gesicht war krebsrot vor Zorn. »Ist er bei dir zu Hause?

»Natürlich nicht. Wir – ich meine er – fuhr gerade –« Desiree stoppte mitten im Satz, als ihr die Ungeheuerlichkeit von Richards Abwesenheit bewusst wurde.

»Himmelherrgott, Desiree. Sag mir einfach, wo er ist.«

Desiree riss die Augen auf. »Irgendetwas stimmt hier nicht.«

Da war mehr als nur irgendetwas nicht in Ordnung. Ich wusste genau, wo Richard war, durfte aber kein Wort sagen. Ich schaute unruhig auf den Eingang der Aula. Wo blieb Tyler?

Schließlich öffnete sich die Tür und Tyler kam herein. Er bahnte sich seinen Weg an den vielen kleinen Gruppen von Weinverkostern und Käufern vorbei. Er ging lebhaft auf uns zu. Sein Gesicht war ausdruckslos, ein professionelles Auftreten, das nichts verraten sollte.

Ich schaute Valerie und Desiree an, die inzwischen aufgehört hatten zu streiten. Wir beobachteten Tyler, der auf seinem Weg zu uns alle betrunkenen Hallos ignorierte.

KAPITEL 16

»Was ist los?«, fragte Valerie, als Tyler auf sie zuging. Ihr Gesicht war zwischenzeitlich gespenstisch weiß geworden und sie wackelte unruhig hin und her.

Ich legte meinen Arm um sie und führte sie zu einem Stuhl ein paar Meter entfernt. Gerade noch rechtzeitig stellte sich heraus. Ich fühlte, wie ihre Beine unter ihr wegrutschten, während sie sich auf den Stuhl setzte. Das kam mir ziemlich seltsam vor. Hatte sie eine Vorahnung oder war da noch etwas Anderes?

Tyler kniete sich neben sie und sprach leise mit ihr.

Desiree trat auf Valerie und Tyler zu. »Was ist los? Was sagt er?«

Ich trat vor Desiree und blockierte ihren Weg mit meinem Arm. »Nein, Desiree. Lass sie reden.«.

Sie sah mich misstrauisch an und murmelte vor sich hin: »Wenn es um Richard geht, habe ich auch ein Recht darauf, es zu erfahren. In der Tat habe ich wahrscheinlich mehr als nur ein Recht dazu.«

Meine Intervention hatte am Ende keinen Unterschied gemacht.

»Er ist weg!« Valerie schrie. Ihr ganzer Körper bebte, als sie ihren Kopf senkte und in ihre Hände schluchzte. »Was soll ich denn jetzt tun?«

»Ich dachte, sie hätte die Scheidung eingereicht«, flüsterte Tante Pearl. »Was für eine Schauspielerin.«

Ich legte meinen Zeigefinger auf die Lippen. »Psst, Tante Pearl.«

In diesem Augenblick stürmte Desiree an mir vorbei und schlug mich fast zu Boden. »Weg wohin? Er muss wirklich wieder zurückkommen, um die Weine zu beurteilen.«

»Halt die Klappe, du Ehebrecherin!« Valerie sprang vom Stuhl, scheinbar erholt von ihrem plötzlichen Schock über die schlechte Nachricht. »Niemand interessiert sich für deinen blöden Wein. Wir alle wissen, dass du eine Betrügerin bist.«

Tyler stellte sich zwischen die beiden Frauen und streckte einen Arm in jede Richtung aus, um sie zu distanzieren.

Valerie zog sich wieder auf ihren Stuhl zurück.

»Ich halte gar nichts.« Desiree verschränkte die Arme und klopfte ungeduldig mit dem Fuß auf dem Boden. »Und tituliere mich nicht mit Beleidigungen, Val. Kann mir bitte jemand sagen, was los ist.«

Ich legte meine Hand auf Desirees Arm. »Warum setzt du dich nicht? Ich denke, Tyler möchte auch mit dir sprechen.«

Desiree blickte meine Hand mit Abneigung an, setzte sich aber.

Tante Pearl folgte ihrem Beispiel und sagte: »Richard ist tot, das ist es, was los ist.«

»Woher–« begann ich, stoppte aber mitten im Satz. Tante Pearl konnte es nicht wissen. Ich hatte es ihr nicht gesagt und Tyler auch nicht. Die einzigen, die von Richards Tod wussten, waren die Leute von der freiwilligen Feuerwehr, Trina und Antonio. Antonio war in Shady Creek und wurde vernommen und Trina war bei ihm.

Niemand sonst hatte davon Kenntnis.

Abgesehen vom Mörder natürlich. Ein Schauer lief über meinen Rücken.

Desiree schimpfte. »Erfinde doch nicht solche Schauergeschichten, Pearl. Das ist unmöglich! Richard war heute Morgen hier. Er ist vor einer Weile weggegangen. Er kommt bestimmt gleich wieder.«

»Wunschdenken«, sagte Tante Pearl. »Keine Chance.«

Tyler ging zu Desiree und kniete sich neben sie.

»Desiree, wann haben Sie Richard das letzte Mal gesehen?«, fragte Tyler.

»Ich weiß es nicht…es ist vor ein paar Stunden gewesen. Ich war so damit beschäftigt, den Stand einzurichten, dass ich mich nicht mehr erinnern kann. Müssen Sie mit ihm reden? Vielleicht hatte er eine Besorgung zu machen.«

Tyler kratzte sich am Kinn. »Was für eine Besorgung?«

»Woher soll ich das wissen? Ich bin nicht seine Aufpasserin.« Desiree schaute in Richtung Valerie. »Warum die Theatralik, Val? Du hast Richard gesagt, dass du die ihn verlassen willst.«

»Nein, das habe ich nicht getan. Das ist eine Lüge!« Valerie spuckte die Worte wie Gift aus und erhob sich.

Ich durchsuchte die Aula nach Mama. Sie kam mit allen gut aus und konnte die Situation zwischen den beiden Frauen wahrscheinlich entschärfen. Als ich zu ihrem Stand schaute, sah ich sie zunächst nicht. Dann brach ihr Lachen das Schweigen. Seltsamerweise hatte sie die Stille nicht bemerkt, die über die Menge hereingebrochen war.

Sie muss meinen Blick gespürt haben, weil sich unsere Augen trafen und ohne ein Zeichen von mir durchquerte sie die Aula und kam zu uns.

»Cen, was ist los?«, fragte sie besorgt.

Ich nahm sie beiseite und erklärte die Situation, als Desiree einen riesigen Schrei ausstieß. Die Nachricht von Tyler zu hören, machte es offiziell und sehr real.

»Du hast ihn umgebracht!«. Desiree stürzte sich auf Valerie. »Du hast ihn mir gestohlen, gerade als wir uns verloben wollten.«

»Du kannst dich nicht mit einem Mann verloben, der bereits verheiratet ist.« Tante Pearl hielt einen knöchernen Arm vor Desiree und versperrte ihr den Weg.

Desiree schreckte zurück, das sie nicht mit Tante Pearls Kräfte gerechnet hatte. Zweifellos hatte Tante Pearl etwas magische Muskelkraft hinzugefügt.

»Natürlich kann ich das. Jeder kann sich mit jedem anderen verloben. Es ist einfach ein Versprechen für die Zukunft. Es gibt kein Gesetz dagegen.« Desiree drehte sich zu Tyler um. »Richtig, Sheriff?«

»Konzentrieren wir uns lieber auf Richard. Ich muss mit Ihnen beiden reden, und ich fange mit Ihnen an, Valerie.« Tyler nickte in ihre Richtung. »Wenn Sie sich in der Lage fühlen, zu fahren, dann treffen wir uns in 10 Minuten im Polizeirevier, in Ordnung?«

Valerie wischte sich die Tränen von den Wangen und erhob sich. »Sicher. Ich gehe jetzt.« Sie drehte sich um und ging langsam über den Hallenboden und ihre vorher streitlustigen Schritte waren jetzt müde und niedergeschlagen.

Sobald sie außer Hörweite war, wandte sich Desiree an Tyler. »Sie wissen schon, dass sie es getan hat, nicht wahr? Ihre Ehe ist schon seit vielen Jahren vorbei. Ihre Theatralik ist nur Schein. Sie hat einen Schläger engagiert, um Richard zusammenzuschlagen, weil sie kürzlich ihre Lebensversicherung erhöht hatten. Sie hat eine hohe Lebensversicherung für ihn abgeschlossen. Ich dachte zunächst, Richard übertreibt, als er mir erzählte, dass ihm jemand folgt.«

»Wann hat er Ihnen das erzählt?«, fragte Tyler.

»Vor ein paar Wochen. Als er sie um die Scheidung bat.«

»Ich dachte, Valerie war diejenige, die sich scheiden lassen wollte«, warf ich ein.

»Oh nein. Ich habe Richard ein Ultimatum gestellt, dass er sich entscheiden soll, entweder sie oder ich. Schließlich teilte er Val mit, dass es vorbei ist. Sie wusste, dass im Falle der Scheidung alles zur Hälfte aufgeteilt würde. Auf diese Weise erhält sie eine Auszahlung von 700 Riesen von der Versicherung und sie behält die Ranch. Ich weiß, dass sie jemanden bezahlt hat, es zu tun.«

Tyler zog die Augenbrauen hoch. »Haben Sie Beweise?«

»Ich habe es von Les Crabtree erfahren«, sagte Desiree. »Er hat ihr vor ein paar Wochen die Police verkauft.«

»Ich werde das bei Les überprüfen.« Tyler warf einen Blick auf seine Armbanduhr. »Können Sie gegen 17:30 Uhr ins Polizeirevier kommen? Sie können mir dann mehr darüber erzählen.«

Desiree lächelte. »Ich kann es kaum erwarten.«

KAPITEL 17

»Ich brauche deine Hilfe Cen.« Tyler seufzte.

Wir saßen in seinem kleinen Büro im hinteren Teil des Polizeireviers, wo wir sofort hingegangen waren, nachdem wir Valerie und Desiree die Nachricht über Richards Mord überbracht hatten. Das Polizeirevier befand sich im Erdgeschoss des Rathauses. Ein langer, schmaler Flur trennte das Vorzimmer von Tylers Büro und einem Vernehmungsraum sowie einer kleinen Arrestzelle.

»Ich dachte, du würdest nie fragen.« Valerie würde jeden Moment eintreffen. Dann würde sich Tyler nur noch auf Valerie konzentrieren und sie verhören.

Tyler lächelte. »Ich werde dich vorübergehend zum Deputy ernennen, aber du verlierst damit sämtliche Rechte, alles, was du hörst oder siehst, zu veröffentlichen.«

Ich hob die Hände zum Protest. »Du willst die Presse zum Schweigen bringen?«

»Wie ich schon sagte, es ist nur vorübergehend. Ich werde Valerie und Desiree verhören. Ich kenne beide nicht persönlich, aber ich kenne Antonio ganz gut. Ich will keine Vorwürfe der Befangenheit. Deshalb habe ich die Polizei von Shady Creek gebeten, ihn zunächst einmal zu verhören. Sie haben bereits alle kriminaltechnischen Untersuchungen an Antonio vorgenommen, daher ist es logisch, dass sie ein Vorgespräch mit ihm führen. Ich möchte seine Version der Ereignisse, bevor jemand anderes mit ihm spricht. Es gibt mir auch Zeit, Valerie und Desiree zu interviewen. Da ich das einzige Mitglied der Westwick Corners Polizei bin, kann ich nicht alles allein machen. Ich möchte aber auch nicht die gesamte Untersuchung der Polizei von Shady Creek übergeben.«

Ich nickte. Tyler und Antonio gingen gelegentlich zusammen Angeln und trafen sich oft. »Was brauchst du von mir?«

»Mein erster Schwerpunkt liegt am Tatort. Die Forensik aus dem Labor wird bald auf meinem Schreibtisch liegen, aber vorher möchte ich einen Rundgang durch das Weingut machen, um eine Vorstellung von dem zu erhalten, was sich dort befindet.

»Aber vorher muss ich Richards Liebschaften verhören. Ich kenne keine von beiden sehr gut. Kannst du mir etwas über sie erzählen?«

»Valerie ist hier geboren und aufgewachsen«, sagte ich. »Als Teenager war sie Meisterin im Reitsport und nahm an Springwettbewerben teil, die von ihren reichen Eltern finanziert wurden. Vor zehn Jahren hörte sie damit auf und züchtet jetzt unter anderem Rennpferde. Sie hatte einige gescheiterte Unternehmen. Ihr Wellness-Spa und Resort ist in Konkurs gegangen und eine Corporate-Ranch hatte niemals wirklichen Erfolg. Sie hat viele Freunde aber auch viele Feinde. Manchmal nutzt sie die Großzügigkeit der Menschen aus. Sie verliert nie ihre Fassung, aber sie rächt sich an Menschen, die ihr Unrecht getan haben. So wie Desiree und vielleicht auch Richard.«

»Gib mir ein Beispiel«, sagte Tyler.

»Bevor sie mit ihrem Wellness-Spa in Konkurs ging, hatte Valerie einen Deal mit einem lokalen Bekleidungsgeschäft. Valerie verkaufte deren Kleidung in ihrem Spa auf Provision. Sie hatten einen Streit, als die Ladenbesitzerin überall in der Stadt herumerzählte, dass Valerie ihre Rechnungen nicht bezahlt. Valerie rächte sich an der Ladenbesitzerin, indem sie ihr nicht angemeldete Verkäufe und Steuerhinterziehung vorwarf. Die Ladenbesitzerin wurde von jeglichem Fehlverhalten freigesprochen, aber erst, nachdem sie ein kleines Vermögen an Anwaltskosten ausgegeben hatte, um ihren guten Ruf wiederherzustellen.

»Glücklich verheiratet?«, fragte Tyler.

»Das musst du Valerie fragen, aber ich glaube nicht. Wärest du glücklich, wenn dein Ehepartner seit fünf Jahren ganz öffentlich eine Affäre hat?«

»Wie lange war sie mit Richard verheiratet?«

»Hmmm…ich denke, über 15 Jahre. Sie begannen, sich zu treffen, kurz nachdem ihn die Bank hierher versetzt hatte und ein Jahr später haben sie geheiratet. Sie haben keine Kinder, nur eine Menge Hunde und Pferde.«

»Gut. Valerie müsste jeden Augenblick hier sein. Ich möchte, dass du ihre Reaktionen beobachtest und viele Notizen machst.«

»Das kann ich tun.« Als Journalistin war ich es gewöhnt, die Reaktionen und Körpersprache der Menschen sowie ihre Gesichtszüge zu beobachten. Sie verrieten viel über eine Person, vor allem in Stresssituationen, wenn sie sich nicht unter Kontrolle hatten.

ZEHN MINUTEN später stand ich in einem Raum neben dem Verhörraum hinter Einwegglas. Valerie Harcourt setzte sich auf die rechte Seite eines kleinen rechteckigen Tisches und Tyler auf die linke. Valerie drehte ihren Körper seitwärts und fühlte sich offensichtlich nicht wohl in ihrer Situation. Sie vermied den direkten Blickkontakt mit Tyler und fummelte am Schulterriemen der Handtasche herum. Sie starrte mit leerem Blick in den Raum, als wäre er gar nicht anwesend. Entweder stand sie unter Schock oder Medikamenteneinfluss oder beides.

»Erzählen Sie mir von Richard«, sagte Tyler. »Hatte er erwähnt, Lombard Wines heute zu besuchen?«

Valerie schüttelte den Kopf. »Nein, aber Richard hat mir gesagt, was passiert ist, als er am Freitag bei Antonio war. Er sagte, dass sich Antonio ziemlich aufgeregt hat, als er ihm erzählte, dass die Bank die Zwangsvollstreckung einleiten wolle. Dass Antonio nicht er selbst gewesen wäre und irgendwie unberechenbar gehandelt hätte. Richard hatte Angst um seine Sicherheit und dachte, dass sich Antonio irgendwie revanchieren könnte. Antonio hatte sogar Richard gedroht, ihn umzubringen, wenn er die Zwangsvollstreckung durchziehen würde. Richard hätte nie gedacht, dass er es wirklich tun würde, aber er war ziemlich besorgt. Er hat mich gebeten, die Türen geschlossen zu halten und auch das Einfahrtstor zu verriegeln und sehr vorsichtig zu sein.«

»Wann hat er Ihnen das gesagt?«

»Freitagabend nach der Arbeit, beim Abendessen. Er war gerade von Lombard Wines zurückgekommen.«

Tyler kratzte sich am Kinn, als würde er über seine nächsten Worte nachdenken. »Valerie, es kann durchaus ein Gerücht sein, aber ich muss es fragen. Hatten Sie und Richard Eheprobleme?«

Valerie stieß ein hämisches Lachen aus. »Ich denke, dass alle von Richards und Desirees Affäre wussten, nur ich nicht. Ich bin so ein Idiot, dass ich die Zeichen nicht erkannt habe. Seine sogenannten Geschäftsreisen, die Anrufe am späten Aben…«

»Jeder wäre überrascht, Valerie.«

Sie schniefte und nahm ein Papiertaschentuch aus der Schachtel auf dem Tisch. »Ich dachte immer wir wären glücklich verheiratet. Gott, war ich blind! Glauben Sie es oder nicht, aber ich habe es erst vor einem Monat herausgefunden. Wenn ich daran denke, dass das schon seit fünf Jahren läuft!«

»Wie war Ihre Ehe sonst?«, fragte Tyler.

Valerie zuckte mit den Schultern. »Ist das wichtig? Alles, was ich für wahr hielt, war eine infame Lüge. Wie würden Sie sich fühlen, wenn Ihr Ehepartner eine langjährige Affäre hätte und Sie es nicht gemerkt haben? Ich war wütend und sagte Richard, dass ich sofort die Scheidung einreiche.«

»Wie hat er darauf reagiert?«, fragte Tyler.

»Er...er sagte, er sei traurig und dass er mich nicht verlieren wollte. Er sagte mir, er würde sofort Schluss machen.«

»Und hat er?«

Valerie schüttelte den Kopf. »Zuerst nicht, nein. Er erzählte mir eine Menge Ausreden, dass er mehr Zeit bräuchte, um die Sache mit ihr zu Ende zu bringen. Aber als ich dann ein paar Tage später einen Anwalt mit der Scheidung beauftragte, flehte er mich an, bei ihm zu bleiben. Er sagte, er wolle an unserer Ehe arbeiten, und bat mich, die Scheidung nicht durchzuziehen, so...so waren wir verblieben. Irgendwie musste es weitergehen. Ich habe die Scheidung auf Eis gelegt und vor ein paar Tagen sind wir zu unserem ersten Eheberatungsgespräch gegangen. Richard sollte Desiree am Freitagabend sagen, dass es vorbei ist.« Bei der Erwähnung von Desiree, blitzten ihre Augen vor Wut.

Während Tyler Notizen machte, beobachtete ich Valerie, die zum Verhör in bequemerer Kleidung gekommen war. Sie trug eine ausgebeulte Fleece-Jacke über ihrer Leinenbluse, die jetzt zerknittert und schmutzig war. Sie hatte ihre Designer-Jeans und Stiefel durch Jogginghose und Turnschuhe ersetzt.

Eine trauernde Ehefrau machte sich in der Regel keine Sorgen über ihr Aussehen. Sie wählte Komfort statt Mode. Eine tötende Ehefrau dagegen, achtete auf ihr Outfit. Sie würde ein Kostüm tragen, um eine Rolle zu spielen. Welche Rolle spielte Valerie?

Tyler legte seinen Bleistift nieder und starrte Valerie an. »Warum sind Sie zum Weinfest gegangen, um nach Richard zu suchen? Viele Leute sagten, Sie wären ziemlich sauer gewesen.«

»Und ob ich sauer war!« In ihrer Aufregung wurde sie immer

lauter. »Richard hatte versprochen, mit Desiree Schluss zu machen und niemals wieder ein Wort mit ihr zu reden. Stattdessen finde ich heraus, dass er sie am Morgen abgeholt und zum Weinfest gebracht hat. Würden Sie sich da nicht aufregen?«

Tyler antwortete nicht. Stattdessen fragte er: »Wo waren Sie heute Morgen, Valerie?«

»Glauben Sie, ich habe das getan? Sie sind doch verrückt, Sheriff Gates.«

»Beantworten Sie einfach nur die Frage.«

»Ich war reiten.« Sie schluchzte.

»Hat sie jemand gesehen?« Tyler stand auf und zog seinen Stuhl hervor. Er brachte ihn an die Seite des Tisches und halbierte somit den Abstand zwischen ihm und Valerie. Er setzte sich und zog seinen Stuhl noch näher heran. Nun betrug der Abstand zwischen ihnen nur noch ein paar Meter.

Alles, was ich sah, war seinen Rücken. Ich konzentrierte mich noch mehr auf Valerie.

Sie beantwortete die Frage nicht. Stattdessen zog sie sich erschrocken auf dem Stuhl zusammen.

Tyler wiederholte die Frage. »Irgendwelche Zeugen, die Ihren Aufenthaltsort bestätigen können, Valerie? Haben Sie mit jemandem während des Ausritts gesprochen?«

Valerie biss sich auf die Lippe und schüttelte verneinend den Kopf. »Werde ich jetzt verdächtigt?»

»Ich versuche nur, den Dingen auf den Grund zu gehen. Haben Sie Richard getötet?«

»Warum sollte ich? Ich habe Ihnen gerade gesagt, dass ich die Scheidung eingereicht hätte, wenn mich Richard mich nicht angefleht hätte, es nicht zu tun. Für mich war schon alles abgehakt.«

»Scheidung kann teuer sein–Sie würden Ihrem treulosen Ehemann die Hälfte von allem überlassen. Jetzt, da er tot ist, gehört Ihnen alles. Problem gelöst.«

»Nein, Sheriff. Unsere Hypothek wurde abbezahlt und wir

hatten viel investiert. Unsere Finanzen waren besser als je zuvor. Es gab genug Geld für uns beide, um getrennte Wege zu gehen. Richards Job war gut dotiert und es mangelte mir an nichts.«

»Außer Liebe von einem treulosen Ehemann«, sagte Tyler. »Viele Verbrechen aus Leidenschaft beginnen mit Verrat. Ich könnte verstehen, wenn Sie–«

»Antonio hat ihn getötet, und das wissen Sie genauso gut wie ich«, sagte Valerie. »Warum reden Sie nicht mit ihm statt mit mir?«

Anstelle ihre Frage zu beantworten, sagte Tyler: »Wir sprechen mit jeder Person, die in irgendeiner Weise mit Richard zu tun hatte. Einige vernehmen wir, um Fakten zu bestätigen. Andere wiederum, um eine Zeitleiste zu erstellen. Diejenigen mit bestätigten Alibis schließen wir aus.« Er sah Valerie eindringlich an.

Sie stand auf. »Nun, wenn ich nicht unter Arrest stehe, können Sie mich nicht hier festhalten. Ich kann gehen, wohin ich will, Sheriff, oder muss ich einen Anwalt anrufen?«

Tyler nickte. »Sie können gehen. Aber sie sollten nirgendwo hingehen, ohne mich vorher zu informieren.«

Valerie sauste wortlos an ihm vorbei und schlug die Tür hinter sich zu.

KAPITEL 18

Ich erschrak, als ich plötzlich eine Stimme neben mir hörte. Ich war allein im Nebenraum gewesen, oder zumindest hatte ich es gedacht.

»Perfektion ist alles, nicht wahr? Eine große Versicherung, die sie kaum erwarten kann, in ihren gierigen kleinen Hände zu halten.«

»Tante Pearl! Ist das Weinfest schon vorbei?«

Sie schüttelte den Kopf. »Ich habe eine zehnminütige Pause einberufen, bevor wir mit der Bewertung der nächsten Kategorie beginnen. Wo ist der Sheriff? Ich habe wichtige Informationen über Richards Ermordung, die er erfahren muss.«

»Hat es damit zu tun, dass du Antonios Wein vom Tatort gestohlen hast?«

»Natürlich nicht! Du solltest vorsichtig sein, bevor du mit Anschuldigungen herumwirfst, wenn du irgendeine Zusammenarbeit von mir erwartest.«

In diesem Augenblick öffnete Tyler die Tür. »Zusammenarbeit worüber?«

»Das wüsstest du wohl gerne.« Tante Pearl war ziemlich

hinterhältig und sie verriet nie ihre Methoden. Wenn sie es täte, könnte man sicher sein, dass sie lügt. Täuschung war Teil des Handwerks.

»Ja, eigentlich schon.«, sagte Tyler. »Was hast du zu erzählen?«

Tante Pearl grinste. »Oh, ich habe Insiderinformationen, die du nicht glauben würdest.«

Ich war es leid, mich mit den Psychospielchen meiner Tante herumzuschlagen. »Tante Pearl sagte, sie habe wichtige Informationen über den Fall.«

Tante Pearl starrte mich an. »Stiehl mir jetzt ja nicht die Schau, Cendrine!«

»Entschuldigung.« Ich verdrehte die Augen, um ihr zu zeigen, dass es mir überhaupt nicht leid tat.

»Oh?« Tyler verschränkte die Arme und lehnte sich an die Wand. Er war von Tante Pearls Behauptung völlig unbeeindruckt. »Na dann schieß mal los, Pearl.«

»Ich bin die letzte Person, die Richard lebend gesehen hat. Abgesehen vom Mörder natürlich.«

Tyler öffnete die Tür und forderte Tante Pearl auf, ihm zu folgen. »Lasst uns in den Verhörraum gehen. Es ist groß genug, so dass wir uns alle hinsetzen können.«

»Prima«, sagte Tante Pearl. »Ich muss ins Zeugenschutzprogramm aufgenommen werden, wenn ich dir alles erzähle. Kann ich mir einen neuen Namen auswählen oder wird er mir zugewiesen?«

»Nicht sicher, aber ich werde es herausfinden«, sagte Tyler. »Jetzt spuck aus, was du weißt.«

Tante Pearl runzelte die Stirn. »Nicht so eilig.« Was ist für mich drin, Sheriff?«

Tyler zuckte mit den Schultern. »Ein reines Gewissen, dass Richtige zu tun und der Gerechtigkeit zu dienen. Reicht dir das nicht?«

Tante Pearl schimpfte. »Ist das alles?«

»Ich fürchte ja, Pearl.«

Sie seufzte. »Dann muss ich es wohl tun. Aber ich möchte Dateline nicht verpassen. Es ist meine Lieblingsshow im Fernsehen über wahre Verbrechen.«

Tyler warf einen Blick auf die Uhr. »Das merk ich mir. Nun erzähl mir, was du weißt.«

»Wie du weißt, war ich *sehr* damit beschäftigt, Kunden an Pearls Palace, also an meiner Straßenbar, zu bedienen. Hast du alle meine Kunden gesehen, Sheriff? Auch nachdem du mich gezwungen hast, meinen Wagen an einem lausigen Ort aufzustellen, hatte ich trotzdem noch volles Haus. Die Stühle waren voll, und die Leute saßen sogar auf dem Gras, nur um etwas guten Wein zu trinken. Wie auch immer, ich hatte gerade die letzte Flasche von Antonios exquisitem Lombard Wines Meritage serviert, als Richard Harcourt in seinem schicken Sportwagen vom Parkplatz raste. Er hatte es so eilig, dass er keine Rücksicht auf irgendjemanden außer auf sich selbst nahm. Er fuhr so schnell vom Parkplatz, dass der Pearls Palace seitlich mit Kies bespritzte. Er hinterließ sogar Kratzer am Wohnmobil, Sheriff!«

»Tut mir leid, das zu hören, Pearl. Wo ist Richard hingefahren?« fragte Tyler.

»Er fuhr auf der Autobahn in Richtung Lombard Wines.«

Ich hob die Hand zum Protest. »Aber Richards Corvette stand auf dem Parkplatz.«

Tante Pearl zuckte mit den Schultern. »Ich weiß, was ich gesehen habe.«

»Wann war das?«

Tante Pearl zuckte mit den Schultern. »Ich bin mir nicht sicher, aber ich denke, es war zwischen acht und neun Uhr. Die Weinprobe hatte noch nicht begonnen und es gab Dutzende von Weinliebhaber, die es kaum erwarten konnten, dass die offizielle Veranstaltung beginnt. Ich war viel zu beschäftigt, Getränke zu servieren, um auf die Uhr zu schauen, aber es war früh.

»Wie auch immer, direkt danach sah ich Antonio. Sein Lieferwagen parkte neben Richard Wagen, und ich habe gesehen, wie die beiden kurz vor Richards eiliger Abfahrt zusammen gesprochen haben. Ich versuchte, Antonios Aufmerksamkeit zu erregen, um ihm zu sagen, dass ich bereits genug Wein verkauft hatte, um seine überfälligen Hypothekenzahlungen zu bezahlen, aber er hat mich einfach abblitzen lassen. Er fuhr sofort nach Richard vom Parkplatz. So undankbar!«

»Okay, also hat Antonio seinen Wein gar nicht ›vergessen‹, wie er sagte.« Ich deutete mit den Fingern Anführungszeichen an. »Ich dachte mir schon, dass es seltsam ist, den Wein fürs Weinfest zu vergessen. Du hast Antonios Wein genommen und ihn ohne sein Wissen verkauft.«

Tante Pearl warf die Hände in die Luft. »Wen interessiert das schon; solange das Zeug verkauft wird?«

»Mich interessiert es«, sagte ich. »Antonio hatte keine Ahnung und er hat dir nie die Erlaubnis gegeben, seinen Wein zu verkaufen. Als er entdeckte, dass seine Weinkisten leer waren, musste er ins Weingut zurückfahren, um mehr Wein zu holen, um das zu ersetzen, was du verkauft hast.«

Tante Pearl schniefte. »Wie auch immer. Er könnte ein wenig dankbarer für all das sein, was ich für ihn getan habe. Ich habe seinen Wein abgefüllt, ihm eine Freundin verschafft und Wein im Gesamtwert von einem Jahr für ihn verkauft. All das in weniger als einem Tag. Verdammt, bin ich gut! Aber Antonio? Er hat nicht einmal danke gesagt!«.

»Wein im Gesamtwert von einem Jahr? Wir haben gestern gar nicht so viel abgefüllt.« Sobald ich die Worte ausgesprochen hatte, erkannte ich, was sie getan hatte. »Du hast mehr Wein herbeigezaubert? Du weißt, dass es gegen die WICCA-Regeln verstößt, mit Hexerei Gewinne zu erzielen.«

»Entspann dich, Cen.« Antonios Wettkampfwein war legitim. Der einzige herbeigezauberte Wein war das Zeug, das ich an meiner Bar am Straßenrand verkauft habe. Ich habe ihn genau wie seinen gemacht, sodass jeder glücklich ist. Nehmen wir einfach an, ich habe den Prozess automatisiert. Ich breche keine Regeln, weil ich ihm alle Gewinne schenke.«

Ich bezweifelte, dass der WICCA-Rat dieser Logik zustimmen würde, aber ich hielt den Mund.

Tante Pearl setzte fort. »Zurück zu meiner Geschichte. Wie gesagt, Antonio hat direkt nach Richard den Parkplatz verlassen. Er folgte ihm praktisch.«

»Sind sie beide in die gleiche Richtung gefahren?«, fragte Tyler.

»Ja. Warum hörst du nicht zu, Sheriff? Antonio *folgte* Richard. Auf dem Weg zu Lombard Wines.«

»Noch mehr belastendere Beweise gegen Antonio«, sagte ich. »Aber wenn sie sich treffen wollten, warum haben sie es dann nicht einfach beim Weinfest getan?«

»Vielleicht wollten sie ihre Treffen geheim halten«, sagte Tante Pearl. »Sie schienen beide in Eile zu sein. Jedenfalls verstehe ich nicht, wie es möglich ist, dass Antonio Richards Leiche entdeckt hat. Antonio folgte Richard im Auto und fuhr ihm dicht auf. Richard schien da noch sehr lebendig zu sein und Antonio war die letzte Person, die ihn gesehen hat.«

Tyler nickte. »Antonio rief ein paar Minuten später an, um von Richards Leiche im Keller zu berichten. Die Zeitleiste passt. Genug Zeit, um jemanden umzubringen. Gerade so.«

»Niemand hat Richard danach gesehen«, keuchte Tante Pearl. »Merkst du jetzt, dass ich der Kronzeuge bin? Was passiert, wenn mir der Mörder nachstellt?«

Tyler schüttelte den Kopf. »Ich werde dich beschützen, Pearl. Du darfst nur mit niemandem darüber reden. Ich werde die Nachricht erst nach dem Weinfest veröffentlichen. Ich rede nur mit dir, um deinen Augenzeugenbericht zu erhalten. Kann ich mich auf dich verlassen?«

»Natürlich, Sheriff. Aber wie ist Richard gestorben?«, fragte Tante Pearl.

»Ich gebe die Todesursache noch nicht frei, Pearl.«

»Nicht einmal mir?« Sie schob schmollend ihre Unterlippe hervor. »Ich wette, du hast es Cendrine gesagt, nicht wahr?«

Sein Mund verwandelte sich in ein verschmitztes Lächeln. »Entschuldige, Pearl. Ich gebe diese Information niemandem frei. Noch nicht einmal dir.«

Meine Brust fühlte sich wie Blei an, als mir klar wurde, wie stark die Beweislast gegen Antonio war. Es war schwer, anders zu denken. Er hatte die Mittel, das Motiv und die Gelegenheit. Er hatte die Leiche entdeckt und war am Tatort. Und der kurze Zeitrahmen bedeutete, dass es fast unmöglich war, für jemand anderes das Verbrechen begangen zu haben. Nur Antonio hatte Zugang zum Weinkeller.

Richard wollte Antonio das Weingut unter dem Hintern weg stehlen und sein ganzes Leben ruinieren. Ich wollte nicht von Antonio als Mörder denken, aber Verzweiflung konnte die nettesten Menschen zu den verabscheuungswürdigsten Handlungen treiben.

Ich hatte immer gedacht, dass ich Antonio recht gut kennen würde. Aber es wurde immer schwieriger, die Saat des Zweifels zu bezwingen, die in meinem Kopf keimte.

KAPITEL 19

»Ich brauche deine Hilfe, Pearl. Kann ich mit dir rechnen?«, fragte Tyler.

Tante Pearl sah Tyler misstrauisch an. »Mit mir rechnen für was? Ist das eine Art Trick?«

Tyler schüttelte den Kopf. »Kein Trick, nein. Du bist eine Frau mit vielen Talenten, und nur du kannst mir mit dieser wichtigen Aufgabe helfen.«

»Tatsächlich?« Tante Pearl schaute nachdenklich drein. »Was krieg ich denn, wenn ich ja sage?«

»Das gute Gefühl, der Gerechtigkeit gedient zu haben«, antwortete Tyler.

»Zumindest verlange ich, dass mein Dateline-Auftritt länger dauert als deiner; Sheriff. Eigentlich sollte ich Antonio Co-Star, wenn nicht sogar der Star schlechthin sein. Ich bin diejenige, die diesen Fall weit geöffnet hat.« Tante Pearl breitete ihre knochigen Arme aus und erschlug mich fast dabei.

»Antonio ist solange unschuldig, bis seine Schuld bewiesen ist, Tante Pearl. Bis jetzt ist er noch nicht eines Verbrechens angeklagt worden. Tyler ist der Chefermittler und es steht außer Frage, dass du mehr Sendezeit bekommst-«. Ich stoppte mitten im Satz, als ich merkte, dass ich mich genauso lächerlich machte wie sie. »Anderseits könntest du etwas mehr Hintergrundkommentar geben. Ich bin sicher, dass dich die Produzenten in die Story einbauen würden.«

Tyler nickte. »Wenn du an der Aufklärung des Verbrechens beteiligt wärest, hättest du das Bedürfnis, sie zu interviewen. Das Schlüsselwort ist *Hilfe*, Pearl. Kannst du das? Es geht nicht um Ruhm oder Geld, aber du würdest helfen, einen Mörder zu fangen. Tu es und ich mache dich zu einem ehrenhaften Deputy.«

»Ich denk drüber nach. Was soll ich tun?«

KAPITEL 20

Tyler erzählte mir nicht, um was er Tante Pearl gebeten hatte, und ich fragte auch nicht. Ich wollte es lieber nicht wissen, obwohl ich vermutete, dass seine Bitte eher ein Trick war, um zu verhindern, dass sie sich in die Ermittlungen einmischt. Was in gewisser Weise hilfreich war.

Ich holte meinen Laptop aus der Tasche und nahm meine SecureTech-Recherche wieder auf. Die Website des Unternehmens bot nur spärliche Informationen, wahrscheinlich, um alle Möchtegern-Kriminellen zu vereiteln. Allerdings konnte man im Internet in Benutzerforen eine Menge Informationen über verschiedene Sicherheitstechnologien finden. Anscheinend waren Schlösser beliebt. Ich habe aus mehreren Foren recht viel über die biometrische Fingerabdruck-Funktion erfahren. Von dem, was ich sehen konnte, hatte Antonio recht. Das Schloss war im Prinzip narrensicher. Genau wie Antonio hatten einige Benutzer nur einen einzigen Benutzer ohne jeglichen Sicherungsplan eingerichtet. Diese Fälle hatten alle gleichermaßen geendet. Der ganze Verriegelungsmechanismus musste aus der Tür herausgeschnitten werden, wodurch beides ruiniert wurde. Es war diebstahlsicher, aber nicht idiotensicher.

Das Zahlensicherungsschloss war eine andere Geschichte. Wie jedes Schloss konnte auch dieses geknackt werden. Allerdings kam in unserem Fall der diebstahlsichere Fingerabdruck-Scan hinzu. Ich rief die Telefonnummer auf der Website an und hinterließ eine Nachricht, mich sofort Montag früh anzurufen. Es konnte nicht schaden, aber ich wusste natürlich, dass wir nicht so lange warten konnten. Ich würde alles tun, um innerhalb der nächsten Stunden alles über SecureTech zu erfahren.

Ich stand auf und goss zwei Tassen Kaffee aus der altmodischen Mr Coffee Kaffeemaschine hinter dem Schreibtisch ein. Ich fand einen fast leeren Milchkarton im Kühlschrank und goss ihn in meine Tasse. Dann brachte ich beide Tassen in Tylers Büro und reichte ihm den schwarzen Kaffee.

Tyler dankte mir, als er die Kaffeetasse nahm. »Was kannst du mir über Desiree erzählen?«

Mehr, als mir lieb war und noch mehr, als ich mit Tyler teilen wollte. Alle wurden von Desirees Charisma und magnetischer Persönlichkeit in ihren Bann gezogen. Sie warf großzügig mit Komplimenten und Freundschaft um sich und gab jedem das Gefühl, etwas Besonderes zu sein. Aber nur solange sie taten, was sie wollte. Andernfalls würde sich ihre angebliche Freundschaft in Verrat verwandeln und die Komplimente in Anschuldigungen. Freundschaften waren für Desiree reine Berechnung und sie wählte nur diejenigen, die sich in den richtigen sozialen Kreisen bewegten, in noblen Vierteln lebten und ihren teuren Geschmack teilten. Die Stadt teilte sich auf zwischen denen, die sie vergötterten und denen, die sie beim ersten Anblick verachteten. Mit ihrem Klatsch und ihren Lügen wiegelte sie Freunde gegeneinander auf, die sich teilweise sogar verfeindeten. Mindestens einen Mann, Richard, hatte sie in einen seine Ehefrau betrügenden

Ehemann verwandelt. Aber ich musste mich an Fakten halten, nicht an Gefühle.

Ich holte tief Luft. Desiree ist vor etwa fünf Jahren hierher gezogen. Sie kam aus Seattle und behauptete, sie habe als Top-Maklerin ein Vermögen mit Immobilien gemacht. Sie hat definitiv Geld.«

»Hat sie dir denn das erzählt?«, fragte Tyler.

Ich schüttelte den Kopf. »Nicht mir direkt, aber das kursiert in der ganzen Stadt. Sie gibt auch viel aus. Sie hat Verdant Valley Vineyards gegen Barzahlung gekauft und eine Menge Geld hineingesteckt. Sie behauptet, dass ihre Weinherstellung nur ein Hobby ist, aber Gerüchten zufolge importiert sie teure Trauben, um einen Vorteil gegenüber den anderen lokalen Winzern zu haben. Sie behauptet, dass ihr Wein auf dem Land angebaut wird, aber ihre Umsätze sind zehnmal so hoch wie sie in ihrem eigenen Weinberg anbauen könnte. Sie kauft offensichtlich mehr Trauben als sie anbaut. Sie bestreitet das natürlich.«

Tyler kratzte sich am Kinn. »Hmm…also sind Antonios Behauptungen wahr.«

Ich nickte. »Desiree und Richard begannen ihre Affäre kurz, nachdem sie hierher gezogen war. Desiree prahlte sogar damit und sagte, Richard habe ihr ›mehr als nur eine Hypothek‹ gegeben. Das Gerücht hat ziemlich schnell die Runde gemacht. Ich verstehe, warum sich Valerie von ihm scheiden lassen wollte. Sie muss es demütigend gefunden haben.«

»Ist Desirees Wein denn gut?«, fragte er.

Ich zuckte mit den Schultern. »Nicht schlecht. Aber nicht besonders genug, um jedes Jahr den ersten Platz zu gewinnen. Er hebt sich nicht gegenüber den anderen lokalen Weinen ab. Ich glaube aber nicht, dass sie ein Motiv hatte, Richard zu töten. Sie profitiert mehr davon, wenn er lebendig ist. Seine Freundin zu sein bedeutete, dass er jedes Jahr als Preisrichter beim Weinfest den Wein begutachtete und ihr den ersten Preis zukommen ließ. Sie schienen glücklich zusammen zu sein.«

»Vielleicht wollte sie mehr von ihm als nur den ersten Platz bei einem Weinwettbewerb«, sagte Tyler. »Sicherlich wollte sie, dass er Valerie verlässt. Fünf Jahre sind eine lange Zeit für eine lockere, freundschaftliche Beziehung. Vielleicht war ihre Beziehung den Bach hinuntergegangen, als er ihr versprach, seine Frau zu verlassen, es aber nie tat.«

»Da ist etwas Wahres dran, aber Desiree war kurz davor, Richard endlich ganz für sich zu haben, wenn sich Valerie scheiden ließ.« Tyler und ich waren nun schon ein Jahr zusammen. »Wie lange sollte denn deiner Meinung nach eine solche Beziehung dauern?«

Er errötete. »Ich weiß es nicht genau, aber es kommt eine Zeit, in der du einfach weißt, dass du mit der richtigen Person zusammen bist oder nicht.«

»Bin ich die richtige Person?« Ich platzte mit den Worten heraus, bevor mir klar wurde, was ich sagte. Am liebsten hätte ich sie sofort zurückgenommen. Was, wenn er nicht genauso fühlte wie ich?

»Auf jeden Fall.« Er beugte sich für einen Kuss vor. »Mmm, Cen...ich wusste es schon, im selben Moment, als ich dich traf. Ich bezweifle jedoch, dass Richard das Beste ist, was Desiree je passiert ist. Sie kommt mir wie eine Opportunistin vor. Sie war nicht nur aus Liebe in dieser Beziehung. Oder um den Weinwettbewerb zu gewinnen. Er leitet die Bank, also ist da vielleicht etwas dran.«

»Sie ist doch schon reich«, betonte ich. »Fünf Jahre sind eine lange Zeit, um darauf zu warten, dass Richard Valerie verlässt. Vielleicht hat sie Richard ein Ultimatum gestellt und er hat es ignoriert.«

»Oder...« Tyler hielt inne, als er nach Worten suchte. »Vielleicht hat Desiree nur behauptet, sie wolle, dass sich Richard scheiden lässt, meinte es aber gar nicht ernst. Als Valerie die Räder in Bewegung setzte und die Scheidung einreichte, wäre Desiree in Zukunft die ganze Zeit mit Richard zusammen. Wenn sie ihn nur für Gefälligkeiten benutzt hätte und ihn nicht wirklich lieben würde, könnte das zu einem Problem für sie werden.«

Ich schüttelte den Kopf. »Wenn Desiree Richard nicht mehr wollte, könnte sie sich einfach von ihm trennen und gehen. Sie hatte keinen Grund, ihn zu töten.«

Tyler nickte. »Sie hat auch ein hieb- und stichfestes Alibi. Dutzende von Menschen haben sie im Laufe des Vormittags zu unterschiedlichen Zeiten beim Weinfest gesehen.«

»Sie hätte jemanden dazu anheuern können, ihn zu töten«, sagte ich. »Außer, dass sie kein Bedürfnis hatte, es zu tun.«

Tyler warf einen Blick auf seine Armbanduhr. »Sie hat schon eine halbe Stunde Verspätung.«

Wenn man vom Teufel spricht. Plötzlich knallte die Bürotür des Nebenbüros auf und eine Frau rief aus dem Vorzimmer. »Jujuuuu! Sheriff Gates? Ist hier jemand?«

Es war Desiree LeBlanc? Wahrscheinlich in der Hoffnung, einen großen Auftritt zu machen, der aber schnell verpuffte.

Ich war insgeheim froh, dass niemand da war, um sie zu begrüßen. Ich blieb unbemerkt im kleinen Raum neben dem Verhörraum, während Tyler ins Vorzimmer trat, um sie zu begrüßen.

Sie tauschten Hallos aus, während Tyler Desiree in den Verhörraum begleitete und sie aufforderte, Platz zu nehmen.

»Ich kam so schnell her, wie ich konnte.« Desiree lächelte Tyler an. Ihre Unterlippe zitterte, als sie sagte leise: »Ich kann es immer noch nicht glauben…mein Richard ist tot. Einfach so.«

Ich begutachtete Desiree durch den Einwegspiegel. Sie trug burgunderrote Wildlederstiefel, passende Strumpfhosen und einen langen Designerpullover, der mit einem teuer aussehenden Gold- und Amethystanhänger akzentuiert war. Und sie hatte sich mit Parfüm übergossen. Es kitzelte in meiner Nase, obwohl ich im Nebenraum war.

Desiree hatte sich die Zeit genommen, ihre Kleidung zu wechseln, einen Kaffee zum Mitnehmen zu holen und sogar ihre Haare neu zu stylen. Ihr langes blondes Haar war nun hochgesteckt, ein paar Strähnchen umrahmten ihr Gesicht und akzentuierten ihre tiefblauen Augen. »Das Weinfest war in diesem Jahr eine Katastrophe. Ohne Richard als Vorsitzender der Juroren gab es keine–«. Sie stoppte mitten im Satz, senkte den Kopf und schluchzte.

Welch eine Manipulatorin! Würde Tyler darauf hereinfallen? Ich hatte keine Ahnung.

Nach einer vollen Minute blickte Desiree wieder auf. Sie lehnte sich zurück und stieß einen schweren Seufzer aus. »Das wird schwer. Ich vermisse Richard schon sehr.«

Tyler setzte sich ihr gegenüber. »Tut mir leid für Ihren Verlust, Desiree.« Haben Sie eine Idee, wer einen Grund dafür gehabt hätte, Richard umzubringen?«

»Natürlich weiß ich, wer es getan hat, Sheriff. Antonio wurde am Tatort mit Blut an den Händen ertappt. Er hat meinen Liebsten getötet!« Desiree schluchzte unkontrolliert.

Tyler schob ihr die Schachtel mit den Papiertüchern zu. »Wir haben noch keine Schlussfolgerungen gezogen, weder in die eine noch in die andere Richtung, Desiree. Die Untersuchungen dauern an. Was wir sicher wissen, ist, dass Antonio zu seinem Weingut zurückgekehrt und Richard im Weinkeller gefunden hat. Zumindest ist das seine Version der Ereignisse.«

Desirees Kinnlade klappte herunter. »Sie werden ihn nicht anklagen?«

»Wie gesagt, die Ermittlungen laufen, und wir werden jeden einzelnen Verdacht untersuchen.«

»Wird dieses Gespräch aufgezeichnet?« Desirees Augen verengten sich, als sie den Raum durchsuchte und am Einwegspiegel anhielt.

Tyler nickte. »Wir nehmen alle unsere Vernehmungen auf.«

»Oh.« Desirees massiver Brillantring glitzerte, als sie eine Haarsträhne hinter das Ohr steckte.

Sie wurde nicht nur aufgenommen, sondern auch beobachtet.

Von mir.

Sie schaute auf den Tisch und legte die Hände in den Schoß. Einen Augenblick später hob sie den Kopf und sah den Einwegspiegel mit einem durchdringenden Blick an. Sie streichelte ihren Amethystanhänger mit manikürten Fingern, die noch nie eine Minute Handarbeit ertragen hatten.

Ich errötete und war genervt. Ich wusste, dass sie mich nicht sehen konnte. Selbst wenn sie jemanden hinter dem Einwegspiegel vermutete, hatte sie dennoch keine Möglichkeit zu wissen, dass ich es war. Ungeachtet dessen ging es mir gegen den Strich, jemanden zu täuschen, auch nicht eine Person, die ich nicht mochte. Ein Teil von mir wollte in den Verhörraum rennen und mich ergeben.

Tyler hatte mich nur gebeten, zu beobachten. Jeder in einem Verhörraum wusste, dass er entweder hinter dem Einwegspiegel, über eine Kamera oder von beidem beobachtet wurde. Es war der übliche Ablauf bei jedem Fernsehkrimi.

Offensichtlich dachte Desiree nicht daran, sonst würde sie nicht mit Tyler flirten. Sie langte über den Tisch und legte ihre Hand auf seine. »Sheriff, Sie sind doch ein Mann. Sie wissen wie Männer reagieren, wenn ihre Männlichkeit bedroht wird.«

Tyler sagte nichts.

Desiree hob die Augenbrauen an und ließ ihre Hand Tylers ruhen. »Männer können manchmal ihre Gelassenheit verlieren. Richard hatte Temperament. Ich denke, Antonio auch. In Eifer des Gefechts kann es ein wenig…heiß hergehen.«

Tyler blieb ausdruckslos.

Desirees Hand blieb auf seiner liegen.

Ich blieb hinter dem Einwegspiegel stehen, aber nur knapp. Ich stand auf und war außer mir vor Wut. Ich lief wie ein Tiger im Käfig hin und her. Etwas anders konnte ich nicht tun, wenn ich nicht in diesen Raum platzen und ihre Hand von seiner reißen wollte.

Tyler ließ langsam seine Hand unter Desirees heraus gleiten und nahm einen Stift. Er kritzelte etwas auf den Notizblock.

Desiree seufzte. Sie beugte sich vor. »Ich werde Ihnen ein kleines Geheimnis verraten, Sheriff.«

Tyler beugte sich ebenfalls vor. Er stützte seine Ellbogen auf dem Tisch ab. »Und das wäre?«

Desiree legte erneut ihre Hand auf Tylers und bewegte sie langsam weiter nach oben, um schließlich ihre manikürten Finger um sein Handgelenk zu legen. »Antonio kam vor ein paar Wochen zu mir, um mit mir zu sprechen. Er bat mich, ihm zu helfen, Richard dazu zu bringen, die Zwangsvollstreckung zu verschieben. Ich sagte ihm, dass ich keinen Einfluss darauf hätte und Richards Meinung nicht ändern könnte, dass Richard keine andere Wahl hätte; er müsse die Bankpolitik durchsetzen, wenn jemand seine Hypothek nicht bezahlen würde. Er nahm seinen Job ernst, wissen Sie. Ich sagte Antonio, es sei sinnlos und er solle seine Zeit besser damit verbringen, einen Weg zu finden, um die verspäteten Zahlungen aufzuholen. Aber er weigerte sich zuzuhören. Stattdessen bat er mich, mit Richard zu sprechen.

Ich habe letztendlich doch mit Richard gesprochen und ihn gefragt, ob es irgendwelche Hypothekenschlupflöcher gäbe, um Antonio ein wenig mehr Zeit zu geben. Er sagte, er würde es überprüfen, es für mich tun. Was wäre, wenn Richard sich am Ende nur mit Antonio getroffen hätte, weil ich ihn darum gebeten habe? Könnte ich irgendwie für Antonios Handeln verantwortlich sein?« Sie senkte den Kopf und weinte.

Tyler schob die Schachtel mit seiner freien Hand näher an Desiree heran. Er zog seine andere Hand nicht weg, aber seine Kiefermuskeln spannten sich leicht an.

Warum zog Tyler nicht seine Hand von Desiree weg? War es eine Verhörtaktik, damit sich Desiree wohl fühlte, oder was? Tante

Pearl mochte es nicht, dass ich mit dem Stadtsheriff ausging und dieses Gefühl war im Laufe unserer Beziehung immer stärker geworden. Hatte sie Tyler und Desiree mit einer Art Anziehungszauber belegt, damit wir uns trennen?

Nein. Obwohl sie es bestimmt gewünscht hätte, uns zu trennen, würde sie nichts tun, um mir das Herz zu brechen Das musste ich einfach glauben. Aber sie würde sich nicht davon abhalten lassen, ihn mit einem anderen Zauberspruch zu belegen. Es gab nur eine Möglichkeit, es herauszufinden.

Ich konzentrierte mich auf Tyler und flüsterte unter meinem Atem:

ZAUBERE *mir einen Fluss*
Zaubere mir ein Lied
Zeige mir die Zauberformeln
Die meinen Liebsten verzaubert haben

DIE MAGISCHEN GEDANKEN
In seinem Kopf
Kommen jetzt ins Schwanken
Weg sind sie und er denkt an mich

AUF UND DAVON, *ohne Schaden*
Unrecht wird wieder zu Recht,
Alle Schicksale korrigiere ich
In Kürz–

ICH HABE mich gerade noch rechtzeitig zurückgehalten. Ich war im Begriff, meinen Freund mit einem Zauber zu belegen! Es stimmt, es war ein Spruch, mit dem ein bestehender Zauber rückgängig gemacht werden sollte, wenn es tatsächlich einen gab. Dennoch würde ich mich damit in das Leben von jemandem anderen einmischen. Zudem auch noch in Tylers Leben! Was zum Teufel war mit mir los?

Tyler war sich meiner übernatürlichen Fähigkeiten sehr wohl bewusst. Er vertraute mir auch voll und ganz. Aber wäre er damit einverstanden, wenn ich ihn mit einem Zauber belegen würde, selbst wenn er ihn beschützen sollte?

Vermutlich nicht. Tyler war ein erwachsener Mann, der durchaus in der Lage war, sich um sich selbst zu kümmern. Und die meiste Zeit kümmerte er sich trotz ihrer ständigen Schikanen auf gutmütige Weise um Tante Pearls Machenschaften.

Ich handelte mehr aus Eigeninteresse als in Tylers.

Ob Tante Pearl Tyler wirklich mit einem Zauber belegt hatte oder nicht, es war falsch von mir, das Gleiche zu tun. Meine Wangen röteten vor Scham. Ich wusste in meinem Herzen, dass Tyler mich liebte. Auch wenn sich das morgen alles ändern würde, könnte ich ihn nicht mit einem Zauberspruch dazu bringen, mich für immer zu lieben. Kein Zauber der Welt, so stark er auch sei, konnte Liebe erzwingen. Kein Zauber der Welt, so stark er auch sei, konnte wahre Liebe auslöschen. Zauberformeln aus niederen Beweggründen auszusprechen funktionierten oft nur kurzfristig, aber langfristig erodierten sie das Vertrauen.

Das war unter meiner Würde.

Ja, ich war jetzt eine vollendete Hexe. Damit kam eine Kehrseite der Medaille. Es war viel zu einfach, die Dinge selbst in die Hand zu nehmen und Zaubersprüche auszusprechen, damit die Welt so funktioniert, wie ich es wollte. So wie Milliardäre, die alles mit ihrem Geld kauften, was sie wollten, stand mir die Magie zur Verfügung. Als Hexe konnte ich Zauberformeln aussprechen, um alle meine Träume Wirklichkeit werden zu lassen. Aber die reine Fähigkeit, etwas zu tun, gerechtfertigte es nicht.

Endlich verstand ich, warum Tante Pearl oft Zauberformeln aussprach, wenn nicht alles so lief, wie sie es wollte. Es war verlockend, einen hexenhaften Wutanfall auf jemanden loszulassen, wenn die Dinge anders liefen, als sie sollten. Tante Pearl war eine sehr talentierte Hexe, aber mit Charakterfehlern – sie war ungeduldig, rachsüchtig und daran gewöhnt, dass alles nach ihrer Pfeife tanzt. Obwohl ich sie als Hexe verehrte und bewunderte, wollte ich meine Kräfte nicht leichtfertig oder rachsüchtig einsetzen.

Ja, das war wirklich unter meiner Würde.

Ich atmete tief durch und murmelte schnell einen Umkehrzauber, um meinen fehlgeleiteten Zauber rückgängig zu machen. Dann konzentrierte ich mich wieder auf Tyler und Desiree.

Ich wollte nicht wegen dieses manipulierenden Luders meine Contenance verlieren.

Gut durchatmen.

Tyler machte nur seinen Job. Ein Teil davon beinhaltete, ein wenig Psychologie bei Desiree zu verwenden. Er wollte, dass sie sich wohl genug fühlte, um aus sich herauszugehen. Ein guter Verhörer baut Beziehung und Vertrauen auf. Wenn Tyler seine Hand wegzöge, würde Desirees Schutzhaltung wieder erweckt.

Trotzdem fühlte ich mich nicht wohl dabei, dass Desiree etwas arg freundschaftlich mit meinem Freund umging.

Am liebsten wäre ich nach nebenan gerannt und hätte ihr die Hand von Tylers gerissen.

Dennoch wollte ich sie nicht mit einem Fluch belegen.

Ich könnte es, wann immer ich wollte, aber es würde nichts ändern. Tyler musste Desiree befragen, und ich war nur anwesend, um zu beobachten, nicht um einzugreifen.

Natürlich wusste Tyler, dass ich hinter dem Glas stand und beobachtete, wie sich alles entfaltete, in der Hoffnung, dass ich nicht in den Raum stürmte und meine Tarnung auffliegen ließ.

Was ich, zaubern oder nicht, täte, wenn sie nicht ihre Hand *sofort* herunternehmen würde.

Zum Glück entfernte Tyler in diesem Augenblick seine Hand unter dem Vorwand, seinen Stift in die Hand zu nehmen, um ein paar Notizen zu machen.

Ich atmete aus und fühlte mich erleichtert und war verlegen über meine Eifersucht.

Es ärgerte mich, dass Desiree die Situation ausgenutzt und sofort die Gelegenheit ergriffen hat, mit Tyler zu flirten. Das Fünkchen Respekt, das ich noch für sie hatte, war jetzt verloren. Jeder wusste, dass Desiree die Menschen manipulierte, mit ihrem Charme überschüttete, um zu kriegen, was sie wollte. Aber es nahm eine ganz neue Bedeutung an, als sie meinen Freund als Zielscheibe benutzte. Und sie war hier, weil gerade ihr Freund ermordet worden war. Ich konnte mir nicht vorstellen, so kaltblütig zu handeln, wenn Tyler etwas zugestoßen wäre.

Ich zwang mich wieder in die Realität zurück. Meine Aufgabe war es, das Verhör zu beobachten und nicht, meinen Geist wandern zu lassen.

Tyler redete. »Desiree, wann haben Sie Richard zum letzten Mal gesehen?«

»Nun, ich weiß es nicht…er hat mich heute früh zum Weinfest gefahren«, sagte Desiree. »Wir sind beide hingegangen. Ich hatte es eilig zu prüfen, ob mein Stand noch am selben Ort war wie letztes Jahr. Sie wissen ja, was man in Immobilienkreisen sagt… Lage, Lage, Lage.« Sie lachte nervös. »Zum Glück war alles so eingerichtet, wie ich es wollte. Richard ging ein paar Mal zurück zum Auto, um meinen Wein zu holen. Ich musste dieses Jahr sogar ein paar zusätzliche Kisten mitbringen, weil mein Wein so beliebt ist.«

»Wann war das?«, fragte Tyler.

»Gegen Neun.«

»War es das das letzte Mal, dass Sie ihn gesehen haben? Gegen 9.00 Uhr?«

»Ich habe nicht auf die Uhr geschaut, aber so ungefähr muss es stimmen. Richard hat mir nicht gesagt, dass er noch irgendwo hingehen müsste, wenn Sie darauf anspielen.«

»Er erwähnte kein Treffen mit Antonio?«

Sie schüttelte den Kopf. »Nicht mir gegenüber.« Ich bezweifle, dass er es vorhatte, ihn zu treffen, weil er niemals an einem Tag wie das Weinfest, etwas anderes geplant hätte. Aber vielleicht hatte er Mitleid mit Antonio. Richard hatte wirklich ein Faible für Leute, die vom Pech verfolgt waren.«

»Haben Sie gesehen, ob er mit Antonio gesprochen hat?«

Desiree nickte. »Antonio zog Richard zur Seite, als wir in die Aula gingen. Ich wandte mich ab, um mit jemandem zu sprechen, und als ich wieder hinsah, waren sie beide weg.«

»Sie haben gesehen, wie sie zusammen hinausgegangen sind?«

»Nein, nur dass sie nicht mehr zusammen standen. Ich dachte, Richard wäre gegangen, um sich auf den Tag vorzubereiten. Der Weinfesttag ist einer seiner geschäftigsten Tage des Jahres. Und obendrein hatten wir spezielle Pläne für den Abend. Ich glaube, er hatte vor, mich zu bitten, … ihn zu –« Desirees brach in ein Schluchzen aus. »Er wollte mich bitten, seine Frau zu werden.«

»Haben Sie beide darüber gesprochen?« Tyler erwähnte nicht die offensichtliche Tatsache, dass Richard bereits mit einer anderen Frau verheiratet war.

Desiree zog ein Papiertaschentuch aus der Schachtel und tupfte ihre Augen ab. »Ja, so ganz allgemein. Er sagte, er habe heute Abend eine Überraschung für mich. Valerie hatte ihm gesagt, dass sie die Scheidung einreichen wollte. Endlich. Er hat sich darüber gefreut und war erleichtert. Und das, obwohl er durch die Scheidung die Hälfte von allem verloren hätte. Richard sagte, dass wir nun endlich richtig zusammen sein können. A-aber, ich fürchte, es hat nicht sollen sein.« Desiree ließ den Kopf in ihre Hände fallen und schluchzte.

KAPITEL 21

Kurz nachdem Desiree gegangen war, öffnete sich die Eingangstür zum Revier. Tante Pearl eilte atemlos hinein. Sie schlug die Tür hinter sich zu und lehnte sich dagegen. »Es ist anstrengend, das Gesetz durchzusetzen. Ich versprach Tyler, dass ich dafür sorgen würde, dass das Weinfest geschlossen wird, sobald die Spirituosenlizenz abgelaufen ist.«

»Das war Dein geheimer Auftrag?«, fragte ich und wunderte mich, wie sie es geschafft hatte, im Alleingang, alle Teilnehmer zu zerstreuen, obwohl die Beurteilung noch nicht stattgefunden hatte.

»Natürlich nicht, Cen. Das war die einfachste der beiden Sachen, um die er mich gebeten hat. Es ist alles unter Dach und Fach.« Sie setzte sich mit gegenüber und starrte mich an. Ihre Augen strahlten vor Aufregung. »Verdammt, bin ich gut.«

»Wie ist es denn mit deiner streng geheimen Aufgabe gelaufen?« Ich wollte unbedingt herausfinden, was Tyler von ihr verlangt hatte, und hoffte, sie dazu zu bringen, es zu enthüllen.

»Tut mir leid, Cen. Das sind Verschlusssachen Ich habe

geschworen, es geheim zu halten.« Tante Pearl machte eine Reißverschlussbewegung über ihren Mund.

»Du kannst sicher sein, dass, was immer Tyler dir sagt, er es mir auch sagt.«

Tante Pearl prustete. »Oh, ich bin sicher, er hat es dir nicht gesagt, Cen. Du würdest alles ruinieren.«

Ich schaute ins Büro, um sicherzustellen, dass Tyler nicht in der Nähe war, und sagte: »Ich weiß, was du getan hast, Tante Pearl. Du hast Mamas Torschlüssel zu Lombard Wines gestohlen.«

»Habe ich nicht, Cendrine! Ich bin keine Diebin!«.

»Aber du hast Antonios Wein genommen. Das kannst du nicht leugnen, denn du hast in Sichtweite an deiner Bar am Straßenrand verkauft.«

Sie zuckte mit den Schultern. »Das war kein Diebstahl. Ich habe ihn umfunktioniert. Einsatz für den guten Zweck.«

»Den Wein ohne seine Erlaubnis aus Antonios Lieferwagen zu entfernen, macht dich zu einer Diebin, egal wie gut deine Absichten waren.« Ich war wütend und neugierig gleichzeitig. »Wie bist du durch das Lombard Wines Tor gekommen, wenn du keinen Schlüssel hast?«

»Ist das nicht auch für dich offensichtlich, Cen?«

»Hast du Tyler erzählt, was du getan hast?«

»Natürlich nicht, und wage dich nicht, es ihm zu sagen. Hexen verraten andere Hexen nicht, Cendrine.«

KAPITEL 22

Tyler telefonierte in seinem Büro mit den Shady Creek Kommissaren. Von dem, was ich hören konnte, hatten die Kommissare Überwachungsaufnahmen von mehreren Unternehmen entlang der Strecke vom Weinfest nach Lombard Wines gezogen. Es gab mehr Verkehr als üblich aufgrund des Weinfestes, aber der größte Teil dieses Verkehrs war zum Weinfest geleitet worden, in die entgegengesetzte Richtung von Lombard Wines.

Die Polizei von Shady Creek hatte die Vernehmung Antonios beendet und ihn ohne Anklage freigelassen, zumindest vorerst. Trina hatte bereits die einstündige Fahrt angetreten, um ihn abzuholen.

Ich saß im Vorzimmer des Reviers; mein Kaffee war inzwischen kalt geworden. Ich hatte alles recherchiert, was ich online über das SecureTech-Schloss finden konnte, und alles schien darauf hinzudeuten, dass es nicht gehackt werden konnte. Allerdings setzten die Bedienungsanleitungen nicht die Anwendung von Hexerei voraus. Tante Pearl hatte bereits zugegeben, sich durch das Lombard-Tor geschlichen zu haben. Wäre es möglich, dass sie oder jede beliebige Hexe, einen Zauber aussprechen könnte, um den biometrischen Fingerabdruck-Scanner außer Kraft zu setzen?

Ich musste die Stärken und Schwächen des SecureTech-Schlosses herausfinden, brauchte aber dazu ein echtes. Ich konnte aber auch nicht an Antonios SecureTech-Schloss herumfummeln, sonst würde ich Beweise vernichten. Ich hatte auch keine Anleitung und wir hatten derzeit keine weiteren Verdächtigen. Es fehlte uns ein wichtiges Puzzleteil und die Zeit lief davon.

Ich könnte ein anderes Schloss kaufen, aber das würde Zeit und Geld kosten und das hatten wir nicht. Wenn das nicht Hexerei rechtfertigen würde, wusste ich nicht, was es sonst täte.

Wenn ich nicht ein Schloss kaufen konnte, dann müsste ich eines heraufbeschwören.

Technisch gesehen, würde ich die WICCA-Regeln verletzen, weil ich versuchte, einen wertvollen Gegenstand kostenlos zu bekommen. Ich hasste es, Regeln zu brechen!

Auf der anderen Seite wusste ich, warum Tante Pearl die Regeln immer zur Schau gestellt. Sie waren starr, Passepartout-Regeln, die nicht immer sinnvoll waren. Im Moment hatte ich keine andere Wahl.

Ich schloss meine Augen und stellte mir das Schloss in meinem Kopf vor, während ich den Zauberspruch flüsterte:

Eins, zwei, drei.
SecureTech komm herbei ...

Puff!

Ein Karton mit SecureTech Schriftzug erschien vor meinen Augen. Ein Bruchteil einer Sekunde später, fiel es mit einem lauten Knall auf den Tisch.

»Cen, alles in Ordnung?«, rief Tyler. »Was war das für ein

Krach?«

»Och...nichts. Mir ist ein Buch heruntergefallen.« Ich zog den Karton an mich heran und wartete, bis ich sicher war, dass er nicht zu mir kommen würde, um nachzusehen, was los ist. Dann öffnete ich ihn und holte die Anleitung heraus. Ich würde das Schloss mit meinem eigenen Fingerabdruck einrichten und dann verschiedene Möglichkeiten zur Umgehung des biometrischen Scanners ausprobieren. Soweit der Plan. Da ich weder Schlosser noch mechanisch talentiert bin, improvisierte ich, in der Hoffnung, dass die Schritt-für-Schritt-Hexerei das Geheimnis entriegeln würde.

Aber zunächst musste ich die Anweisungen vollständig durchlesen. Ich konnte mir keinen Fehler leisten.

Das Kombinationsschloss war einfach. Die Werkseinstellung war 1-2-3-4-5. Um sie zu ändern, musste ich das Spezialschloss-Resetwerkzeug einsetzen, das im Karton lag und dann meine gewünschte Zahlenkombination eintippen. Ich stellte den Zahlencode auf 77.711 ein und verriegelte ihn. Dann entfernte ich das Resetwerkzeug und tippte den Code ein. Das Schloss wurde entriegelt.

Es funktionierte.

Nun musste ich meinen ersten Fingerabdruck-Scan einrichten. Gerade als ich im Begriff war, zu beginnen, hatte ich eine Eingebung. Es war so offensichtlich im Nachhinein, aber niemand von uns hatte daran gedacht.

Zu diesem Zeitpunkt hatte ich ein biometrisches Schloss ohne biometrische Einstellung. Was wäre denn, wenn Antonio das Schloss von Anfang an nicht richtig eingerichtet hätte? Er hatte erwähnt, dass das grüne Licht nicht funktionierte. Wenn das der Fall war, dann würde sich der Kreis der Verdächtigen erweitern. Alles, was der Mörder tun musste, war, das Zahlenschloss zu knacken, nicht den Fingerabdruck-Scanner.

Meine Hände zitterten, als ich die Anleitung las. »Tyler, komm mal her! Wir müssen unbedingt ins Weingut zurück.«

KAPITEL 23

Ich informierte Tyler über meine Erkenntnisse, während wir zu Lombard Wines rasten. Man hatte Antonio verboten, ins Weingut zurückzukehren, bis ihm Tyler die Erlaubnis erteilte, daher war er bei Trina geblieben. Da er immer noch unter den Auswirkungen von Tante Pearls Zauber stand, war er glücklich über diese Lösung.

»Hat dir Antonio die Zahlenkombination gegeben?«, fragte ich.

Tyler nickte. »Ich nehme an, dass wir es testen können, während wir die Tür offen halten. Ich würde ja gerne den Techniker das Experiment durchführen lassen, aber wir riskieren ja nichts bei unserem Versuch. Wenn wir etwas falsch machen, kann es der Techniker später wieder rückgängig machen. Für alle Fälle werden wir alles aufzeichnen.«

»Wenn wir herausfinden können, wer das getan hat –« Ich dachte schon voraus. Wir würden neue Verdächtige finden, Antonio würde die Zwangsvollstreckung vermeiden und alles wäre wieder Friede, Freude, Eierkuchen. Sofern mein Experiment funktionierte.

»Mach dir keine großen Hoffnungen, Cen. Ich will auch nicht

daran glauben, dass er es getan hat, aber das hier ist eine weit hergeholte Vermutung.«

Eine, die innerhalb der nächsten 24 Stunden bewiesen werden musste. Sonst wäre Tyler zum Handeln gezwungen.

Als Sheriff entschied Tyler, ob und wann das Lombard-Weingut an seinen rechtmäßigen Eigentümer freigegeben würde. Das heißt, wer auch immer, sich am Montagmorgen als Eigentümer entpuppte, wenn das Weingut offiziell zwangsvollstreckt würde. Technisch gesehen blieb Antonio der Besitzer, ganz gleich, ob es durch die Zwangsvollstreckung einen neuen gesetzlichen Eigentümer gab oder nicht. Räumungen und andere Gesetzmäßigkeiten dauerten lange, um in Kraft zu treten.

Wir fuhren auf die Einfahrt von Lombard Wines und Tyler sprang aus dem Jeep, um das Tor zu öffnen. Ich war mir bewusst, dass wir nach Antworten auf Fragen suchten, die keinen Sinn ergaben. Ich war froh, dass Tyler so flexibel war. Was wie ein gleichzeitig offener und geschlossener Fall erschien, entpuppte sich nach und nach als eine Falle, in die Antonio hineingetappt war. Die Beweislage gegen ihn war einfach zu perfekt.

Tyler parkte den Jeep und drehte sich zu mir um. »Ich hoffe, dass wir etwas finden, Cen. Ich stehe unter großem Druck, Antonio anzuklagen. Der Fall liegt in meinem Zuständigkeitsbereich, nicht von Shady Creek, aber sie denken, dass Antonio der Einzige ist, der für die Tat infrage kommt. Ich bin sicher, dass ich meine Arbeit verliere, wenn ich damit auf dem falschen Dampfer bin.«

Ich hatte das gleiche quälende Gefühl, als ich Tyler über den Parkplatz folgte. Er schloss das Einfahrtstor und wir gingen ins Gebäude. Trotz der späten Nachmittagssonne, die durch die Fenster strömte, war der Ort irgendwie unheimlich. Ich schloss die Tür hinter mir und verriegelte sie.

Es war kühl im Innern des Gebäudes, aber nicht so kalt, wie

gestern, als wir den Wein abfüllten. War das erst gestern gewesen? Es kam mir wie eine Ewigkeit vor.

»Auch wenn Antonio der Mörder wäre, würde er es nie im Familienweingut und im Weinberg tun«, sagte ich. »Er verehrt diesen Ort.«

»Wir denken so, weil wir ihn kennen, Cen. Aber das basiert auf Emotionen, nicht auf Tatsachen. Die Geschworenen werden Antonio als verzweifelten Mann mit Haufen Beweisen gegen ihn ansehen. Sie werden zu einem einstimmig Schuldspruch kommen, weil es im Augenblick keinen berechtigten Zweifel an seiner Schuld gibt.«

»Außer, dass sich Antonio ganz im Allgemeinen aufgegeben hat«, sagte ich. »Er hat noch nicht einmal den Antrieb geschweige denn die Energie, jemanden umzubringen.«

»Das wissen aber die Geschworenen nicht.« Tyler seufzte und ging in Richtung Treppe, die zum Weinkeller führte. Die Kellertür wurde immer noch von den Weinfässern aufgehalten. So würde es auch bleiben, bis das Schloss von SecureTech neu programmiert werden konnte, da niemand anderes als Antonio in der Lage war, das Schloss zu entriegeln.

Ich schluckte und erinnerte mich an Tante Pearls Behauptung, eine geheime Reise in den Weinkeller unternommen zu haben. War das alles eine Lüge, nur um mich zu ärgern? Ich würde Tante Pearls Besuch nicht erwähnen – das würde das Urteil nur noch trüben. Wenn ich recht hatte, würde mein Experiment neue Verdächtige identifizieren.

Ich zitterte, als wir die Treppe zum Weinkeller hinabstiegen. Die Luft war kühler und feuchter als in meiner Erinnerung.

»Sollte nicht jemand diesen Ort bewachen?«, fragte ich.

»Der Tatort ist jetzt freigegeben«, sagte Tyler. »Das Forensik-Team hat alle Beweise verarbeitet. Das Schloss und alles andere wurde nach Fingerabdrücken untersucht.«

»Aber normalerweise gibst du die Tatorte nicht so schnell frei. Heißt das, du sicher bist, dass–«

»Ich bin mir über gar nichts mehr sicher, Cen.« Er seufzte. »Aber ich bin zuversichtlich, dass wir alle Beweise haben, die wir bekommen konnten und Verzögerungen verkomplizieren die Dinge mit der Zwangsvollstreckung der Bank, usw.«

»Du hast doch Antonio Zahlencode, nicht wahr?«

Tyler nickte und gab mir sein Handy. »Starte jetzt die Aufzeichnung.«

Ich hielt das Handy hoch und begann mit der Aufzeichnung, während Tyler einen Zettel aus seiner Hosentasche holte und es vor die Kamera hielt.

Ich schnappte nach Luft. »Willst du mich veräppeln? 1-2-3-4-5 ist die Werkseinstellung. Antonio hat nie eine neue Kombination eingerichtet!«

Tyler runzelte die Stirn. »Könnte er dennoch seinen Fingerabdruck eingerichtet haben?«

»Nein! Hierzu hätte er zunächst einen neuen Code eingeben müssen, der von der Werkseinstellung abweicht. Entweder hat er ihn zurückgesetzt oder er hat nie einen neuen eingerichtet. Ich verstehe das nicht–ich bin mir sicher, dass er mir gesagt hat, dass er einen eingerichtet hat. Und ich habe beobachtet, wie er diesen Code eingetippt und seinen Zeigefinger gescannt hat. Tante Pearl hat es auch gesehen.

»Wie kann man das Schloss wieder auf die Werkseinstellung zurücksetzen?«

»Dazu brauchst du ein Spezialwerkzeug, das mit dem Schloss zusammen geliefert wird.«, sagte ich. »Zumindest brauchst du es, um die Kombination zu ändern. Was den Fingerabdruck anbelangt––Antonio erwähnte, dass sich die grüne Kontrollleuchte nicht einschalten würde. Entweder wurde dieser Scan nie eingerichtet–oder aber jemand hat das Schloss auf die Werkseinstellung zurückgesetzt.«

»Lass uns das beweisen.« Tyler tippte noch einmal die Zahlenkombination ein, aber der Riegel des Schlosses blieb in der verriegelten Position.

»Ich vermute, falsch«, sagte ich mit einem Seufzer. »Man braucht einen Fingerabdruck.«

Zu unserer Überraschung klickte das Schloss ein paar Sekunden später und der Riegel löste sich.

»Es ist eine Zeitverzögerung«, sagte ich. »Antonio hatte angenommen, es wäre sein Fingerabdruck gewesen, das war es aber nicht. Ganz gleich, ob ein Fingerabdruck eingerichtet wurde oder nicht, das Schloss hat eine programmierte Zeitverzögerung. Das gibt dem Anwender ein paar Sekunden für die Eingabe der Kombinationsnummer und den Fingerabdruckscanner. Es ist eine ziemlich lange Verzögerung, daher kein Wunder, dass Antonio davon überzeugt war, dass sein Fingerabdruck abgetastet würde. Kein grünes Licht wäre der Hinweis darauf gewesen, dass es nicht einwandfrei funktioniert.«

Ich hielt die Aufzeichnung an und gab Tyler das Handy zurück.

»Gut gemacht, Cen.«

»Das Schloss ist der Schlüssel.«

»Sehr witzig.« Tyler lächelte. »Es schließt Antonio nicht aus, aber es erweitert den Kreis der Verdächtigen.«

»Oder aber, es gibt noch eine andere Möglichkeit, von der ich hoffe, dass es nicht der Fall ist, denn sie führt wieder auf Antonio als Hauptverdächtigen zurück.« Ich habe bei meinen Recherchen einiges über Schlösser gelernt.

»Und das wäre?«, fragte Tyler.

»Kennst du den Unterschied zwischen einem ausfallsicheren Schloss und einem einbruchsicheren Schloss?«

»Keine Ahnung«, sagte Tyler.

»Ausfallsichere Schlösser werden bei einem Stromausfall entriegelt, wobei einbruchsichere Schlösser auch verriegelt bleiben, wenn der Strom ausfällt. Ich weiß nicht, um welches Schloss es sich hier handelt, aber es wäre möglich, dass man es bei einem Stromausfall öffnen kann.«

»Was passiert dann mit dem Fingerabdruck-Scan?«

Ich zuckte mit den Schultern. »Vielleicht wird er gelöscht. Es wird in den Anweisungen nicht erwähnt, was bei einem Stromausfall passiert. Das versuche ich ja, herauszufinden.« Ich erzählte ihm von der Nachricht, die ich für SecureTech hinterlassen hatte.

»Der Mörder müsste also wissen, dass diese Sperre bei einem Stromausfall deaktiviert wird«, betonte Tyler.

»Es ist ein sehr teures Schloss, Tyler. Es würde einem nicht im Traum einfallen, dass es sich in diesem Falle deaktiviert.«

»Ja, das denke ich auch«, sagte Tyler. »Die eigentliche Frage ist, wer ein Interesse hätte, Richard und Antonio gleichzeitig von der Bildfläche verschwinden zu lassen.«

KAPITEL 24

Als Tyler und ich zum Weinfest zurückkehrten, war alles bereits beendet. Der Parkplatz war leer und die Türen der Aula waren verschlossen. Überraschenderweise hatte Tante Pearl wirklich alles abgewickelt, bevor die Schankerlaubnis abgelaufen war.

Hatte sie wirklich?

»Warte mal.« Ich sprang aus dem Jeep und rannte zur Aulatür, an der ein großes weißes Schild hing. Die Notiz im schwarzen Filzstift führte alle Weinfestbesucher an den einzigen anderen Ort in der Stadt mit einer Schankerlaubnis: die Witching Post Bar und Grill meiner Familie. Ich war mir ziemlich sicher, dass diese Umleitung nicht Teil von Tylers Anweisungen war.

Tante Pearl hatte das Fest einfach in unsere Bar verlegt, weil wir eine Schankerlaubnis hatten. Tante Pearl war nun mal Tante Pearl und sie hatte die Situation zu ihrem eigenen Vorteil ausgenutzt.

* * *

ZEHN MINUTEN später kamen wir in der Witching Post an, mit einem überfüllten Parkplatz und lauten, betrunkenen Stimmen, die von der Bar nach draußen drangen. Wir gingen hinein und es war proppenvoll. Carolyn Conroe, Tante Pearls Marilyn Monroe Lookalike Alter Ego, winkte von der behelfsmäßigen Bühne, die sich in einer Ecke der Bar materialisiert hatte. Sie war sicherlich heraufbeschworen worden, aber sie war rein zweckmäßig im Vergleich zu Tante Pearls üblichen übertriebenen Feuerwerkstechniken und anderen Dingen, um Aufmerksamkeit zu erwecken. Ihre Hexerei schien ihr ein wenig abhandengekommen zu sein, aber immerhin musste sie ja mit den Weinverkäufen, der Beurteilung des Weinwettbewerbs sowie mit den geheimen Polizeiaufträgen jonglieren. Da gab es eine Menge zu tun, sogar für sie.

Wir standen am Eingang. Wir hatten viel verpasst, dem großen Schild über der Bühne nach zu urteilen, auf dem die Gewinner in jeder Kategorie angekündigt wurden.

Mamas roter Merlot Witching Hour hatte die Kategorie »Bester neuer Wein« gewonnen, die letzte Kategorie, die vor Ablauf der Schankerlaubnis beurteilt wurde. Es gab nur noch eine Kategorie zu beurteilen und das war die größte: Wein des Jahres. Meine Hoffnungen, dass die Bewertung schnell vonstatteninge, wurden schnell zerschlagen. Inzwischen hatte sich die Weinprobe und -bewertung in ein Trinkspiel verwandelt.

Ich vermutete, dass die meisten Leute hier waren, um zu sehen, ob Desiree den Wein des Jahres gewonnen oder verloren hat, jetzt, da ihr Freund Richard nicht mehr urteilte.

Wenn sie verlöre, würde es auf die eine oder andere Weise Ärger geben. Es war eine Sache, Desiree von Platz eins in der Kategorie Bester Neuer Wein zu schubsen; den Hauptpreis des Weins des Jahres zu verlieren, war eine ganz andere. Sie war sicher, dass Desiree einen Wutanfall bekäme, wenn sie verlieren würde. Es wurde alles viel ernster genommen als bei früheren Weinfesten. Das einzig Gute war, dass sich niemand um Richards

Abwesenheit zu kümmern schien. Tatsächlich schienen sie sich sogar noch mehr zu amüsieren. In Tante Pearls neuem Format war der Wettbewerb definitiv spannender und lustiger.

Die Bühne war zu klein für die drei Preisrichter und Carolyn Conroe. Sie saßen auf Barhockern statt auf Stühlen und lehnten sich ineinander, während sie betrunken durch ihre Brillen schielten. Sie verschütteten Wein, zerbrachen Weingläser und waren gefährlich nahe dabei, wie Dominosteine von der Bühne zu stürzen. Nun hatten die Preisrichter aus der Not heraus ihre eigenen Weingläser wiederverwendet, anstatt sie nach jeder Weinprobe zu ersetzen.

»Alle Mann austrinken!«, plärrte Carolyn Conroe ins Mikrofon. Sie trug ein glitzerndes rotes Pailletten-Abendkleid aus dem gleichen Stoff wie Tante Pearls Jogginganzug. »Wir sind dabei, den Wein des Jahres zu wählen, den Gesamtsieger des Westwick Corners Weinfests.«

»Gott sei Dank.« Ich drehte mich zu Tyler um. »Ich frage mich, wer es wohl sein wird?«

»Wen kümmerts, solange es jemand wird«, sagte er.

Für mich konnte es nicht schnell genug passieren.

Plötzlich sprang Desiree vom Stuhl. Sie rannte auf die Bühne, stürmte zum Mikrofon und schlug Carolyn dabei nieder. »Das kannst du nicht machen! Dies ist kein offiziell sanktioniertes Ereignis!«

»Oh-oh.« Mein Puls beschleunigte sich. Tante Pearl – oder besser: Carolyn – würde niemals für eine solche Herausforderung aufstehen.

»Sie wird doch nicht–« Tylers Kinnlade klappte ungläubig herunter.

Carolyn Conroe taumelte auf ihre Füße und trat Desirees Beine unter ihren weg. Desiree stürzte auf die Bühne und krümmte sich in eine abwehrende Fötusstellung.

Carolyn atmete tief durch und machte eine große Handbewegung.

Sie hatte gerade alle in der Bar eingefroren. Jeder, der keine Hexe war. Sogar Tyler stand regungslos neben mir.

Mama lief hinter der Bar hervor. »Was ist los?«

»Mama, sie hat mit ihrem Frostzauber die ganzen Leute eingefroren.«, rief ich. »Hör auf damit, Tante Pearl.«

»Pearl, man kann Menschen nicht so behandeln.« Mamas Stimme klang irritiert. »Mach das sofort wieder rückgängig, damit wir die Bewertung beenden können. Und komm aus dieser lächerlichen Carolyn-Karikatur heraus. Du verwirrst alle.«

»Sag mir nicht, was ich zu tun und zu lassen habe, Ruby! Diese Frau hat mich angegriffen. Es war Selbstverteidigung.« Aber Carolyn verwandelte sich zurück in Tante Pearl.

Ich schaute hinüber auf die Bühne, wo Desiree zusammengerollt vor den drei Preisrichtern lag. »Du hättest nicht so viel Gewalt anwenden dürfen.«

»Niemand ist mir in dieser gesetzlosen Stadt zu Hilfe geeilt.« Tante Pearls kränklich-süßes Lächeln wagte es, mich herauszufordern.

Ich folgte ihrem Blick zu Tyler, der regungslos am Eingang stand. »Wie hätte er dir helfen können? Du hast ihn eingefroren und damit bewusstlos gemacht.«

»Hör mit deiner Erbsenzählerei auf, Cendrine!«

Ich seufzte verärgert. Dieses endlose verbale Wortgefecht führte zu nichts. Ich atmete tief durch und rezitierte den Umkehrzauber:

W<small>EG</small> *mit der Zukunft*
Aus neu mach wieder alt
Herbei, herbei, mit der Gegenwart
Zurück zur Vernunft.

. . .

Nachdem ich den Zauber meiner Tante umgekehrt hatte, fügte ich einen neuen hinzu – einen Frostzauber, aber einer, der diesmal nur auf sie gerichtet war.

»Was zum Teufel –?« Tante Pearls Hände zuckten, als sie versuchte, sich zu bewegen. Sie durchsuchte panisch den Raum und starrte mich an. »Cendrine, nimm sofort diesen Zauber zurück!«

Er war nicht mein bester Zauberspruch und ziemlich schlampig gemacht, da Tante Pearl ihren Kopf noch ein wenig bewegen konnte. Hexerei im Flug war ziemlich chaotisch.

»Cen?«, forderte Mama.

Also machte ich den Zauber schnell wieder rückgängig. Es hatte nur ein oder zwei Sekunden gedauert, aber es gab Tante Pearl einen Vorgeschmack auf ihre eigene Medizin.

Ich kehrte gerade noch rechtzeitig an Tylers Seite zurück. Ein lautes Raunen ging durch die Bar, als alle wieder zum Leben erwachten.

Tyler hustete. »Ich hatte plötzlich ein seltsames Gefühl..., als ob ich auf meinen Füßen eingeschlafen wäre oder so. Hast du es auch gespürt, Cen?«

»Hä? Äh, ja... irgendwie« Ich war immer noch besorgt und beobachtete Tante Pearl, als sie ihren Platz auf der Bühne wieder einnahm. Ich musste sie und ihre Magie irgendwie in Schach halten, damit dieser Wettbewerb zu Ende gebracht werden konnte.

In der Zwischenzeit war Desiree noch auf der Bühne. Langsam stand sie auf und packte Tante Pearl wieder am Arm. Erneut versuchte sie, Tante Pearl von der Bühne zu ziehen. »He–du gehörst nicht zu den Preisrichtern!«

»Habe ich niemals behauptet.« Tante Pearls Füße blieben dieses Mal fest am Boden. »Ich bin nur hier, um für Ordnung zu sorgen.«

»Nein, das bist du nicht! Du schaffst Chaos.« Desiree stampfte frustriert ihren Fuß auf. Sie drehte sich um und bemerkte uns erst jetzt. »Sheriff, verhaften Sie diese Frau wegen tätlichem Angriff!«

Tyler schaute mich an und seufzte. »Hilfst du mir mal?«

Ich nickte, aus Angst, dass Tante Pearl im Begriff war, eine neue Reihe mit Zaubersprüchen loszulassen, die sich nur noch verstärken würden, je wütender sie wurde. Ich lenkte sie zur Bühnenseite, während Tyler Desiree an ihren Tisch begleitete.

Desiree wollte auf Teufel komm raus gewinnen und Tante Pearl schien davon besessen zu sein, dies zu verhindern.

KAPITEL 25

Inzwischen waren Carol und Reggie zu betrunken, um die Weinprobe fortzusetzen, also waren wir wieder da, wo wir angefangen haben, mit einem Preisrichter statt drei. Einziger Unterschied, dass der eine Richter nun Earl war. Niemand hatte sich beschwert, zumindest noch nicht.

Desiree saß an ihrem Tisch und klopfte ungeduldig mit den Fingern. Sie schien bereit, auf die Bühne zu stürmen, um den Wein des Jahres zu beanspruchen, sobald der erste Platz bekannt gegeben würde.

Mama näherte sich Desirees Tisch und stellte ein Weinglas mit der Probe des letzten Wein des Jahres auf ihren Tisch. Desirees Glas hatte sich wegen ihrer Auseinandersetzung mit Tante Pearls Alter Ego Carolyn verzögert.

Was auch immer Mama gesagt hatte, es schien Desiree zu beruhigen. Sie hob ihr Glas, nahm einen Schluck, gefolgt von einem zweiten. Sie lehnte sich auf dem Stuhl zurück und lächelte.

Tante Pearl ging zum Mikrofon und blies laut hinein. »Seid ihr bereit?«

Die Menge klatschte und schrie. Es wurde immer lauter.

»U-u-u-u-n-d wir haben wir einen Gewinner!« Sie zog die Worte wie ein Kaugummi, als ob sie im Begriff wäre, den nächsten WBA-Boxchampion anstelle eines siegreichen Winzers zu krönen. »Earl, du hast die Ehre, bitte schön.«

Wir hatten alle einen Platz im Ring, was im Begriff war, der Kampf des Jahrhunderts des Westwick Corners Weinfests zu werden. Die Spannung war groß und alle hielten den Atem an und warteten darauf warteten, dass Preisrichter Earl den Gewinner bekannt gab.

Aber es war Desiree, die zuerst sprach.

Sie stand auf und tippte auf ihr Weinglas. »Mmmm...der ist gut. Nein, er besser als gut. Er ist exquisit, eindeutig der Gewinner. Die subtilen Noten von Kirsche und Schokolade, gereift in speziellen antiken Eichenfässern. Mmmm... Ich würde meinen Wein überall erkennen.«

»Mal sehen...« Earl tippte mit dem Bleistift an seine Lippe, als er in jeder Kategorie still und leise mit sich selbst über die Wertung debattierte. Er rutschte ihm aus den Fingern und von den Fingern und landete auf der Bühne. Er bückte sich, um ihn aufzunehmen, verlor aber das Gleichgewicht. Er taumelte auf seine Füße und rieb sich die Stirn. »Ich kann das nicht mehr, Pearl. Ich fühl mich plötzlich nicht sehr wohl.«

Tante Pearl protestierte: »Du kannst jetzt nicht aufhören, Earl. Du musst einen Wettbewerb beurteilen.«

»Aber mir ist schlecht–«

Tante Pearl hielt ihre Hand hoch wie ein Verkehrspolizist. »Ich will kein Wort mehr hören. Warum hast du denn den Wein getrunken? Du solltest ihn in deinem Mund herumwirbeln und dann ausspucken.« Sie zeigte auf eine große Schüssel, die sich plötzlich auf dem Tisch vor ihm materialisiert hatte.

»Das hättest du mir vorher sagen sollen. Warum hast du nichts gesagt?«

»Ich hätte doch nie gedacht, dass du ihn trinkst. Jeder weiß, wie das funktioniert, Earl. Ich dachte, es wäre selbstverständlich.«

Tante Pearl war egozentrisch und gedankenlos, aber sie war nie absichtlich gemein. Vor allem nicht mit Earl. Sie war nicht bereit, öffentlich Zuneigung zu zeigen, aber ihr Herz gehörte ihm allein. Dennoch hatte sie unvernünftigerweise von ihm verlangt, dass er, ein Nichttrinker, reichlich Wein konsumiert. Sie wusste, dass er nicht nein zu ihr sagen konnte.

Es grenzte an seelischer Grausamkeit, und ich dachte ehrlich, sie hätte den Verstand verloren. Oder, wenn nicht gar ihr Verstand, zumindest ihre hexenhaften Talente und ihren gesunden Menschenverstand. Im besten Fall würde er am Ende sein Hirn auskotzen und ohnmächtig werden. Schlimmstenfalls riskierte er eine Alkoholvergiftung.

Earl verspottete Tante Pearl. Ob es Sarkasmus oder Loyalität war, konnte ich nicht sagen, aber er nahm das restliche Weinglas und setzte es an seine Lippen an. Er wirbelte die Flüssigkeit in seinem Mund herum und nickte langsam, bevor er schluckte. »Jabadabaduuh. Der hier ist der beste.«

KAPITEL 26

Earl überreichte Tante Pearl den Zettel.

Sie holte tief Luft. »Der Gewinner ist...Ruby West und das Weingut Witching Post mit ihrem roten Merlot Hexenstunde. Komm herauf, Ruby, und nimm deinen Preis an.«

»Das kann nicht sein«, schrie Desiree. »Du kannst deiner Schwester Pearl nicht den ersten Platz geben!«

»Das habe ich nicht getan.«, sagte Tante Pearl. »Wir hatten eine Jury mit unabhängigen Preisrichtern.«

Mama trat auf die Bühne. »Ich glaube, da ist irgendwo ein Fehler unterlaufen. Ich kann doch nicht mehr als einen Preis gewinnen.«

Den Preis des besten neuen Weins zu gewinnen war eine Sache, weil sie Desirees ausgeklügelte Weinmischung vom Spitzenplatz geworfen hatte. Aber der Wein des Jahres war viel konkurrenzfähiger mit mehreren verdienten Anwärtern. Unter ihnen war Antonios Wein.

Tante Pearl schnappte sich die braune Papiertüte unter Earls Stuhl. Ein Flaschenhals ragte aus der Tüte hervor. Sie holte die

Flasche heraus und enthüllte das Etikett, das ich mühsam kreiert und das Desiree so niedergemacht hatte.

»Kein Irrtum«, sagte Tante Pearl zu Desiree. »Es ist Rubys roter Merlot Hexenstunde. An deiner Stelle würde ich jetzt wieder an deinen Tisch zurückkehren, Desiree.«

Desiree wollte etwas entgegnen, aber als sie Mama auf der Bühne sah, änderte sie ihre Meinung. Sie drehte sich um, trat von der Bühne und zog sich an ihren Tisch zurück.

Tante Pearl überreichte Mama das Mikrofon. »Zeit für die Dankesrede!«

Hatte Mama fair und legal gewonnen, oder hatte sie Hilfe durch Tante Pearls Weinverbesserungszauber? Ihr Wein war gut, aber war er wirklich besser als der von Desiree, die keine Kosten für seine Verbesserung scheut, oder als Antonios milder Syrah?

Wenn Tante Pearl tatsächlich Mamas roten Merlot Hexenstunde mit einem Zauber belegt hatte, dann hatte Desiree recht. Es war ein Fehler unterlaufen. Ich hatte keine Ahnung, ob mein Zauber stark genug war, um die Auswirkungen von Tante Pearls Verbesserungszauber zu beenden.

Vielleicht hätte es sogar einen gegenteiligen Effekt. Einen Zauberspruch zu annullieren verstärkte manchmal den ursprünglichen Zauber. Ich hatte diesen besonderen Spruch erst ein paar Mal ausgesprochen und hatte zu meinen Fähigkeiten noch kein großes Vertrauen. Was wäre, wenn ich versehentlich Mamas Wein verbessert hätte? Auch das wäre Betrug gewesen, wenn auch unbeabsichtigt.

Wahrscheinlich würde ich es nie erfahren. Jedenfalls war Mama in Hexerei versiert genug, um einen der Schabernacke von Tante Pearl oder auch meine zu entdecken. Wenn Tante Pearl wirklich daran beteiligt gewesen wäre, dann hätte sie mit Sicherheit davon profitiert, aber das hatte sie nicht.

Mama strahlte, als sie sich an alle Leute im Saal wandte. »Ich kann es nicht glauben, dass ich gewonnen habe! Aber am meisten freue ich mich darüber, dass man meinen Wein mag. Aber er ist nicht nur mein Wein…ich habe einen Mitgewinner. Antonio Lombard und ich haben diesen Wein zusammen hergestellt.«

Antonio und Trina saßen ein paar Tische weiter von dort, wo wir standen. Trina hatte ihn in Shady Creek abgeholt, nachdem er von der dortigen Polizei ohne Anklage entlassen worden war.

Antonio lächelte und winkte Mama zu.

»Komm rauf Antonio!« Tante Pearl, die Stegreif-Hexe, hatte plötzlich eine zweite Trophäe in der Hand. »Komm und hol dir deinen Preis ab!«

Antonio stand auf und ging zur Bühne.

»Oh nein, das wirst du nicht!« Desiree zeigte auf Tyler. »Sheriff, wollen Sie denn nicht diesen Mann verhaften?«

Ein lautes Gemurmel ging durch die Menge. Trotz des langen Tages hatte Richards Mord noch nicht die Gerüchteküche erreicht. Valerie war zu Hause und hatte wahrscheinlich mit niemandem darüber geredet. Antonio oder Trina auch nicht. Desiree und Tante Pearl hatten ebenso geschwiegen.

Tyler räusperte sich. »Es ist eine aktive Mordermittlung, Desiree. Aber wir werden niemanden festnehmen.«

Antonio war zwischenzeitlich an der Bühne angekommen. Er blickte Tante Pearl mit Unsicherheit an, die ihm die Trophäe in die ausgestreckte Hand schob. Für die Kunden in der Bar sah es aus wie Lampenfieber. Antonio könnte im Mittelpunkt stehen und vor allen Mitbürgern der Stadt öffentlich des Mordes bezichtigt werden.

Tyler ging zur Bühne, schnappte sich das Mikrofon und bat um Aufmerksamkeit des Publikums.

Antonio schleppte sich wieder zum Stuhl zurück, Desiree stürmte ihm hinterher und Earl und Mama standen schweigend am Bühnenrand.

Tante Pearl war gerade von der Bühne gestiegen, als die Tür der Bar aufflog.

Das Mondlicht schien in die Witching Post und eine schattenhafte Figur verdunkelte den Eingang.

KAPITEL 27

Jose Lombard schritt hinein und hielt kurz inne, als ob er jemanden suchen würde. Seine Augen wanderten durch den Raum, bis sie auf Antonio und Trina ruhten, die an ihrem Tisch saßen. Er stürmte quer über den Gang zu ihrem Tisch und brachte dabei fast Mama mit ihrem Getränketablett zu Fall, als er an ihr vorbeiraste. »Du hast einen neuen Tiefpunkt erreicht, Antonio.«

Antonios Körperhaltung versteifte sich.

Trina schoss vom Stuhl hoch und hielt Jose zurück, bevor er Antonios Tisch erreichen konnte. »Jose, ich denke nicht, dass du jetzt mit Antonio sprechen solltest.«

Joses Kinnlade klappte bei der Ansicht seines Bruders herunter. Er drehte sich zur Bühne um, auf der Tyler stand und brüllte. »Sheriff! Sie lassen einen Mörder frei herumlaufen?«

Tyler sagte leise. »Mach jetzt ja keinen Aufruhr.«

»Was ist los, Sherriff?«, fragte ein älterer Herr aus der Menge.

»Wovon redet er?«, schrie Lacey Ratcliffe.

Plötzlich begannen alle gleichzeitig zu reden. Bald waren die Stimmen so laut, dass selbst eine Stimme aus dem Mikrofon überstimmt wurde.

Tyler schaltete das Mikro ab und sagte: »Alle beruhigen sich jetzt und gehen wieder zu ihren Plätzen zurück. Jose, tritt zurück. Setz dich an die Bar.«

Jose blieb aber mit den Händen an den Hüften gestützt, stehen. »Du willst, dass ich zurücktrete? Du verlangst von mir, dass ich keinen Aufruhr mache, nachdem mein Bruder gerade einen Menschen getötet hat? Und dies, nachdem er unser Weingut in den Sand gesetzt hat, möchte ich hinzufügen. Du glaubst, dass alles seinen gewohnten Gang gehen kann?«

Tyler hob die Hand in Joses Richtung. Dann drehte er sich mit dem Gesicht zur Menge. »Es tut mir leid, euch mitteilen zu müssen, dass Richard Harcourt gestorben ist. Er wurde ermordet.«

Ein Raunen ging durch die Menge.

Tyler setzte fort: »Richards Leiche wurde heute Morgen entdeckt. Er war ein gezieltes Opfer und er kannte seinen Mörder. Niemand anderes ist in Gefahr.«

»Deshalb war er nicht auf dem Weinfest?«, fragte eine Dame.

»Ja«, sagte Tyler. »Die Ermittlungen sind im Gange und ich bin dabei, eine Verhaftung vorzunehmen.«

»Es wird auch höchste Zeit, Sheriff«, schrie Desiree. »Mein armer Richard ist von uns gegangen!«

Sie ließ sich auf den Stuhl fallen und schluchzte unkontrolliert.

Niemand eilte zu ihr, um sie zu trösten.

Jose hatte Tylers Anweisungen ignoriert und blieb an Antonios und Trinas Tisch stehen. Er schaute auf seinen Bruder herab. »Du kannst immer noch verkaufen, Antonio. Vielleicht solltest du es tun, bevor du hinter Gitter kommst. Du kannst das Geld ja einem Anwalt für deine Verteidigung geben.«

Er ließ einen braunen Briefumschlag vor Antonio auf den Tisch fallen.

Trina öffnete den Umschlag und betrachtete den Inhalt. Dann schob sie ihn wieder über den Tisch zu Jose zurück und schaute ihn an. »Er verkauft nicht.«

»Halt dich da raus, Trina. Das geht dich nichts an.«

Trina stand auf. »Das geht mich sehr wohl etwas an, Jose. Ich bin genauso viel in Lombard Wines involviert wie ihr beide. Hast du das Geld vergessen, dass ich dem Weingut letztes Jahr geliehen habe, damit es nicht Bankrott gemacht hat? Nun, ich habe monatelang kein Gehalt bekommen.«

Jose zog die Augenbrauen hoch. »Ich dachte, dass Antonio das zurückgezahlt hätte.«

Trina schüttelte den Kopf. »Nein, Jose. Er konnte es nicht zurückzahlen, weil kein Geld mehr auf dem Konto war, nachdem du deine Kreditkarte überzogen hattest, als du deinen Cadillac vom Firmengeld gekauft hast.

Jose zuckte mit den Schultern. »Du bekommst es auf Heller und Pfennig zurück, wenn die Bank die Zwangsvollstreckung durchgezogen hat, Trina. Kannst du Antonio nicht irgendwie zureden?«

»Brauch ich nicht«, sagte Trina. »Die Bank ist nicht die Einzige mit einer Verbindung zum Weingut. Mein gesichertes Darlehen steht an zweiter Stelle und ist ebenfalls mit dem Weingut als Sicherheit verpfändet.

»Na und? Die Bank steht an erster Stelle.«

»Nicht, wenn ich Antonio Geld gebe, um die ausstehenden Hypothekenzahlungen zu leisten. Dann darf die Bank nicht zwangsvollstrecken. Ich kann jedoch alles einfrieren. Ich schlage dir etwas vor, Jose. Du verkaufst das Weingut an Antonio unter den gleichen Bedingungen wie in Desirees Angebot und dann kannst du verschwinden.«

Joses Kinnlade klappte herunter. »Aber das Weingut ist so viel mehr wert–«

Trina beendet seinen Satz. »Das Weingut ist so viel mehr wert als das Angebot, zu dem du Antonio überreden wolltest? Wolltest du das sagen?« Du hattest den Preis vorher akzeptiert.«

»I-ich weiß nicht...«, stammelte Jose.

Trina zerriss die Dokumente im Umschlag und ließ sie auf den Tisch fallen. »Jetzt oder nie. Du weißt sehr gut, dass Antonio niemals an Desiree verkaufen wird. Mein Angebot erlischt in einer Minute.«

»In Ordnung! Ich akzeptiere«, schrie Jose. »Ich kann es gar nicht abwarten, von diesem Ort verschwinden zu können.«

Tyler stieg die Bühne herab und ging zu den zwei Brüdern. »Nicht so eilig. Wir haben da noch etwas Unerledigtes.«

KAPITEL 28

Jose schüttelte den Kopf. »Für heute habe ich genug. Ich rufe dich morgen an, Sheriff.«

»Was du heute kannst besorgen, das verschiebe nicht auf morgen«, sagte Tyler. Er stellte sich direkt vor Jose und blockierte ihm den Ausgang. »Ist es allen recht, wenn wir das auf der Stelle klären?«

Die Menge murmelte ihr Einverständnis und es wurde totenstill.

Tyler räusperte sich. »Es ist schon schlimm genug, dass du es auf Richard Harcourt abgesehen hattest, aber deinen Bruder reinzulegen? Das ist wirklich erbärmlich, Jose.«

»Ich habe damit nichts zu tun. Ich war noch nicht einmal in der Stadt«, protestierte Jose. Er zog ein dickes Bündel Papiere aus der Hemdtasche und wedelte damit in der Luft herum. »Ich war draußen in Sacramento und habe all diese Weinbestellungen ausgeliefert, als mich Trina anrief und mir von Richards Tod erzählt hat.«

»Hast du diese Lieferungen tatsächlich gemacht?«, fragte Tyler.

Jose schüttelte den Kopf. »Nein, weil mich Trina zurückbeordert hat.«

»Eine praktische Person hätte den Wein ausgeliefert, nachdem sie wie viele Stunden gefahren ist–fünfzehn Stunden? Du warst doch schon dort. Statt zu liefern, bist du wieder nach Hause gefahren?«

»Ich stand unter Schock, Sheriff. Man findet schließlich nicht jeden Tag heraus, dass sein Bruder jemanden erstochen hat.«

»Ich habe niemandem von der Todesursache erzählt, Jose. Woher weißt du, dass Richard erstochen wurde?«

Jose lachte nervös. »Trina hat es mir gesagt, als sie mich angerufen hat.«

Trina winkte protestierend ab. »Nein, habe ich nicht. Niemand hat mir erzählt, wie er gestorben ist. Ich habe noch nicht einmal Richards Leiche gesehen.«

»Dann, äh, dann weiß ich es nicht…«, stammelte Jose. »Ich vermute, dass ich es mir irgendwie vorgestellt habe. Ich wusste, dass es im Weinkeller passiert war und dass Antonio keine Schusswaffe hatte…«

»Eine Sache passt da nicht hin, Jose,« sagte Tyler. »Selbst wenn du an diesem Morgen in Sacramento warst, so wie du behauptest, dann könntest du, gemessen an der Zeit, zu der dich Trina angerufen hat, noch nicht zurück sein. Du bist hier, weil du niemals nach Kalifornien gefahren bist. Du hast noch nicht einmal den Bundesstaat Washington verlassen, nicht wahr? Eigentlich hast du noch nicht einmal die Region verlassen.«

»Natürlich habe ich das. Ich habe den Wein gestern Abend aufgeladen, nachdem ich mich mit Richard bei Antonio getroffen habe. Ich war innerhalb einer Stunde auf der Autobahn.« Jose holte einen Kreditkartenbeleg aus der Jeanstasche und reichte ihn Tyler. »Hier ist der Beweis–ein Tankstellenbeleg von Bend, Oregon.«

Tyler untersuchte die Quittung. »Oh, stimmt…ich sehe, dass du tatsächlich in Oregon warst und dort vor Mitternacht am Freitagabend getankt hast. Diese Quittung ist der Beweis dafür. Sacramento ist weitere acht, neun Stunden entfernt. Das ergibt einen Sinn. Mein Irrtum.«

Joses blickte selbstgefällig drein. »Das ist richtig. Wenn ich mich richtig entsinne, hat mich Trina gegen 10 Uhr angerufen.«

»Zu diesem Zeitpunkt hast du dann kehrt gemacht?«, fragte Tyler.

Jose nickte.

»Jose, es ist eine fünfzehnstündige Fahrt von Sacramento bis hierher. Was hast du gemacht, bist du geflogen?«

»I-ich gebe zu, dass ich gerast bin, Sheriff. Ich stand unter Schock.«

»10 Uhr, 11, 12…«. Tyler zählte die Stunden mit den Fingern. »Wenn du wirklich um 10 Uhr weggefahren bist, wärest du hier nicht vor 13 Uhr angekommen. Du musst verdammt schnell gewesen sein, um vier bis fünf Stunden der üblichen Fahrtzeit zu verkürzen. Deine Zeitangabe mach keinen Sinn.«

»Äh…, nun ja, eigentlich war ich etwas nördlich von Sacramento. Tut mir leid, wenn ich nicht präzise genug war. Ich bin vom ununterbrochenen Fahren erschöpft.« Jose schaute in Richtung Tür. »Können wir morgen reden?«

»Ich denke, dass wir auf der Stelle darüber reden sollten.«, sagte Tyler. »Ich habe deine Kreditkartenabrechnungen und daraus geht hervor, dass du gestern Abend im Shady Creek Inn übernachtet hast. Wie kannst du an zwei Stellen gleichzeitig sein?«

»Natürlich nicht. Es muss ein anderer Jose Lombard gewesen sein, eine Personenverwechslung.«

Tyler schüttelte den Kopf. »Die Überwachungskamera des Hotels zeigt eindeutig, wie du gegen drei Uhr morgens das Hotel in dunkler Kleidung und mit einem Turnbeutel verlassen hast. Du bist in einen weißen Lieferwagen eingestiegen, der genauso schrecklich aussieht, wie der von Antonio und bist vom Parkplatz gefahren.«

»Ich besitze keinen weißen Lieferwagen. Ich habe es dir doch gesagt – es ist jemand anderes.« Joses Worte kamen bruchstückhaft heraus, als wäre er kurzatmig.

»Nein, das bist definitiv du.« Tylers Stimme war ruhig und beherrscht. »Du bist erst nach neun Uhr zurückgekehrt, aber dein Gesicht ist eindeutig auf der Sicherheitskamera zu erkennen. Und du hast andere Kleidung getragen und bist ohne den Turnbeutel zurückgekommen. Die Kleider, die du getragen hast, waren frisch, ohne Blut oder Beweismittel vom Tatort. Wo hast du die blutige Kleidung weggeworfen, Jose?«

»Was? Ich habe nicht – es muss sich hier um ein Missverständnis handeln.« Er schüttelte den Kopf, aber es standen ihm Schweißperlen auf der Stirn.

»Irrtum ausgeschlossen, Jose. Der Hotelmanager hat dich erkannt. Er sagte, dass du dort regelmäßig absteigen würdest. Er sagte, dass du diesmal nicht mit dem Cadillac gekommen bist. Er hat dich in einem Kastenwagen gesehen – deinem Lieferwagen, nehme ich an. Wir werden das später auf der Überwachungskamera feststellen. Der Manager sagte, dass er gesehen hat, wie du später in einem weißen Lieferwagen weggefahren bist, die gleiche Marke und das gleiche Modell wie Antonios. Der Mietwagenverleih hat auch bestätigt, dass jemand mit deinem Führerschein am Freitag einen Lieferwagen gemietet und ihn am selben Nachmittag zurückgebracht hat. Ich glaube, du hast versucht, dich für deinen Bruder auszugeben.«

»Das ist doch lächerlich! Warum sollte ich das tun?« Jose starrte ihn an.

»Warum einen Lieferwagen mieten, wenn du bereits einen Kastenwagen sowie deinen Cadillac zur Verfügung hattest? Es sei denn, du wolltest hier unerkannt herumfahren. Es sei denn, du wolltest ein paar belastende Beweise gegen deinen Bruder auslegen.«

Jose errötete. »Das ist eine Lüge! Antonio hat Richard getötet und das weißt du auch. Antonio hat sogar Richard gegenüber am Freitag Morddrohungen ausgesprochen. Vor meinen Augen und vor anderen Zeugen, Sheriff. Frag doch Cendrine, Pearl oder Trina. Sie alle haben gehört, wie Antonio gesagt hat, dass er Richard umbringen würde.«

»Eine unglückliche Wortwahl«, sagte Tyler. »Aber Antonios Drohung im Eifer des Gefechts beweist noch keinen Mord. Ich benötige eine Erklärung für deine Aktionen.«

»Ich antworte nicht auf diese grundlosen Beschuldigungen. Du hast keine Beweise.«

Tyler trat ein paar Schritte näher heran und blockierte Joses Ausgang. »Ich habe eine Menge Beweise.«

Jose wurde krebsrot. »Vielleicht sollte ich einen Anwalt anrufen.«

»Vermutlich keine schlechte Idee.« Tylers Kiefermuskeln spannten sich.

Als Antonio Joses Beschuldigungen hörte, machte er große Augen. »Hast du mich jemals gewalttätig gesehen?«

Trina drückte Antonios Arm und zog sich an ihn heran. »Du bist der netteste Mann, den ich kenne. Du würdest keiner Fliege etwas zuleide tun.«

Jose fluchte vor sich hin. »Warum sollte ich Richard umbringen? Ich habe mit Richard zusammengearbeitet und versucht, Antonio zu Vernunft zu bringen, damit er unser verlustbringendes Weingut verkauft. Ich habe Richard geholfen, eine katastrophale Zwangsvollstreckung zu vermeiden und gleichzeitig einen fairen Preis für unser Weingut zu erzielen.«

»Lügner«, sagte Antonio. »Du wolltest es an Desiree, an unsere Konkurrentin verkaufen. Jetzt wird mir alles klar. Mama und Papa wären sehr von dir enttäuscht. Das Weingut an jemanden verkaufen, der billige Weinmischungen in Flaschen abfüllt und behauptet es wären die eigenen erzeugten Weine. Dann jemanden töten und es mir anhängen? Das ist ja wohl die Höhe.«

»Ich kann Richard nicht umgebracht haben«, protestierte Jose. »Der Weinkeller hat ein biometrisches Sicherheitsschloss. Nur Antonios Fingerabdruck kann ihn entriegeln.«

»Ja, das ist schwierig.«, sagte Tyler. »Es stimmt, dass es schwierig, wenn sogar unmöglich ist, einen Fingerabdruckscanner zu hintergehen. Fingerabdrücke sind einzigartig – die Chancen stehen 1 zu 64 Milliarden, dass zwei Menschen einen identischen Fingerabdruck haben. Das macht es extrem unwahrscheinlich, insbesondere, weil es nur knapp 8 Milliarden Menschen auf der Welt gibt. Auch wenn du und Antonio Brüder seid, habt ihr dennoch verschiedene Fingerabdrücke. Es ist schwierig, einen Fingerabdruck zu fälschen. Abgesehen von den Fingerabdruckrillen, die mit bloßem Auge sichtbar sind, gibt es noch andere Erhebungen und Vertiefungen, die nur unter einem Mikroskop sichtbar sind. Die Hersteller haben das alles bei der Sicherheit ihrer Konzeption berücksichtigt.«

»Na also, und warum dann das ganze Theater?« Jose schlug die Hände über dem Kopf zusammen.

Tylers Gesichtsausdruck blieb ungerührt. »Weil es eine andere Möglichkeit gibt, einen biometrischen Scanner zu übergehen. Eine Person mit einem administrativen Zugang kann den Scanner vollständig deaktivieren, indem er ihn auf die Werkseinstellungen zurücksetzt.«

Jose zog die Stirn in Falten. »Wie sollte ich das tun? Ich weiß überhaupt nichts über dieses Sicherheitsschloss. Ich habe es noch nicht einmal berührt. Antonio hat mich nicht gefragt, bevor er es installieren ließ, obwohl es uns ein Vermögen gekostet hat.«

»Alles, was du brauchst ist genau hier.« Ich hielt die Bedienungsanleitung von SecureTech hoch, die ich mir mit dem Schloss hergezaubert hatte, genau das gleiche Modell wie das im

Lombard-Weinkeller.

Antonio schrie: »He, du hast meine Bedienungsanleitung gefunden. Wo war sie?«

Ich sagte: »Das ist jetzt im Moment wirklich nicht wichtig, Antonio.«

Tyler drehte sich zu Jose um. »Antonio hat die Bedienungsanleitung von SecureTech nicht verlegt. Du hast die Bedienungsanleitung im Haus auf dem Küchentisch gefunden und gelesen. Du hast dir die Einstellungen angesehen. Antonio hatte die Anleitung für dich dort liegen gelassen, damit du verstehst, wie das Schloss funktioniert und wie du deine eigene Zahlenkombination und den Fingerabdruck einrichtest. Dann hast du gesehen, dass Antonio seinen Sicherheitscode in die Bedienungsanleitung hineingeschrieben hat. In diesem Augenblick wurde dir klar, dass du Antonio den Mord an Richard anhängen kannst. Richards Leiche im Weinkeller war ein klarer Fall, da niemand außer Antonio die Tür des Weinkellers aufschließen konnte. Das war es zumindest, was du jeden glauben machen wolltest. Deshalb hast du dich geweigert, deinen eigenen Code einzurichten und wolltest auch nicht, dass Trina einen hat. Es durfte nur eine Person mit Zugang zum verschlossenen Weinkeller sein: Dein Bruder, Antonio.«

»Das ist eine Lüge!« Jose verschränkte die Arme.

»Du hast bis zu dem Tag gewartet, an dem Antonio draußen abgelenkt wurde, als der Weinkeller geöffnet war. Dann hast du die Anweisungen im Handbuch befolgt, um den biometrischen Fingerabdruckscanner an der Tür auf die Werkseinstellung zurückzusetzen, d.h. ohne Fingerabdruck.

»Laut Bedienungsanleitung musste der administrative Benutzer, d.h. Antonio, nur die Tür öffnen, um den Prozess zu starten. Nach dem Öffnen hast du seinen Sicherheitscode eingegeben, um die Option mit dem Fingerabdruckscan zu deaktivieren. Sobald der Fingerabdruckscanner deaktiviert war, musste man nur noch den fünfstelligen Sicherheitscode eingeben, um die Tür zu entriegeln. Die biometrische Sicherheitsfunktion war nicht mehr eingerichtet. Sie könnte erst dann wieder aktiviert werden, wenn der Benutzer das spezielle Resetwerkzeug verwendet und seinen Fingerabdruck erneut speichert.

»Soweit Antonio wusste, funktionierte das Schloss normal. Er gab seinen Sicherheitscode ein und scannte dann seinen Fingerabdruck auf dem Erfassungsgerät. Er wusste nicht, dass du den Fingerabdruckscanner deaktiviert hattest, also legte er den Finger drauf, nachdem er seinen fünfstelligen Code eingegeben hatte. Er beschwerte sich darüber, dass das Licht nicht mehr grün blinkte, als er seinen Finger scannte. Er ging davon aus, dass die Glühbirne ausgebrannt war. Aber der wahre Grund, warum das Licht nicht blinkte, war, dass der biometrische Fingerabdruckscanner deaktiviert war.«

Tante Pearl fragte: »Warum habe ich dann gesehen, wie Antonio heute Morgen direkt nach Richard das Weinfest verlassen hat? Er war ihm so nahe auf den Fersen, dass er ihm fast aufgefahren ist.«

»Du hast gesehen, wie Richard in sein Cabrio gestiegen ist, aber nicht, dass ihm Antonio gefolgt ist. Stattdessen hast du Jose gesehen, der in einem Lieferwagen fuhr, der genauso aussah wie Antonios. Jose trug eine dicke Jacke, um seinem stämmigeren älteren Bruder zu ähneln. Es war einfach, die beiden Brüder im Führerhaus eines Lieferwagens zu verwechseln.«

Tante Pearl schüttelte den Kopf. »Du denkst, ich kann diese beiden nicht auseinanderhalten? Ich verliere doch nicht den Verstand.«

»Das weiß ich, Pearl. Obwohl eine Überwachungskamera in der Nähe bestätigte, dass dein Zeitgefühl ein wenig danebengelegen hat. Verständlich, wenn man bedenkt, dass du mehrere Sachen auf einmal machen musstest.« Tyler zog die Augenbrauen hoch. »Nach Angaben des Schulhausmeisters waren Richard und Desiree bereits auf dem Parkplatz, als er kurz vor 7 Uhr morgens die Aulatür öffnete. Sie saßen in Richards Corvette und warteten darauf, hereingelassen zu werden.

Er öffnete die Aulatür und Richard und Desiree begannen, den Wein aus Richards Corvette auszuladen und in die Aula hineinzutragen.

Kurze Zeit später kam Jose aus Richtung Shady Creek. Die drei unterhielten sich ein paar Minuten lang und fuhren dann mit zwei Fahrzeugen vom Parkplatz: Richard und Desiree in Richards Corvette und Jose folgte in seinem gemieteten Lieferwagen. Sie fuhren in Richtung Lombard Wines.« Sowohl Richards Corvette als auch Joses Lieferwagen wurden auf der Tankstellen-Überwachungskamera festgehalten, als sie vorbeifuhren.«

Tante Pearl runzelte die Stirn, aber sie schwieg.

Tyler fügte hinzu: »Nur Jose weiß, wie er Richard überzeugt hat, ihm zum Weingut zu folgen. Es musste ein wichtiger Grund gewesen sein, wenn er das Weinfest verlassen hat. Vermutlich dachte Richard, dass sich die Angelegenheit schnell erledigen ließe und er wieder rechtzeitig zum Beginn des Weinfestes zurück sein würde. Vielleicht hatte Antonio nachgedacht und war tatsächlich bereit, an Desiree zu verkaufen.«

»Sobald ihr bei Lombard Wines angekommen wart, hast du Desiree und Richard gebeten, in den Keller zu gehen und hast behauptet, Antonio würde dort auf sie warten, um mit ihnen zu diskutieren, ob der Verkauf noch vor der Zwangsvollstreckung abgeschlossen werden könnte. Vielleicht hast du ihnen sogar eine schöne Flasche Wein versprochen, um den Deal zu besiegeln.«

»Warum sollte ich Richard umbringen?«, fragte Jose. »Ich hatte absolut keinen Grund dazu. Er wollte uns helfen, aus dem finanziellen Schlamassel herauszukommen.«

Tyler sagte: »Der Hotelmanager von Shady Creek sagte, dass es noch etwas Anderes gab, was Außergewöhnlich für dich war, als du gestern Abend eingecheckt hast. Nämlich, dass du alleine warst. Normalerweise wurdest du immer von einer blonden Frau begleitet, wenn du dort übernachtest hast. Ich schaue Sie an, Desiree LeBlanc.«

Desiree schnappte nach Luft. Ihr Diamantring glänzte in der Beleuchtung, als sie ihre Hand an den Mund legte. »Das ist eine Lüge! »Ich war noch nie in diesem Hotel.«

»Das Sicherheitsmaterial lügt nicht, Desiree. Die Polizei von Shady Creek ist gerade dabei, die Videos der letzten zwei Wochen durchzusehen, aber sie haben euch beide bereits bei fünf oder sechs verschiedenen Gelegenheiten zusammen gefunden.«

»Nun, gestern Abend war ich aber nicht da, Sheriff. Oder heute.« Desiree stand auf und zeigte mit dem Zeigefinger auf Tyler. »Sie sollten sich lieber auf Antonio konzentrieren. Er ist erst gegen 8.30 Uhr zum Weinfest eingetroffen. Das ließ ihm genügend Zeit, um Richard zu töten.«

»Nein, eigentlich hat er das Weingut recht früh verlassen. Bevor Antonio und Trina zum Weinfest kamen, gingen sie zum Frühstück und verließen Lombard Wines um 7 Uhr. Aber ich denke, Sie wussten das schon, weil Jose beobachtete, wie sie das Weingut verlassen haben. Nachdem alles klar Schiff war, hat er Sie und Richard auf dem Weinfest getroffen. Sie haben dafür gesorgt, dass Richard früh da ist, bevor zu viele Leute herumliefen. Sie wollten nicht zu viele Zeugen haben. Sie und Richard sind Jose zu Lombard Wines gefolgt.«

Alle in der Bar saßen in fassungsloser Stille da.

»Warum sollten wir das am Tag des Weinfestes tun, Sheriff? Wir konnten doch nicht einfach so abhauen.« Desiree schüttelte den Kopf, als ob sie bedauerte, dass Tyler so dumm ist.

Tyler sagte: »Jose sagte dir und Richard, dass er es geschafft hatte, Antonio dazu zu bringen, seine Meinung in letzter Minute zu ändern. Antonio war nun bereit, Ihnen, Desiree, zu verkaufen, um eine Zwangsvollstreckung zu vermeiden. Diese Behauptung war nur zu Richards Gunsten, da Sie zu seinem Plan gehörten. Sie haben überzeugend darüber gestritten, wie wichtig es ist, den Deal sofort zu besiegeln, bevor Antonio seine Meinung änderte.«

Desiree lachte. »Sie haben eine ziemlich starke Vorstellungskraft, Sheriff. »Das ist die unglaublichste Geschichte, die ich je gehört habe.«

Tyler sagte: »Der Gerichtsmediziner wird die Todeszeit bestätigen, wenn sie die Autopsie am Montag durchgeführt haben, aber basierend auf der kühlen Temperatur im Weinkeller und dem Zustand von Richards Körper war Richard bereits länger als ein paar Minuten tot. Ich schätze mindestens eine Stunde. Antonio hatte eigentlich nicht vor, am Tag über ins Weingut zurückzukehren, aber dann musste er es doch, wegen unvorhergesehener Umstände. Er hatte keinen Wein mehr.«

Tyler blickte Tante Pearl vielsagend an, bevor er sich Jose zuwandte. Er sagte: »Jose, du hattest nicht mit Antonio vor dem späten Nachmittag gerechnet. Stattdessen wurdest du fast auf frischer Tat ertappt. Dein Plan war, dass Antonio erst nach dem Weinfest Richards Leiche findet. Alles deutete auf ihn als Mörder hin: er war am Tatort, der Weinkeller konnte nur von ihm geöffnet werden, seine Wut gegen Richard und seine Verzweiflung, sein Geschäft und gleichzeitig sein Zuhause zu verlieren.

»Nachdem Jose Richard getötet hatte, verließ er die Stadt, damit er nicht verdächtigt würde und entledigte sich seiner Kleidung und somit der Beweise.« Tyler drehte sich zu Desiree um. »In der Zwischenzeit fuhren Sie, Desiree in Richards Auto zum Weinfest zurück und stellten es in dieselbe Parklücke. Es waren noch ein paar Stunden Zeit bis zum Beginn des Weinfests. Der Hausmeister war gegangen, nachdem er das Gebäude aufgeschlossen hatte und dachte, es wäre in Ordnung, weil Sie und Richard jetzt drinnen waren. In der Tat war es so früh, dass kaum jemand da war. Die wenigen Aussteller, die bereits angekommen waren, waren mit dem Abladen und Aufstellen der Stände beschäftigt. Sie hätten es nicht gemerkt, wenn plötzlich ein Auto für kurze Zeit weggefahren wäre. Die einzige andere Zeugin, die die Corvette wegfahren sah, war Pearl West. Anscheinend war sie sehr früh hierhergekommen.«

Tante Pearl sagte: »Ich musste hier campen, um einen guten Parkplatz zu ergattern. Und das alles, um ihn wieder wegen dieser idiotischen Vorschriften des Sheriffs zu verlieren.«

Tyler ignorierte die Beleidigung. »Perle hat Richards Corvette wegfahren sehen und angenommen, dass es Richard war, weil sie beschäftigt war und nicht so genau hingeschaut hat. Sie hat auch Jose mit Antonio verwechselt. Tatsächlich kam Antonio aber erst nach über einer Stunde an, nämlich nachdem er und Trina gefrühstückt und das Restaurant verlassen hatten. Der Kreditkartenbeleg und andere Zeugen im Restaurant untermauern dieses Zeitfenster.«

Joses Kinnlade klappte herunter. »Antonio hat ein Alibi?«

Tyler nickte. »Ein hieb- und stichfestes Alibi.«

»Das ist überhaupt nicht wahr«, sagte Desiree. »Richards Auto hat den Parkplatz nie verlassen.«

»Nein, Desiree. Nach Richards Tod fuhren Sie mit der Corvette zurück zum Weinfest. Die anderen Aussteller waren damit beschäftigt, ihre Waren aufzustellen und nahmen keine Notiz von abfahrenden und ankommenden Autos. Pearl hat das Auto wegfahren sehen, aber nicht lange genug, um zu erkennen, wer drinnen saß. Das macht auch nichts, denn dieselbe Überwachungskamera zeigt, wie die Corvette zurückkommt. Sie haben es sogar geschafft, die Corvette wieder in genau derselben Parklücke zu parken. Sie haben jedoch einen fatalen Fehler gemacht.

»Es hatte angefangen zu regnen, ziemlich unerwartet, weil für diesen Tag sonniges Wetter vorhergesagt worden war. Da Richard mit trockenem Wetter rechnete, hatte er an diesem Morgen das Verdeck heruntergelassen.

»Beim ersten Anzeichen von Regen läuft ein normaler Cabrio-Besitzer sofort nach draußen und setzt das Verdeck wieder auf.

Aber die Person, die den Sportwagen neu geparkt hat, kannte sich entweder nicht aus oder hatte nicht daran gedacht. Diesen Fehler würde kein einziger Besitzer eines Oldtimer-Sportwagens machen.

»Sie wollten die Corvette unbedingt in dieser Parklücke parken, weil Sie wussten, dass sie die Weinfestbesucher später sehen und sich fälschlicherweise daran erinnern würden, Richard auf dem Fest gesehen zu haben.«

Ich ging zu Desiree hinüber. »Deshalb hast du erzählt, dass Richard irgendwo auf dem Weinfest sein müsse. Du wolltest mir weismachen, dass er anwesend ist. Allerdings wusstest du bereits, dass er tot ist. Das liegt daran, dass du mit von der Partie warst.«

Desiree verschränkte die Arme. »Ich habe nichts damit zu tun, außer, dass ich Richard gesagt habe, dass ich bereit bin, für den Kauf des Weinguts ein Angebot zu machen.«

»Ich war auch nicht daran beteiligt«, sagte Jose. »Ich wollte raus dem Weingeschäft. Warum sollte ich Richard umbringen, immerhin hatte er uns einen Käufer gefunden? Es stimmt, dass ich keine Zwangsvollstreckung wollte, aber auch das bedeutete, das ich dadurch etwas Geld herausschlagen konnte. Zwangsvollstreckung war besser, als alles zu verlieren. Unser Weingut verlor Geld in Massen.«

»Wer hat gesagt, dass die Finanzen dein Motiv waren?« fragte Tyler.

»Wie bitte?«, fragte Jose.

»Die Suche nach einem Käufer für das Weingut war eine Lüge, nicht wahr, Jose? Du wolltest Richard von der Bildfläche verschwinden lassen, weil du dich in Desiree verliebt hattest. Desiree versprach dir, das Geld zu leihen, um Antonio auszuzahlen, aber du hast dieses Angebot abgelehnt. Warum? Weil dir Antonio gemäß der Aktionärsvereinbarung von Lombard Wines ein Gegenangebot machen konnte, nämlich dich auszuzahlen. Das würde in einer Sackgasse enden, also brauchtest du einen anderen

Plan, um Antonio dazu zu bringen, das Weingut aufzugeben. Er hätte keine andere Wahl, wenn er wegen Mordes ins Gefängnis gehen würde.«

»Du hast meinen armen Richard getötet«, rief Desiree. »Jose, du bist ein Monster.«

»Hör auf, die Schuld von dir abzulenken, Desiree«, sagte Tante Pearl. »Du weißt ein wenig zu viel, um deine Unschuld zu beteuern. Du warst wütend auf Richard, weil er sich bereit erklärt hatte, sich mit Valerie zu versöhnen, also bist du zu Jose gegangen. Nicht nur, dass du Richard dafür büßen lassen wolltest, sondern du wolltest auch im gleichen Atemzug Lombard Wines für ein Schnäppchen bekommen.«

KAPITEL 29

In der Bar war es so still, dass man eine Stecknadel fallen hören konnte.

Die Shady Creek Polizei hatte vor der Witching Post auf Tylers grünes Licht gewartet. Sie stürmten die Bar und gingen auf Tyler zu.

Jose fluchte vor sich hin, als sich ein Polizist auf ihn zubewegte.

Desirees Augen wanderten nervös hin und her, in der Hoffnung auf etwas oder jemanden, der sie retten sollte. Ja... das würde nicht passieren.

Jeder hatte sein Handy herausgeholt und fotografierte die neuesten Flüchtigen von Westwick Corners.

Tyler stellte sich vor Jose. »Nimm bitte die Hände aus den Hosentaschen.«

Jose tat, was ihm befohlen wurde.

»Ich verhafte dich vorläufig, wegen des dringenden Tatverdachts, Richard Harcourt ermordet zu haben.« Tyler las Jose seine Rechte vor und legte ihm Handschellen an. Dann übergab er ihn den Polizeibeamten von Shady Creek.

»Ist das alles notwendig?« Desiree kämpfte vergeblich gegen

Earls sanften, aber unnachgiebigen Griff. »Mein Anwalt wird eine Kaution hinterlegen, noch bevor ich in Shady Creek angekommen bin.«

Tyler drehte sich zu Desiree um und legte auch ihr Handschellen an. »Du hast es notwendig gemacht. Wir können in Westwick Corners keine Mörder frei herumlaufen lassen.«

Ein paar der umstehenden Personen klatschten.

Tyler hob die Hand und sie unterbrachen ihren Ansturm der Begeisterung.

Desiree stampfte mit dem Fuß auf. »Ich bin KEINE Mörderin! Wie oft soll ich es wiederholen? Jose ist besessen von mir. Ich kann nichts dafür, wenn Männer verrückte Dinge tun, um meine Liebe zu gewinnen. Ich habe ihm nie gesagt, dass er so etwas tun soll. Ich würde niemandem wehtun, vor allem nicht Richard, der Liebe meines Lebens.«

Jose fluchte vor sich hin. Er wollte sich auf Desiree stürzen, aber der Polizist hielt ihn zurück.

Tante Pearl wedelte mit dem Finger vor Desiree. »Du bist mindestens so schlecht wie Jose, weil du der Drahtzieher warst. Du hast Jose für deine Machenschaften benutzt. Du wolltest die Kontrolle über Lombard Wines haben und gleichzeitig deinen Freund loswerden. Viel Glück bei der Anwaltsuche, denn hier in dieser Stadt wird dich niemand verteidigen.«

Mama zerrte an Tante Pearls Ärmel. »Westwick Corners hat keine Anwälte.«

Tante Pearl riss ihren Arm aus Mamas Griff. »Das liegt daran, dass wir keine brauchen, Ruby. Wir üben in dieser Stadt unsere eigene Gerechtigkeit aus.«

Tyler runzelte die Stirn. »Gerechtigkeit auszuüben ist mein Job, Pearl.«

Tante Pearl ignorierte ihn. »Wir tolerieren hier keine Kriminellen, Desiree. Abschaum, das ist genau das, was du bist. Das einzige

Tageslicht, das du von jetzt ab jemals sehen wirst, ist der Gefängnishof.«

Tyler drehte sich zu Tante Pearl um. Sein Mund verwandelte sich in ein verschmitztes Lächeln. »Wir sind uns zum ersten Mal einig.«

»Endlich hast du deinen Job gemacht, Sheriff«, sagte Tante Pearl. »Es gibt noch Hoffnung für dich.«

Tyler grinste. »Für diese freundliche Bemerkung möchte ich mich bedanken, Pearl.«

»Oh…noch etwas. Ich muss dir etwas geben, Sheriff.« Tante Pearl fummelte in ihrer Tasche herum und zog einen großen Messingschlüssel heraus. »Es ist ein Stadtschlüssel. Danke für deine harte Arbeit.«

»Wow…Pearl, danke.« Tyler runzelte die Stirn. »Ist das nicht eigentlich eine Ehre, die normalerweise vom Bürgermeister verliehen wird?«

Tante Pearl prustete. »Meinst du denn, er führt den Laden? Nein, er ist nur eine Galionsfigur. Ohne meinen Stempel der Zustimmung passiert in dieser Stadt nichts.«

Tyler lachte. »Ich bin einfach nur froh, Richards Mord aufgeklärt und zwei Mörder hinter Gittern gebracht zu haben.«

Tante Pearl zog die Augenbrauen hoch. »Bilde dir jetzt bloß nichts ein, Sheriff. Ohne Cen und mich hättest du es nicht geschafft. Wir haben den Fall gelöst.«

»Echt jetzt?« Es war das erste Mal, dass Tante Pearl mir für irgendetwas Anerkennung gegeben hatte. Es war ein bedingtes Kompliment, aber ich nahm es gerne an.

* * *

ES DÄMMERTE, als ich draußen vor der Witching Post stand. Ich zitterte in der kühlen Brise und wünschte, ich hätte meine Jacke angezogen. Ich beobachtete, wie Jose und Desiree abgeführt wurden, jeder in einem der beiden wartenden Streifenwagen der Shady Creek Polizei. Zuerst wurde Jose in einen der Polizeiwagen gesetzt und angeschnallt. Er starrte uns vom Rücksitz aus an, während er schnell aus unserer kurvenreichen Einfahrt gefahren wurde.

Ein uniformierter Beamter hielt eine schützende Hand über Desirees Kopf, als er sie in den hinteren Teil des zweiten Polizeiautos führte. Ich dachte mit Schrecken daran, dass fast ein unschuldiger Mann wegen Mordes ins Gefängnis gewandert wäre. Glücklicherweise hatte man Richards Mörder gefasst und sie kämen bald vor Gericht.

Ich war auch erleichtert, dass das Weinfest für ein weiteres Jahr vorbei war. Jedes Jahr gab es einen anderen Skandal, aber ohne Desiree würde sich das vielleicht jetzt ändern. Nun könnte es wieder ein lustiges, kleines Stadtereignis werden.

Trotz der Geschehnisse war das Weinfest wie üblich abgelaufen, Business as usual, mit Ausnahme des Weinwettbewerbs. Viele Standbesitzer hatten sogar höhere Umsätze als in den Vorjahren gemeldet.

Richards Abwesenheit hatte bewiesen, dass er doch nicht unentbehrlich war.

Und Desiree würde für sehr lange Zeit an keinem Weinwettbewerb mehr teilnehmen.

Ich atmete aus und fühlte, wie die ganze heutige Spannung endlich meinen Körper verließ. Es war ein unglaublich arbeitsreicher Tag – und ein tragischer. Nichts war nach Plan verlaufen.

Der Tag fühlte sich aber immer noch nicht ganz komplett an. Etwas nagte an meinem Unterbewusstsein. Gab es da nicht noch etwas Anderes, was heute passieren sollte?

Ach ja. Tylers Überraschung.

Offensichtlich konnte ich diese Pläne jetzt vergessen. Obwohl das Verbrechen aufgeklärt und die Täter gefasst worden waren, gab es noch etwas zu klären. Es mussten Anklagen erhoben werden, es galt, Papierkram zu erledigen und man musste Verhöre durchführen. Tyler würde sich bald auf den Weg nach Shady Creek machen, um alle offenen Fragen zu klären. Ich würde ihn wahrscheinlich ein, zwei Tage nicht sehen.

Meine Überraschung müsste warten.

Ich schaute zu Antonio hinüber, der neben Trina stand und ihre Hand hielt.

Standen die beiden noch unter den Auswirkungen des Zaubers von Tante Pearl, oder war es wirklich wahre Liebe?

Tante Pearl zerrte an meinem Arm und flüsterte: »Einige Zaubersprüche dürfen nicht gebrochen werden, Cen. Jeder Versuch ist strafbar.«

KAPITEL 30

Es war ein frischer, sonniger Morgen, als ich in unsere Familienpension zurückkehrte. Mama wartete draußen auf der Treppe auf mich.

Sie hatte mich gebeten, sofort vorbeizukommen, weil sie dringend Hilfe brauchte. Sie war normalerweise ziemlich selbstständig, also hatte ich alles stehen und liegen gelassen und war nach Hause geeilt, um ihr zu helfen.

»Warum bist du so fein angezogen?« Ich schaute sie verdutzt von oben bis unten an.

»Ich bin nicht fein angezogen«, sagte sie. »Ich trage alte Gartenkleidung.«

Ich schüttelte den Kopf. »Niemand gärtnert in Leinen. Definitiv nicht in weißem Leinen.«

Sie winkte ab. »Wen kümmert es? Wenn ich das will, dann gärtnere ich in weißem Leinen. Es ist doch auch ganz egal, was ich trage. Beeil dich, oder wir kommen zu spät.«

»Zu spät zu was?«

Sie antwortete nicht, sondern griff meine Hand fester. Sie zog mich mit überraschender Kraft auf den Gehweg am Haus entlang.

Mama trug niemals Röcke und schon gar kein Make-up. Sie sah aus, als wäre sie für eine Party gekleidet, obwohl ich mich nicht daran erinnerte, dass wir geplant hatten, irgendwohin zu gehen.

»Äh... wir dürfen nicht zu spät für das Ding im Garten sein, zu dem ich deine Hilfe brauche.«

Inzwischen zerrte sie mich praktisch hinter sich her. Ich ging schneller, damit sie aufhörte, an meinem Arm zu reißen.

Mama führte die Pension praktisch alleine. Es gab nicht viel, was sie delegierte, also war ich neugierig auf meine zugewiesene Aufgabe. Pflanzen starben unter meiner Aufsicht, und ich konnte keine Blume von Unkraut unterscheiden. Warum zum Kuckuck eine Hexe mit grünem Daumen meine Hilfe brauchte, war mir ein Rätsel.

Ich untersuchte Mamas Kleidung genauer, während wir den Steinweg entlanggingen, der an die Vorderseite des Hauses grenzte. Ihr weißes Leinenhemd und ihr beigefarbener Leinenrock waren Designerstücke. Nicht nur, dass sie für den Schmutz der Gartenarbeit völlig ungeeignet waren, sondern sie waren auch teuer. Sie trug beigefarbene, offene Sandalen mit Blumenmotiv.

Nette, sommerliche Schuhe, die ich noch nie zuvor gesehen hatte.

Sie hatte sie offensichtlich vor kurzem gekauft, weil wir die gleiche Schuhgröße teilten, und ich hatte sie nie bei einem meiner gelegentlichen Schranküberfälle gesehen. Ich war sofort misstrauisch.

»Was genau soll ich für dich tun?«

»Das wirst du früh genug erfahren.« Mama beschleunigte das Tempo.

Als am Parkplatz vorbeigingen, entdeckte ich Braydens Sportwagen. Es war schief geparkt und nahm zwei Parklücken auf einmal in Anspruch, in typisch gedankenloser Brayden-Manier. Meine Schultern sackten bei dem Gedanken, meinen überkandidelten, sich selbst liebenden Ex-Verlobten zu sehen. Brayden, der als Bürgermeister auch Tylers Chef war, hatte keinen Grund, hier zu sein. Wir vermieden uns so weit wie möglich, also musste man ihn gezwungen haben, hierher zu kommen.

»Mama?«

Sie drückte meinen Arm fester und antwortete nicht.

»Was ist hier los?«

»Das wirst du schon sehen.« Mama warf mir ein verschmitztes Lächeln zu.

Ich mochte keine Überraschungen, vor allem keine, an denen mein Ex-Freund beteiligt war. Aber das wusste Mama bereits. Was hatte sie vor?

Als wir um die Ecke in den Garten hinter dem Haus ankamen, bemerkte ich die weißen Krepppapierbänder, die vom Pavillondach herunterhingen. Direkt vor unserem Weg befand sich ein acht Meter hoher Bogen aus rosa Luftballons, auf denen sich die Schatten der Queen Elizabeth Rosen widerspiegelten, die den Pavillon umgaben.

Ich drehte mich alarmiert zu Mama um. »Heiratet jemand?«

»Pssst.« Sie legte einen Finger an den Mund und zog mich näher an sie heran, als eine Harfe eine vertraute Melodie spielte. Die Melodie war gleichzeitig schön und eindringlich.

Ich blickte auf die Bühne und war überrascht, Lacey Ratcliffe dort sitzen zu sehen. Ich wusste gar nicht, dass sie ein Musikinstrument spielt, geschweige denn eine Harfe.

Nach ein paar Fehlstarts kam sie in den Rhythmus. Es war ein Lied, das ich gut kannte.

Hier kommt die Braut!

Hier kommt die Braut!

Plötzlich stoppte das Lied, als hätte jemand den Strom abgeschaltet.

»Mama! »Was ist hier los?« Ich bemerkte die ganzen Leute, etwa zwei Dutzend, die formell gekleidet waren und uns anstarrten. Ich wurde lauter, als ich wollte und klang im Vergleich zur sanften Harfenmelodie ziemlich ruppig. Ich spürte, dass alle Augen auf mich gerichtet waren und erkannte, dass ich die Einzige war, die lässig in Jeans und T-Shirt gekleidet war. Ich wurde plötzlich rot vor Verlegenheit. Es war offensichtlich ein formelles Ereignis, und ich war völlig unterbekleidet. Ich fühlte mich, als wäre ich nackt und hätte mich am Liebsten unter dem Gartenpavillon verkrochen.

Gemessen an den Sitzreihen, die an dem rosa Ballonbogen standen, war ich auf einer Pop-up-Hochzeit.

Brayden stand ganz vorn und bestätigte nur meine Befürchtungen. Er trug den gleichen dunklen Anzug, den er für unsere Hochzeit gekauft hatte. Mit unserer Beziehung hatte nicht geklappt, aber der Anzug schien ideal gewesen zu sein. Brayden trug ihn zu jeder Hochzeit, Beerdigung und formellen Anlass. Als Bürgermeister hatte er oft Hochzeiten. Dieses Ereignis war eindeutig eine.

Wir hatten keine Pensionsgäste, und ich wusste nicht, dass irgendjemand in der Stadt heiraten wollte. Ich hatte auch in letzter Zeit keine Hochzeitseinladung erhalten, also wer heiratete hier?

Ich schluckte schwer.

Das konnte nicht sein.

Nein.

Sicherlich war es nicht meine Hochzeit. Ich hatte nicht zugestimmt, jemanden zu heiraten. Tyler und ich hatten einmal über die Ehe gesprochen, aber nur allgemein. Er und ich wollten beide etwas Einfaches, nichts wie diese ausgefallene Aufmachung.

Zwangsehen waren ein Überbleibsel der fernen Vergangenheit, und Tyler war dafür viel zu progressiv.

Außerdem waren wir noch nicht einmal verlobt!

Ich drehte mich zu Mama um und wartete auf eine Antwort, aber sie stand nicht mehr an meiner Seite. Ich blickte suchend durch die Menge, aber bei diesem Getümmel, war es schwer, einen klaren Blick über den gesamten Garten zu bekommen. Wohin war sie gegangen und warum hatte sie mich hier einfach so stehen lassen? Und warum hatte sie mich nicht über die Kleiderordnung informiert, um all diese Peinlichkeiten zu vermeiden? Ich fühlte ein Brennen in meiner Magengrube.

Warum war ich die Einzige, die nichts von der Hochzeit wusste?

Ich suchte nach einem Ausweg, um zu verschwinden, als mich plötzlich Brayden eindringlich ansah. Er lächelte und zwinkerte.

Auf einmal stand Tante Pearl neben mir. »Cendrine! Es wird aber auch Zeit, dass du hier bist. Ich hoffe, du hast keine Zeit damit verschwendet, an einem Artikel bei deiner dummen Zeitung zu schreiben. Jeder weiß bereits, was mit Richard passiert ist, also macht es keinen Sinn, darüber zu berichten.«

»Ich habe nicht–«. Ich unterbrach meine Rede. Ich wollte jetzt nicht streiten. »Ist das… eine Zwangshochzeit?«

Sie kniff die Augen zusammen. »Eine Zwangshochzeit? Wovon redest du?«

»Ich habe diesen Hochzeitsmarsch gehört, also dachte ich– «

Tante Pearl prustete. »Ach das. Nein, das liegt daran, dass Lacey gerade Harfe spielen lernt und nur ein paar Lieder kennt. Du hast ewig gebraucht, um hierher zu kommen, und wir mussten die Leute alle unterhalten, während wir auf dich warteten.«

»Das erleichtert mich! Ich habe Brayden gesehen, und als ich die Harfenmusik gehört habe, dachte ich –«

»Was ist so verkehrt an Harfenmusik?« Tante Pearl unterbrach mich. »Sie war gut genug für Marie Antoinette und ist gut genug für dich. Es muss sich immer alles um dich drehen, nicht wahr, Cen?«

»Ich wollte nicht sagen, dass es nicht–«

»Lacey übt schon seit Wochen.« Tante Pearl schrie so laut, dass meine Ohren klingelten. »Lacey! Spiel dieses Lied!«

Laceys Darbietung des Volksliedes Greensleeves war wunderbar. Ich war von der schönen Musik fasziniert, hatte aber immer noch keine Ahnung, was los war.

Ich wollte Tante Pearl noch ein paar Fragen stellen, fürchtete aber die Antworten. Stattdessen beschloss ich, den Moment zu genießen.

Gerade erschien Tyler an meiner Seite in Khakihosen und einem Golfshirt. Zum Glück war er so lässig gekleidet wie ich.

Tante Pearl packte meinen Ellenbogen etwas härter als nötig und lenkte mich zur Seite des Gartenpavillons, wo Mama jetzt stand. Tyler folgte uns.

»Ähem.« Tante Pearl löste meinen Arm und wandte sich mir mit feierlichem Ausdruck zu. »Es ist eine gute Sache, dass ich so viel Zeit investiert habe, um dir alles beizubringen, was ich weiß, auch wenn du nicht viel davon auffasst. Lange Zeit kam es mir wie verlorene Zeit vor, aber endlich, endlich…hat es sich bezahlt gemacht.«

»Informationsüberflutung«, sagte ich, ohne zu wissen, worauf sie eigentlich hinaus wollte.

»Nun, wir geben nicht auf, Cen. Vielleicht, wenn du dich ein wenig mehr anstrengst, wirst du eines Tages so erfolgreich sein wie ich. Wunder gibt es immer wieder.«

»Danke, Tante Pearl, das ist ein tolles Kompliment.« Ich wollte sarkastisch klingen, aber es kam nicht so heraus.

Ich war froh, dass es nicht passiert ist, denn was als nächstes kam, überraschte mich.

»Ähem…Krächz…« Tante Pearl räusperte sich und drehte sich schnell um.

Aber nicht bevor ich sah, dass Tränen in ihren Augen standen. Sie brummelte eine Minute, dann atmete sie mehrmals tief ein und räusperte sich wieder.

»Ähem!«

Sie blinzelte ihre Tränen zurück.

»Herzlichen Glückwunsch Cendrine West! Du wurdest zur

Seniorhexe befördert.« Tante Pearl zog feinsäuberlich eine Rolle Pergamentpapier aus ihrer Jackentasche. Sie war mit einem goldenen Band gebunden. »Eigentlich wollte ich es dir erst später geben, aber ich denke, die Zeit ist genau richtig.«

Ihre Unterlippe zitterte, als sie mir das Diplom in die Hand schob. »Hier.«

Ich löste das goldene Band vorsichtig und rollte das Pergamentpapier aus. Es war ein Diplom. Mein Name war in einer ganz besonderen schwarzen Kalligrafie geschrieben:

CENDRINE WEST
hat die Ernennung zur
SENIORHEXE
erreicht. Hierzu hat sie die erforderlichen Studien abgeschlossen und die Prüfung in
HEXEREI UND ZAUBERKUNST *in*
PEARLS ZAUBERSCHULE *bestanden.*

U̲n̲t̲e̲r̲s̲c̲h̲r̲i̲e̲b̲e̲n̲ in goldenem Glitzerfilzstift in Großbuchstaben von *PEARL WEST*.

Ich schielte auf die Fußzeile, auf der in winziger Kursivschrift zu lesen war: *Pearls Zauberschule ist eine offiziell von der WICCA, Witches International Community Craft Association zugelassene und anerkannte Akademie für Hexerei.*

»D̲a̲n̲k̲e̲, Tante Pearl. Ich hatte die beste Lehrerin, die man sich nur wünschen kann.« Ein Teil von mir war begeistert, endlich den nächsten Schritt als Hexe zu erreichen und dass Tante Pearl meine Fähigkeiten anerkennt.

Ein anderer Teil von mir wusste, dass ich die Qualifikation zur Seniorhexe schon vor geraumer Zeit erfüllt hatte.

Das ist auch völlig unerheblich, denn es war umwerfend, mein Diplom von Pearls Zauberschule zu erhalten und Tante Pearls Anerkennung, dass meine wachsenden übernatürlichen Kräfte über die einer jungen Hexe hinausgingen.

Natürlich wusste ich schon seit einiger Zeit, dass ich meine Zauberkunst meisterte und als voll kompetente Hexe praktizierte. Ich wusste aber auch, dass es besser ist, den Mund zu halten. Es war uns beiden klar, dass meine Kräfte in einigen Fällen tatsächlich die von Tante Pearl übertroffen hatten.

Einige Geheimnisse wurden am besten unter Verschluss gehalten.

»Weißt du, der rote Merlot Hexenstunde hat zwar die Nomination zum besten neuen Wein und zum Wein des Jahres gewonnen, aber da gibt es einen Wein, der noch besser ist.«, sagte Tyler.

»Mama hat fair und rechtens gewonnen«, protestierte ich. Wieso beleidigte er Mamas Wein?

Tyler zeigte auf das Geländer des Pavillons, wo eine Flasche gekühlter Weißwein in einem Eiskübel stand, umgeben von 4 Weingläsern. »Darf ich euch das neueste Angebot des Westwick Weinguts vorstellen? Es ist so neu, dass es die Anmeldefrist für das Weinfest verpasst hat. Verzauberter Chardonnay, speziell für unsere frisch gebackene Seniorhexe kreiert.«

Ich legte die Hand an meine Brust und wandte mich Mama zu. »Du hast diesen Wein nur für mich kreiert?«

Sie schüttelte den Kopf. »Nicht ich. Tyler hat es mit ein wenig Hilfe von Antonio und mir. Deshalb war Antonio etwas spät dran. Er hat uns geholfen, ihn rechtzeitig vorzubereiten.«

»Das war also die Überraschung.« Tyler entkorkte den Wein und goss jedem von uns ein Glas ein.

Tante Pearl fügte hinzu: »Nun kann ich auch meine geheime Mission enthüllen, Cen. Ich war damit beschäftigt, diese ganz besondere Feier für dich zu organisieren. Es ist deine Senioren-Hexenzeremonie!«

Ich war gerührt. »Tante Pearl, das ist so süß! Du hast dir all diese Mühe für mich gemacht?«

Tante Pearl hielt einen Finger an ihre Lippen. »Du weißt, dass wir den Leuten nicht sagen können, dass du eine Hexe bist, also habe ich es als angebliche Hochzeit getarnt. Auf diese Weise kannst du trotzdem eine große Party feiern. Du musst natürlich auch so tun, als ob du heiraten würdest…«

Tyler lachte. »Ich würde dich jederzeit zum Schein heiraten, Cendrine West. Akzeptierst du, mich als deinen Schein-Ehemann zu nehmen?«

»Ja, ich will.«

* * *

HABEN Sie Hexenstunde mit Todesfolge gerne gelesen?
Dann holen Sie sich doch sofort das nächste Buch in der Serie, *Hexenliebe am Valentinstag*.

AUSSERDEM VON COLLEEN CROSS

Verhexte Westwick-Krimis
Verhext und zugebaut
Verhext und ausgespielt
Verhext und abgedreht
Die Weihnachtswunschliste der Hexen
Hexenstunde mit Todesfolge

Wirtschafts-Thriller mit Katerina Carter
Exit Strategie: Ein Wirtschafts-Thriller
Spelltheorie
Der Kult des Todes
Greenwash
Auf frischer Tat
Blaues Wunder

Zu Neuigkeiten über Colleens Bücher, besuchen Sie ihre Website: http://www.colleencross.com

Einfach für den Neuerscheinungen Newsletter anmelden, um immer direkt über die Neuerscheinungen informiert zu werden!

www.ingramcontent.com/pod-product-compliance
Lightning Source LLC
LaVergne TN
LVHW040142080526
838202LV00042B/2989